プレイバック

RAYMOND CHANDLER

Playback

レイモンド・チャンドラー

市川亮平＝訳

小鳥遊書房

PLAYBACK

by

Raymond Chandler, 1958

Translated by Ryohei Ichikawa, 2024

目次

主な登場人物

フィリップ・マーロウ……………………私立探偵
クライド・アムネイ………………………弁護士、依頼人
ヘレン・ヴァーミリア……………………アムネイの秘書
ベティー・メイフィールド………………尾行のターゲット
エレノア・キング…………………………ターゲットの変名
ラリー・ミッチェル………………………ゆすり屋
ジャック……………………………………エル・ランチョ・デスカンサード*のフロント係
ルシール……………………………………エル・ランチョ・デスカンサードの交換嬢
クラーク・ブランドン……………………エスメラルダの大物、ホテルのオーナー
ロス・ゴーブル……………………………カンザス・シティーの私立探偵
ヘンリー・クラレンドン四世……………カーサ・デル・ポニエンテ**の長期滞在者
ジャヴォーネン……………………………カーサ・デル・ポニエンテの警備主任
アレッサンドロ……………………………エスメラルダ警察分署の署長
カフェリーノ・チャン……………………カーサ・デル・ポニエンテの夜間駐車係

リチャード・ハーベスト・・・・・殺し屋
ヘンリー・カンバーランド・・・・ノースカロライナの富豪、ベティーの元義父
ミセス・リー・カンバーランド・・・ターゲットの本名
リンダ・ローリング・・・・・・以前の事件で知り合った女性。年齢は三六、七歳

＊・・・マーロウの滞在するホテル。ベティー・メイフィールドが一時滞在。文中、デスカンサードあるいはコテージとも記される。
＊＊・・・ミッチェル、ベティー・メイフィールド、ブランドンが滞在するホテル。文中、カーサあるいはホテルとも記される。

◉文中の〔　　〕は読者の可読性を鑑みて付した「訳註」です。
◉次頁の地図、および文中に挿入してある図は、すべて訳者による原案を元に作成したものです。

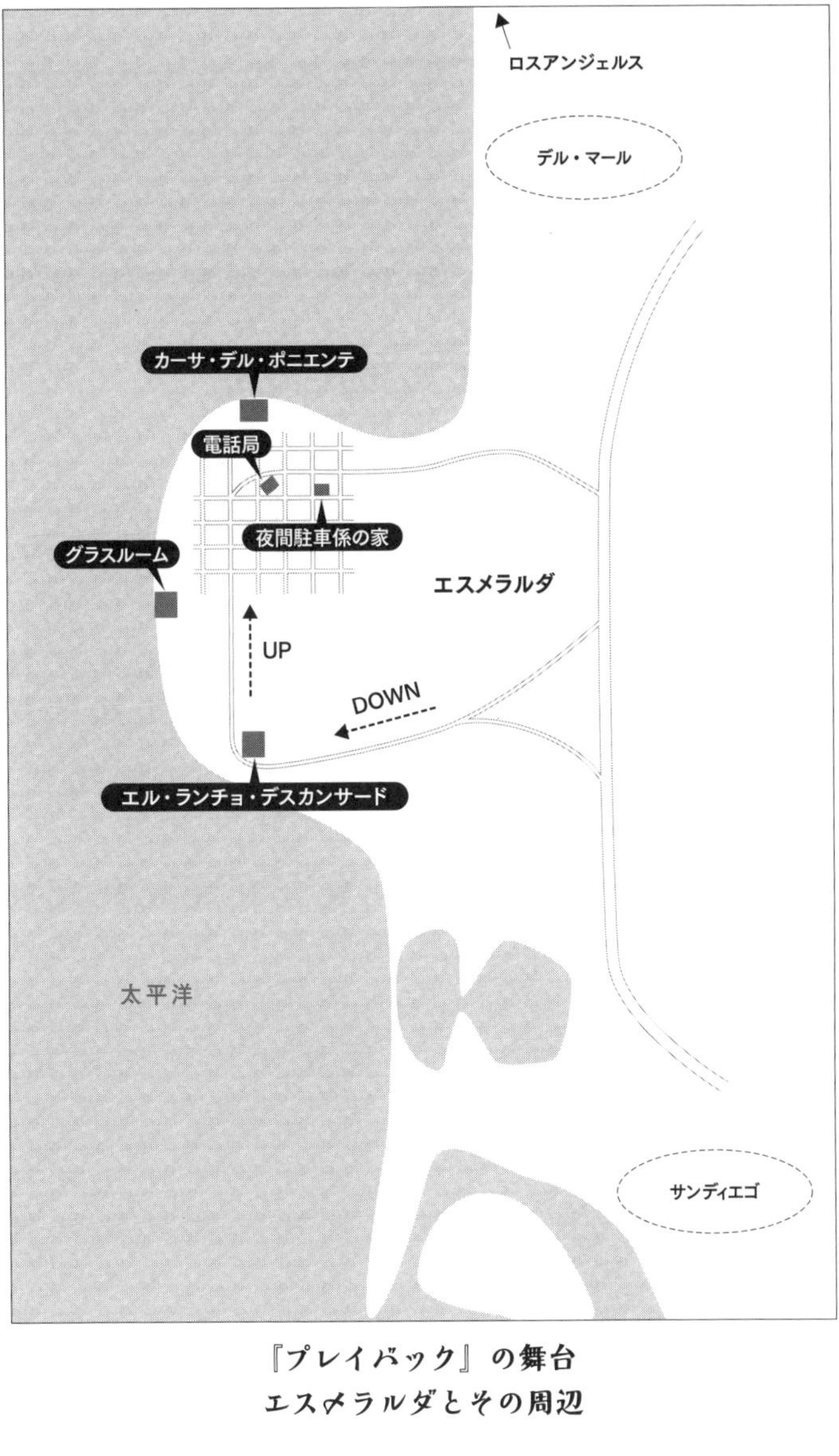

『プレイバック』の舞台
エスメラルダとその周辺

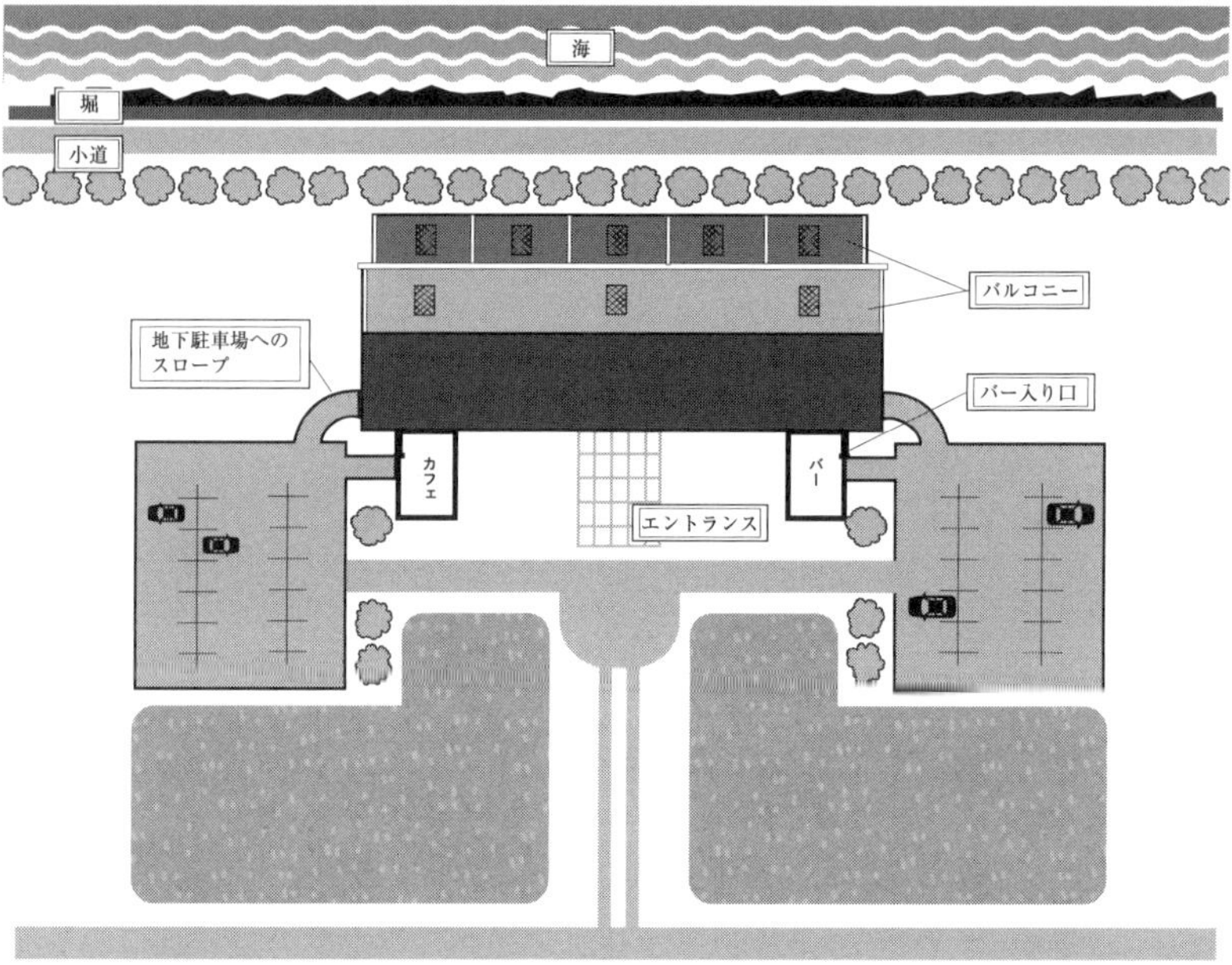

海
堀
小道
バルコニー
地下駐車場への
スロープ
バー入り口
カフェ
バー
エントランス

カーサ・デル・ポニエンテ

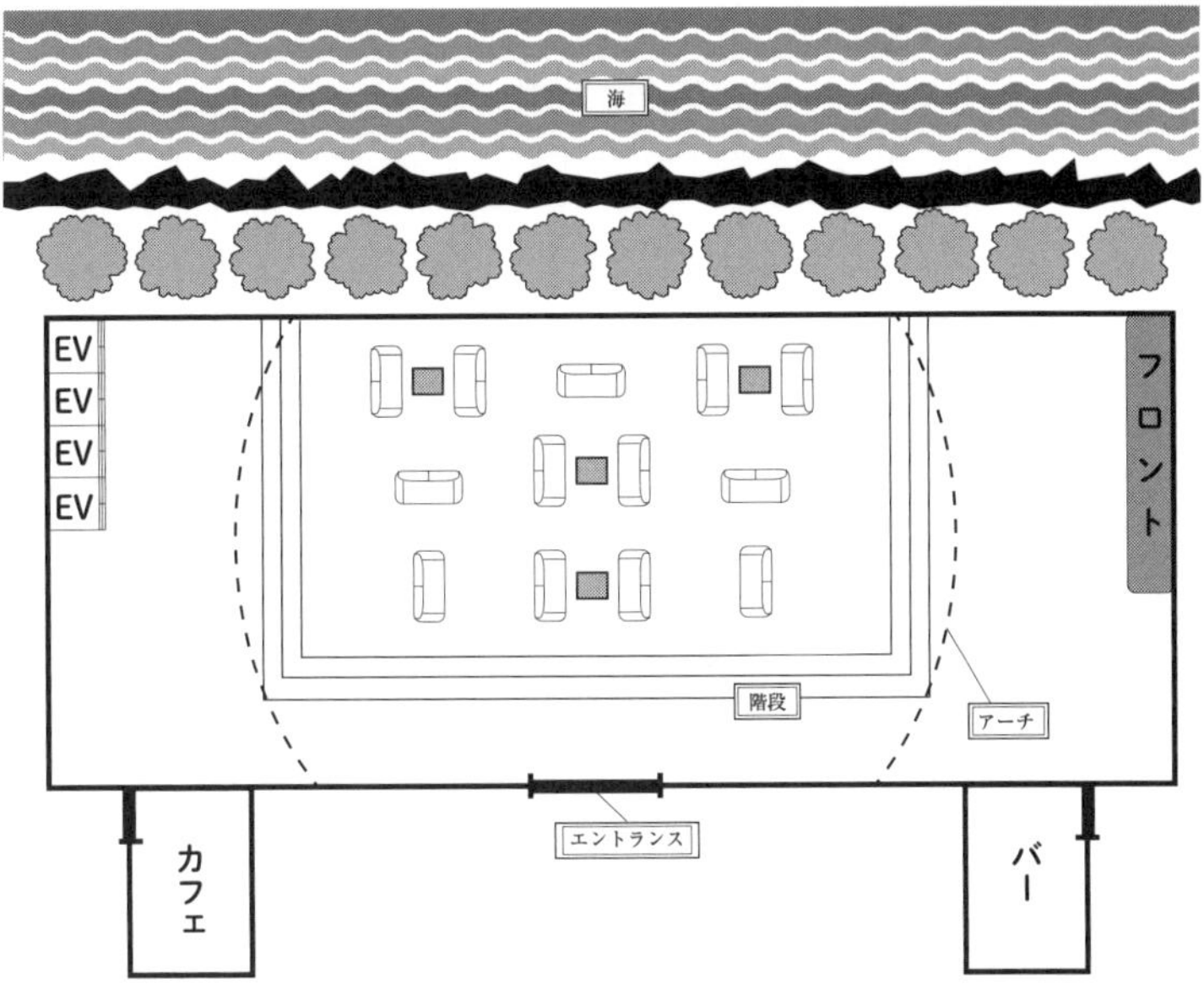

カーサ・デル・ポニエンテのロビー

時系列表

一日目

朝	◎弁護士から電話。女性の尾行を依頼される。
午前	◎L・Aユニオン駅／ターゲット女性特定。 ◎列車でサンディエゴ市へ行く。
午後	◎サンディエゴ市→タクシーでエスメラルダへ ◎エル・ランチョ・デスカンサードにチェックイン。女性と会う。 ◎後頭部を殴られる。　◎女性はタクシーでデル・マールへ行く。
夜	◎グラスルームに行く。　◎ミッチェルと女性が揉める。 ◎ブランドンが仲裁。 ◎十時半に女性とブランドンが店を出る。 ◎デスカンサードに戻る。

二日目

真夜中 ← 朝	◎夜中に起こされカーサ・デル・ポニエンテに向かう。 ◎消えた死体発生。　◎デスカンサードに戻る。 ◎デスカンサードをチェックアウト。 ◎列車でL・Aに戻る。
午前	◎L・Aの弁護士事務所に行く。　◎秘書とデート約束。

夜	◎秘書の家、ウェスト・ロスアンジェルスへ行く。 ◎その夜、帰る。

三日目

早朝	◎車でL・A↓エスメラルダへ向かう。
午前	◎証言によればミッチェルは朝七時に出発。 ◎デスカンサードに再びチェックイン。
午後	◎カーサ・デル・ポニエンテへ行く。　◎女性を訪ねる。 ◎丘の上まで女性とドライブに行く。　◎ゴーブルが尾行。
夜	◎ゴーブルとレストランで食事。　◎夜間駐車係と話す。 ◎ブランドンが帰ってくる。　◎警備主任と話す。 ◎クラレンドン四世と話す。　◎夜間駐車係の家を訪問する ◎警察へ行く。　◎車発見の通報がある。

四日目

午前	◎警察に呼ばれる。　◎カンバーランドと会う。　◎女性と別れる。 ◎ブランドンと話をする。
午後	◎デスカンサードをチェックアウト。　◎車でL・Aへ戻る。 ◎パリから電話がある。

プレイバック

1

電話の声は明瞭で、高圧的な響きがあるようだった。だが、よく聞き取れなかった。半分はまだ寝ぼけまなこだったせいで、もう半分は受話器を逆さに持っていたせいだった。受話器をおぼつかない手でまともに持ち直して耳にあて、ブツブツ独り言を言った。

「聞いてるのか？　私はクライド・アムネイと名乗ったんだ、弁護士の」

「クライド・アムネイね、弁護士の。うん、そんな名前の人、何人かいるな」

「マーロウだろ？　違うか」

「そんなとこだ」腕時計を見た。朝の六時半だ、私にとってエンジンのかかる時間じゃない。

「私に対してふざけた態度はやめるんだ、若いの」

「そいつはすまなかった、アムネイ殿。だけど私は若くない。老いぼれでよれてる、そのうえまだ一滴のコーヒーも飲んでない。ところでご用件は？　ミスター」

「ユニオン・ステーション八時着の『スーパー・チーフ』号を待ち構えて乗客のある女性を見つけて尾行してもらいたい。滞在するホテルを見届けたら報告してくれ、わかったか？」

「わかんない」

「なんだって？」と厳しい口調が返ってきた。

「引き受けられるかどうかまだ定かじゃない」

「私はクライド・アム――」

「ストップ」と私は彼の言葉を遮った。「ちょっと苛ついたのかもな。まず基本となる情報を話してくれ。だが、たぶんその手の仕事には私じゃなく、ほかにもっとぴったりした調査員がいる、私はＦＢＩに勤めたことはない」

「情報、そうだったな。秘書のミス・ヴァーミリアが君の事務所に三〇分後に着く、必要な情報はすべて彼女に持たせてある。彼女は実に有能だ。君もそうならいいんだが」

「朝飯すませてたらもっと有能なんだけどな。ところで、その人、事務所じゃなくてここによこしてくれるかな?」

「ここはどこだ?」

私はユッカ通りのアドレスと家への道順を教えた。

「よかろう」とアムネイが渋々言った。「だが一点、はっきり言っておく。ターゲットに尾行を気づかれてはならない。これは極めて重要なことだ。私はワシントンの、ある非常に高名な弁護士事務所の代理として依頼している。ミス・ヴァーミリアは君に当面の必要経費としていくらか、それと報酬の前払いとして二五〇ドルを渡すことになっている。十分な成果を期待している。これ以上話して時間を無駄にするのはやめよう」

「最善を尽くします、アムネイさん」

電話が切れた。気力を振り絞ってベッドからでるとシャワーを浴び、髭を剃って三杯目のコーヒーを飲んでいるとドアのベルが鳴った。

「ヴァーミリアです。アムネイさんの秘書の」その声には、どちらかというと時代がかったお上品な響きがあった。

「お入りください」

素晴らしい美人だった。白いベルトのレインコートを着ていて、帽子はなく、きれいに調えられたプラチナ・ブロンドの髪、レインコートとよくマッチしたブーツ、それに折りたたんだプラスチックの傘。灰色がかった青い目はまるで私が卑猥な言葉を吐いたかのように私をじっと見ていた。彼女がレインコートを脱ぐのに手を貸した。いい匂いがした。にっこり微笑んだがそれがまた素晴らしかった。彼女の脚は——私の基準からすれば――眺めるのに苦痛を覚えるものではなかった。ストッキングは薄手の黒だった。彼女の両脚に見とれていた。彼女が、タバコに火を点けて、と脚を組んで身を乗り出したときはドキンとした。

「クリスチャン・ディオール」と、私の、どちらかと言えばみえみえの心の内に応えて言った。「それ以外選んだことないわ、タバコの火、点けてくださる？」

「でも今日はそれ以外、随分たくさん着てるじゃない」そう言いながらライターでタバコの火を点けてやった。

「こんな朝早くに口説かれるのってぞっとしないわ」

「じゃ、いつならいいのかな？　ミス・ヴァーミリア」

彼女はちょっと口をゆがめて笑った。それからハンドバッグの中を探ってマニラ封筒を取りだし、私にポンと渡した。「あなたに必要なものはすべて入っていると思うわ」

「えーと――すべてってわけじゃないけどな」

「せいぜい頑張るのね、このスケベおやじ。あなたのことは全部知ってるわ。アムネイさんがあなたを選んだかって？　いいえ、違うわ。選んだのはこの私。それからヒトの脚、じろじろ見ないでもらえる？」

封筒を開いた。中にまた一通の封筒が入っていた。それから私宛の小切手が二枚、一枚は二五〇ドル。「調査費用前払い分」と記されていた。もう一枚は二〇〇ドル。「フィリップ・マーロウ宛必要経費の前払い分」と記されていた。

「必要経費については私に報告すること、正確にね」とミス・ヴァーミリアが言った。「それからアルコール類は経費には入りませんから、念のため」

入っていた封筒は開けなかった――その場では。

「依頼内容をまったく知らないまま、なんで私が引き受けるとアムネイは思ったんだろう？」

「おやりなさい。べつに悪事を働けって言うんじゃないの。約束するわよ」

「約束してくれるのはそれだけ？」

「あら、じゃ、いつか雨の日の夕方［ロスでは滅多に雨は降らない］にでもこの件をネタにいっぱいやってもいいわ、私が暇なときにね」

「じゃ、乗った」

封筒を開いた。中に女性の写真が入っていた。さりげない様子だった。本当にリラックスしているのかそれともよっぽど写真慣れしているかのどちらかだ。髪は黒っぽく写っていたが、実物は赤毛かもしれない。広くすっきりとした額、厳しい目つき、高い頬骨、神経質そうな小鼻、意志の強そうな口元の持ち主だ。全体として精緻に描かれたような顔は緊張していて、幸せそうには見えなかった。

「裏を見て」とミス・ヴァーミリアが言った。

裏には写真の主に関する情報がきれいにタイプされていた。

「名前はエレノア・キング。身長一七〇センチ。二九歳位。髪は濃いレンガ色、髪は豊かで天然パーマ。姿勢はよく、話し方は低く、はっきりとしている。身なりはいいが華美ではない。化粧も控えめ。顔に目立った疵痕はない。特徴的な癖としては第一に、部屋に入ったとき、顔を動かさずに目だけ動かして部屋全体を眺める。第二に、緊張すると右手のヒラを掻く。左利きだが巧みにそれを隠している。テニスがうまく、水泳、飛び込みも得意。酒は強い。犯罪履歴はないが指紋は登録されている」

「警察のご厄介になったことがあるんだ」と写真から顔を上げてミス・ヴァーミリアを見ながら言った。

「私に確かめようとしても無駄よ、そこに書いてあることしか知りませんから。あなたは指示に従えばいいの」

「これだけじゃ見つけるのは無理だ、ミス・ヴァーミリア。こんな美人で二九歳なら間違いなく結婚しているはずだ。だけどここには身につけている結婚指輪とか装飾品についてなにも書かれてない。どうも不自然な気がしてならない」

彼女は時計をちらっと見た。「考えるならユニオン・ステーションで考えなさい、もう時間、ないわよ」立ち上がったのでレインコートを着るのに手を貸した。ドアを開けて訊いた。

「自分の車で来たの？」

「ええ」ドアから出掛かったが振り返った。「一つだけあなたに気に入ったところがあるわ。なれなれしくべたべたしてこなかったこと。お行儀がいいのね――見方によるけど」

「ちんけなテクニックさ――べたべたするための」

「それと、気に入らないところも一つあったわ。当ててみて」

「残念だけどわかんない――まあ、人によっては私が生きていること自体、気に入らないってこともあるけど」

「そんなんじゃないわ」

彼女について外階段をおりると駐めてあった車のドアを開けてやった。車は安物だった。キャデラック・フリートウッド［キャデラックのなかでも限定生産の高級車］。彼女はちょっと頷くと坂道を下っていった。

家に戻ると小型のバッグに衣類などを詰めた、外泊になるかもしれないから。

2

とくにそれらしいことをするまでもなかった。スーパー・チーフ号はいつもと同様、定刻に到着した。目当ての女は簡単に見つけられた、ディナー・ジャケットを着たカンガルーを見つけるくらい簡単だった。手荷物は持っていなかった。ただ文庫本を持っているだけだったが、それも目についたゴミ箱に捨てた。ベンチに腰掛けるとじっと床を見つめた。今までに不幸な女性を見たことがあるとしたらそのときのその女がそうだった。しばらくして立ち上がり、本屋へ入っていった。なにも買わずに出てきて壁の大きな時計で時間を確かめると電話ボックスに入った。手のひらいっぱいの一〇セント硬貨を投入し、話し始めた。女の表情は少しも変わらなかった。電話が終わると雑誌売り場へ行き、『ニューヨーカー』を買った。また腕時計で時間を確認するとベンチに座って雑誌を読み始めた。

女はミッドナイト・ブルーのあつらえスーツに胸元の開いた白いブラウスを着ていた。スーツの襟に、イヤリングとマッチしそうな大きなサファイアのラペルピンをつけていた、もっともこちらからは耳は見えなかったのでなんとも言えないが。髪はくすんだ赤毛だった。写真で見たとおりだったが、思ったよりすこしばかり背が高かった。

女はリボンのついた帽子をかぶっていた。その帽子には短いベールがついていて顔を半ば覆っていた。女は手袋をしていた。

しばらくすると駅のアーチを通り抜けてタクシーの待つ表へ出ていった。左手のコーヒーショップに目をやった。するときびすを返してまた駅の広い中央待合室に戻った。中にあるドラッグ・ストア、新聞売り場、案内所それから木のベンチに腰掛けている人などを眺め渡した。切符売り場が横一列に並んでいたが、あいている窓口と閉じた窓口があった。

女の目当てはそのどれでもなかった。女はまたベンチに腰掛けて壁の大きな時計を見た。右の手袋を外すと腕時計の針をあわせた。なんの飾りもないプラチナ台の小さな腕時計だった。私は頭の中で女の隣にミス・ヴァーミリアを座らせた。女は人なつこいようにも見えないし、かといって昔ふうの堅物にも見えないし、アダルトものにショックをうけるようにも見えなかった。だが、女と見比べるとミス・ヴァーミリアが尻軽女に見えた。

今度もゆっくり座っていなかった。立ち上がるとさっさと歩き去った。駅の中庭へ出ていったかとおもうとすぐに戻ってきてドラッグ・ストアに入って文庫本の棚をしばらく眺めていた。二つのことが明らかになった。第一に、誰かと待ち合わせをするとしても、その時間は列車の到着時間ではない。第二に、相手は特定の時間ではなく、乗り継ぎ時間の間のいつかに現われる、ということだ。女はコーヒーショップに入った。プラスチックのテーブルに座った。メニューを見てから雑誌を読み始めた。

ウェイトレスがお決まりのアイス・ウォーターとメニューを持ってやってきた。女は注文し、ウェイトレスは戻っていった。女は雑誌を読んでいた。時間は九時　五分すぎあたりだった。

私は駅のアーチを通り抜けてタクシー乗り場へ行き、そこにいる赤帽に声を掛けた。

「スーパー・チーフの客は受け持ち？」

「うん、何人かはね」と言いながら彼は私の指に挟んだドル札に格別気があるというふうもなく目を遣った。

「ワシントンからサンディエゴへ行く乗客とここで会う手はずになってたんだが、誰かここで降りた客がいたかわからないかな？」

「降りたって、降りて行っちまったってこと？　荷物をもって？」

私は頷いた。

赤帽はしばらく考えていた。はしこそうな栗色の目で私を値踏みしていた。「一人いたよ」と、やっと言った。

「それであんたの友人ってどんななりだ？」

私は男の人相、風体を説明した、数年前に死んだ映画俳優を思い浮かべて。赤帽は首を振った。

「お役には立てないな、ミスター。降りた人は全然違ってた。あんたの友人はまだ列車にいるんじゃないか？サンディエゴへ行くのに列車を降りる必要はないからな。ここが終点のスーパー・チーフは74号に連結されるんだ、そしてサンディエゴへ向かう。一一時三〇分発だ。まだ準備中だ」

「ありがとう」と言って金を渡した。女の荷物はまだ列車にあるのだ、それを確認したかったのだ。

私はコーヒーショップに戻り、ガラス越しに中を覗いた。

女は雑誌を読みながらコーヒーとシナモンロールをときおり口にしていた。私は電話ボックスへ行き、なじみの自動車修理屋に電話をした、もし一二時までに私から電話がなければ誰かを駅の駐車場へよこして私の車を引き取ってくれ、と頼んだ。今まで何回もこういうことがあった、だから彼らにはスペア・キーを渡してあった。電話が終わると車まで行き、バッグを取りだして二五セントロッカーへ入れた。どでかい中央待合室にある切符売り場でサンディエゴまでの往復切符を買った。そしてまたコーヒーショップに早足で戻った。

女はまだいた。だが、もう一人ではなかった。テーブルの向かいに男がいた。笑顔を浮かべながらなにやら話をしていた。一目見てそいつは女の知り合いで、女はそいつと知り合ったことを後悔していることがわかった。そいつはポート・ワイン色のローファー靴の先から、カジュアルなクリーム色のスポーツ・ジャケットの中に着ているネクタイなしの茶色と黄色のチェックのボタンダウン・シャツまでカリフォルニアそのものといった具合だった。背は一八三センチくらい、細身でうぬぼれ顔でやたらとにやついていた。手に持った紙切れをねじったり戻したりしていた。

男の胸ポケットに見える黄色いハンカチはまるで黄水仙の小さな花束のようだった。一つ、ボトル入り水のようにクリアなことがある、それは女にとってその男が目の前にいることが不快なのだ。男は喋り続けていて、その間ずっと紙切れをもてあそんでいた。話がついたのだろう、男は肩をすくめると椅子から立ち上がった。そして手を伸ばすと女の頬を指で撫でた。女はギクッとしたように身を引いた。次に男は手に持った紙片を広げると、もったいぶって女の目の前のテーブルの上に置いた。男は笑いを浮かべて女の反応を待った。女の目がゆっくりゆっくりその紙片に向けられた。女の目が紙片を見据えた。手が動いて紙片を取ろうとした。だが、男の手の方が早かった。男は紙片をポケットにしまった。顔には相変わらず笑いが浮かんでいた。

それから、男はポケットからミシン目のあるメモ帳を取り出すとこれもポケットに刺していたペンでなにやら書き込み、そのページを破いて女の前に置いた。今度は渡すつもりだ。女は手に取って読んだ。読み終わるとハンドバックにしまった。やっと女は男の顔を見上げた、そしてやっと微笑みかけた。かなり無理して笑顔を作ったのだと思う。男はテーブルをぐるっと回って女に近づくとテーブルの女の手を軽くぽんぽんとたたくとその場から去ってコーヒーショップから出ていった。

男は電話ボックスに入るとダイアルし、しばし話をしていた。電話ボックスから出ると赤帽を見つけてロッカーへ連れていった。赤帽に明るいオイスター・ホワイトのスーツケースとそれとおそろいの小型ケースを持たせて出てきた。赤帽は荷物を持って男に従い駅を出て駐車場へ向かい、流線型でツートンカラーのビューイック・ロードマスターのところまで行った。ビューイック・ロードマスターは一見コンバーティブルだがハードトップで実際はコンバーティブルではない。

赤帽は前倒しされた助手席の後ろに荷物を置き、チップを貰うと去っていった。スポーツコートと黄色のハンカチーフの男は車に乗り込むと車をバックさせ、一旦停止してサングラスを掛け、タバコに火をつけた。それから駐車場から出ていった。私はナンバー・プレートの番号を書き留めると駅へ戻った。

それからの一時間はまるで三時間のように長く感じた。女はコーヒーショップを出て待合室で雑誌を読んでいた。心ここにあらずなことは明らかだった。読んでは前のページを開いてまたもとのページに戻った。雑誌を見ても全然読んでいないときもあった。雑誌を手にしたまま虚ろな眼差しであらぬところを見ていた。私は夕刊の早版を買って広げ、その陰から彼女を見張った。そうしながら今までの事柄を頭の中で整理した。なにも確たる結論は得られなかった。だが、少なくとも時間つぶしにはなった。

女のテーブルに座った男はここで列車を降りたことは間違いない、荷物を持っていたから。女の乗っていた列車に乗っていたとしても不思議はないし、女のいた車両にいたとしても不思議はない。

女のしぐさから見てその男にまとわりつかれるのは嫌だし、男の態度に我慢ならないのは明らかだった。そして男は、嫌われるのは重々承知だが、紙片をチラリとでも見せたら女はそうもしていられないことがわかっているようだった。そして紙片を見た後、明らかに女の態度が変わった。

二人とも同じ列車に乗っていたなら、このやりとりはずっと前、即ち車中で行われていて然るべきだ。だが、実際は下車した後に行われた。つまり男は列車に乗っているときにはあの紙切れを持っていなかった、ということになる。

ここまで考えが及んだとき、女が不意に立ち上がって売店へ行き、タバコを一箱買って戻ってきた。封を切ると一本取りだして火を点けた。その吸い方はぎこちなく、とてもいつもの一服のようには見えなかった。タバコを吸っている間にだんだん女の態度が変わっていった。言って見れば毒々しく、あばずれたふうになっていった、あたかも何か目的があって意図的に自らを下劣に見せているようだった。壁の大時計を見た。一〇時四七分、また頭の中で事柄の整理を再開した。

ひねられていた紙片は新聞の切り抜きのように見えた。女は取ろうとしたが男は渡さなかった。その代わり、男は紙に何やら書いて女に渡した。女は受け取ってから男を見てにっこり笑った。結論、あのしゃれ者はなにかしら女の弱みを握っている、そして女はメモを受け取ったことを喜んだふりをするしかなかった。

次なる点は、男は列車を降りたらまず駅を出てどこかへ行ったことだ。車を取りにいったのかもしれない、新聞の切り抜きを取りに行ったのかもしれない、なんでもいい、思いつくものを取りにいったのかもしれない。ということは、男はその間に女に逃げられてもそれはそれで仕方がないと思ったのだ。

そう考えれば車中では、男は持っている情報の全部ではなく、一部だけしか示せなかったと考えるのが妥当だろう。彼自身、女にとってそれが重要かどうか確信が持てなかった可能性もある。それで確かめる必要があった。だから男は切り札を女に見せた。そして女の様子を確かめると荷物を持ってビューイックに乗って行ってしまった。ということはもはや女が逃げることはないと確信したのだ。どんな類いのことかはしらないが、二人を結びつける事柄は二人をあのような関係にさせるほど重要なのだ。

一一時五分になった。これまでの結論やら推測をすべて頭から追い出し、べつのシナリオがあるか確認のために新しい前提、たとえば男は列車には乗っていなかった、女には弱みはない、などからスタートすることにした。だが、何も思いつかなかった。一一時一〇分、構内放送が、サンタ・アナ、デル・マール及びサンディエゴ行きの74号列車をご利用の方はただいまよりご乗車願います、と告げた。大勢の乗客が待合室から列車に向かった。女もその中にいた。すでに大勢の乗客が改札を通ってホームに向かっていた。私は女が改札を通過するのを見届けると引き返して電話ボックスへ入った。一〇セント玉を投入してクライド・アムネイの事務所に電話した。ミス・ヴァーミリアが出た、番号だけの応答だった。

「マーロウだ。アムネイさんは?」

彼女は、事務的な口調で言った。「あいにくアムネイ氏は法廷です。伝言ございますか?」

「いま尾行中、ターゲットはサンディエゴ行きの列車に乗った。途中で降りるかもしれない。それ以上は不明」

「ご苦労さま。他になにか?」

「あるよ。天気はいいし、ターゲットは逃亡中っていうけどあんたよりどっしり構えている。ターゲットは通路からガラスを通して丸見えのコーヒーショップで朝飯を食べた。待合室ではざっと一五〇人の乗客に混ざってベンチに腰掛けていた。人目を避けたければ列車内に留まっていることもできた。

「わかりました、ありがとう。できるだけはやくアムネイ氏に伝えます。で、とくにコメント、あります?」

「一つ、言いたいことがある。あんた、私になにか隠してるな」

突然彼女の声の調子が変わった。きっと誰かが部屋から出ていったのだろう。「あのね、あなた、あなたは仕事をするために雇われたのよ。仕事だけしなさい、それもちゃんとね。クライド・アムネイさんはこの町に水を引いた貢献者よ」

「誰が水なんか欲しがる? ビューティフル。私の場合、スコッチ・アンド・ウォーターじゃない、スコッチ・アンド・ビールさ。もちっと乗りよく話を聞いてくれたらもちっといいこと教えるんだけどな」

「お金を払うのよ、探偵さん――依頼されたことはきちんとやれば? それ以上でも以下でもないの、わかった?」

「金は払う、か。あんたから聞いた言葉んなかで一番よかったよ、スウィートハート、じゃ、これで」

「あのね、マーロウ」と突然焦ったような口調で言った。「べつに邪険にしてるつもりはないわ。この件はクライド・アムネイにとってすごく大切なの。もしうまくこなせなかったら彼は貴重な仕事の手づるを失うことになるわ。誤解しないで、私はただビジネスライクなだけ」

「気に入った、ヴァーミリア。これからそのつもりで話すとしよう。何か進展があり、電話がそばにあったら連絡する」

電話を終えると改札を通ってスロープを下り、ここからベンチュウラ市［ロスから北西約一〇〇キロ］までくらい歩くとようやく一一番線にたどり着いた。客車に乗り込むと、もう車内はタバコの煙が充満していた。そいつは喉に極めて優しく、そして片っぽうの肺だけはたいていの場合、痛めないでくれるのだ。私はパイプを詰め、火を点けて、汚れた車内の空気をさらに悪化させた。

列車は動き出すと構内を抜け東ロスアンジェルスの裏町をいつ果てるともなくのろのろと動き回った。やがて少しばかり速度を上げ、最初の停車駅のサンタ・アナに着いた。ターゲットは降りなかった。オーシャン・サイドでも、デル・マールでも降りなかった。

サンディエゴに着くと私は真っ先に列車を降り、タクシーを予約してからオールド・スパニッシュスタイルの駅舎の外で待った。八分ほどすると赤帽たちが荷物をもって出てきた。それから女も出てきた。

女はタクシーには乗らなかった。道路を渡って角を曲がり、レンタカー会社に入っていった。レンタカーの手続きにしては随分時間が経ったと思う頃、がっかりしたような様子で出てきた。免許証がなければ車は借りられない、女もそんなことは百も承知だろうに、と誰でも思う。

今度こそ女はタクシーに乗った。タクシーはUターンして北へ向かった。私の乗ったタクシーもその後を追った。タクシーに後を尾けさせるのに少してこずった。

「そんなことは本の中の話で、ここサンディエゴでやるようなことじゃないよ、お客さん」

私は五ドル札と私の探偵免許証のコピーを渡した。運転手は両方、金にも免許証にも目を通した。それから顔を上げた。

「オーケー。だが、配車係には報告しなきゃならん」と言った。「配車係は警察に報告するとおもう。それがここでの流儀でね、お客さん」

「そう聞くとここに住みたくなる」と私は言った。「ところで前の車、見失ったぞ、二〇〇メーター先を左に曲がった」

運転手は免許証を私に戻した。「左は見落としてた」とぼそっと言った。「あんた、無線電話が何のためにあるか知ってるか?」そう言うとマイクを取り上げてなにやら話し込んだ。

車はアッシュ通りを左折してハイウェイ101に乗り、車の流れに合流すると時速六〇キロでゆったり走った。前の車はもうとっくにどこかへ行ってしまった。いったいどうなっているんだ、私は彼の後頭部を見つめていた。

「お客さん、あんた、何にも心配することはないよ」と肩越しに話しかけてきた。「この五ドルは運賃とはべつだよな、だろ?」

「そうだ。だけどなんで私は心配しなくていいんだ?」

「前の車はエスメラルダに向かってる、ここから二〇キロ北の、海岸沿いにある町だよ。途中で気が変わらなきゃな――行き先が変わったら連絡が入る――あそこにはランチョ・デスカンサードって名のホテルがある。スペインふうのリゾートホテルさ。無線電話が何のためかわかったろ、気を楽にして乗ってなよ」

「なんだ、迎えのリムジンがあるんじゃないか、タクシーなんか要らなかった」

「サービスだってただじゃないさ、ミスター。誰も他人《ひと》にくれてやるために食べ物を買うわけじゃない」

「あんた、メキシカンか?」

「俺たちは自分らのことをそんなふうには呼ばないよ、ミスター。スパニッシュ・アメリカンって言ってる。生まれも育ちもUSAだ。もうスペイン語がおぼつかないやつだっている」

「Es gran lástima,『そいつはホント残念』」と私は言った。「Una lengua muchísima hermosa『とても美しい言葉なのにな』」

運ちゃんはぐるっと後ろを向いて言った。「Tiene Vd. razón, amigo. Estoy muy bien de acuerdo『そのとおり、アミーゴ、まったく同感だよ』」

101をトランス・ビーチ・ロードで降り、そこからしばらく走ると目的地に向かって大きくハンドルを切った。ときおり運転手は無線電話をとってなにやら連絡をしていた。ややあって彼は大きくこちらを振り向いて言った。

「向こうから見られない方がいいかね?」

「向こうの運ちゃんはどうなんだ?　客に尾けられてること、言うつもりか?」

「やつにも言っちゃいないよ。だからあんたに訊いたんだ」

「あの車を追い抜いて先回りしてくれ。首尾よくやったらもう五ドルプラスだ」

「楽勝だよ。抜かれたってことさえわからないさ。あとでビールでも飲みながらからかってやるさ」

小さな商店街を抜けた。するとまた道は広くなった。道の片側には新しくはないが立派な家並みが続き、その反対側にはまさに新築、とはいえ決して安普請とはいえない家並みが続いていた。それからまた道は狭くなり、制限時速は四〇キロとなった。車は右折し、曲がりくねった狭い通りをいくつか通過し、一時停止標識までくると急停止、急発進した。私が周りの景色を見定める間もなく車はその交差点を曲がり峡谷を縫うように走る幹線道路の坂道を下っていた。見ると左手には広く浅い浜が広がり、そこには金属製のライフガードの監視塔が二脚立っていた。その向こうはキラキラ光る太平洋だった。漆喰塀が見えてくるとまもなく坂は終わり、そこに門があった。運転手は門を入ろうとした。私は入らずに車を停めるように言った。

そこには緑色の大きな看板に金文字で「エル・ランチョ・デスカンサード」と記されていた。

「どこかに隠れるんだ」と私は言った。「あのタクシーがここに来るのを確かめたい」

車は坂道を引き返し、ホテルの漆喰塀を過ぎてその先にあった細い曲がりくねった脇道に入って停まった。幹が分かれて節くれだったユーカリが車に覆いかぶさっていた。

私は車を降りて色の濃いサングラスを掛けると脇道を引き返し、幹線道路に出るとガソリンスタンドの名前が書かれた鮮やかな赤のジープに寄り掛かった。

峡谷の坂道をお目当てのタクシーが下ってきてエル・ランチョ・デスカンサードの門へ入っていった。三分経った。またタクシーが現れた。客は乗っていなかった。そして峡谷の坂を上っていった。私は車に戻った。

「423号車だ」と私は言った。「間違いないな?」

「間違いない、あんたのお目当てだ。これからどうする?」

「ここで待つ。中はどんなふうになってる?」

「カーポート付きのコテージが客室だ。シングルとダブルがある。門を入った正面に小さな管理棟がある。シーズン中、料金は跳ね上がる。今はシーズンじゃない。料金は半額、でもゆったりした部屋に泊まれる」

「ここで五分待ってからチェックインして荷物を部屋に運ぶ。それからこの辺のレンタカー屋を探すよ」

運転手が言うにはエスメラルダにはレンタカー屋が三軒あるとのことだった。時間貸しでも距離貸しでもどちらでも好きな方を選べると教えてくれた。

五分待った。もう三時過ぎだった。腹ペコで、もし目の前に犬の餌があればかっさらいかねなかったと思う。タクシー代を払い、車の去っていくのを見届けると幹線道路を渡って管理棟にあるフロントへ向かった。

3

私はカウンターにお行儀よく肘をついて、フロントの、水玉模様の蝶ネクタイをしている、屈託のない顔をした若者を見た。次にフロント係から、脇の壁際に設置してある小型の館内電話交換機担当の交換嬢に目を移した。その子は明るい化粧をした、どちらかと言えばアウトドアが似合う子で、おつむの後ろから茶色がかった金髪のポニーテールが突き出ていた。

大きく優しい目をしていた。そしてその目は、カウンターの若者を見るたびに輝いた。

私は、またフロント係に目を戻して唸り声が出るのをかろうじて抑えた。交換嬢はポニーテールを大きく振って今度は私の方を見た。

「お部屋をご覧に入れますので気に入った部屋をお選びください、マーロウ様」とフロント係がかしこまって言った。

「チェックインはのちほどで結構です、お泊りを決めたあとで。それでご滞在のご予定は?」

「彼女次第なんだよ」と私は言った。「あの青いスーツの女性、ほんのちょっと前にチェックインした女性のこと。なんて名乗ったかは知らないけど」

フロント係と交換嬢は私を見つめて固まった。二人とも、まったく同じ表情、好奇心と警戒感の混ざった顔だった。おそらく一〇〇以上この場の切りぬけかたはある。だが、今回は私にとっても初めてのシナリオだった。世界中のどこの都市のどこのホテルでもこんなシナリオは通用しない。でもここではうまくいくかも、と思った。そう思った主な理由はどうせダメ元、ならとことん演じようと腹をくくったからだ。

「とんでもない話だと思ってるんだろ、違うか?」と私は言った。

「とにかくホントのことをお話いただいたんでそれだけは」とフロント係は微かに首を振りながら言った。

「取り繕うのは飽き飽きしてるんだ。もう疲れちまった。あんた、彼女の左薬指見たか?」

「いいえ、なぜですか?」と言いながら、フロント係は交換嬢を見た。交換嬢は私の顔を見据えたまま首を振った。

「結婚指輪をしていないんだ」と私は言った。「今はもう、すべてを失った、すべて破綻した。あの年月――あぁ、どうしてこうなっちゃったんだろ。彼女のあとをずっとついてきた――どっから? どっからでもいいじゃないか。それなのに私に一言も話しかけようとしない。自分でもつくづくあほだと思うよ」と言って慌てた様子で横を向き、鼻をかんだ。彼らの好奇心を駆り立てるのに成功した。「やっぱりどこか、ほかに行ったほうがいいんだ」とカウンターに背を向け、出ていく素振りをしながら言った。

「あなたはやり直したい、だけど向こうにその気はないのね」と交換嬢。

「うん」

「わかりますよ」とフロント係の若者が言った。「だけどおわかりでしょう、マーロウ様。ホテル側としては何事も慎重にも慎重を重ねなきゃならないんです。お話いただいたような事情では何が起こってもおかしくありません――たとえば発砲事件とか」

「発砲?」私は目を丸くしてフロント係を見た。「参ったな、一体だれがそんなことするって言うんだ?」

彼はカウンターに両手をつき、こちらに顔を寄せた。「じゃ、どうなさるつもりなんですか? マーロウさん」

「彼女のそばにいられればそれだけでいいんだ――彼女が私に話しかけたくなったそのときにそばにいたいんだ。私からは話しかけない。だけど彼女は私がここにいるのを知っているし、なぜここにいるかも十分承知している。私は待っているんだ。いつも待っているだけさ」

今や交換嬢は私の話がすっかり気に入っていた。私は思いっきり気弱な男を演じた。ゆっくり深呼吸し、それから最後の仕上げとばかりにふっとため息をついた。「それに彼女をここに連れてきた男の態度がどうにも気に喰わない」と言った。

「彼女を連れてきた人なんかいませんよ――もっとも、タクシーの運ちゃんは別ですけど」とフロント係が言った。とは言ったものの、彼は私の意味するところはわかっていた。

交換嬢がちょっと笑って言った。「そんな意味じゃないのよ、ジャック。この人、予約した人のこと言ってるのよ」

ジャックが答えた。「その位わかってる、ルシール。俺はそんなにあほじゃないし」というなり机から一枚のカードを取り出し、私の目の前に置いた。予約票だ。用紙の角に、斜めに名前が記されていた。ラリー・ミッチェル。それからまったく違う筆跡で記入欄に正しく次のように記されていた。（女性）ベティー・メイフィールド　ウエスト・チェーサム　ニューヨーク。それから用紙の左上の角にある欄に、「ラリー・ミッチェル」と書いた同じ筆跡で、日付、時間、価格、部屋番号が記されていた。

「ありがとう」と私は言った。「やっぱり旧姓に戻したんだ、合法だ、もちろん」

「違法な名前なんてありませんよ、詐欺なんか企まない限りはね。あの方の隣の部屋はいかがですか？」

私は目を丸くして驚いたふりをした。ちょっと輝いたかもしれない。こんなにまじめに目を輝かせようと頑張った人はいないのではないかと思った。

「いいかい」と私は言った。「本当にありがたい、だけどそんなことしちゃだめだ。私はもめごとなんか起こす気はない。だけど、実際何が起こるかわからない。私がなにかしでかしたらあんたのせいってことになる」

「オーケー」とフロント係が言った。「後悔することになるかもな。私が見るに、あんたは揉め事を起こすような人じゃない。ただしこのことは内緒だ」ペン立てからペンを取ると私に渡した。名前と住所を書いた。住所は東61番通り、ニューヨーク市。

ジャックはそれを眺めていた。「セントラル・パークのそばじゃない？」と訊いた。

「公園まで三〇〇メーターちょっと」と答えた。「レキシントン・アベニューとサード・アベニューの間さ」

ジャックは頷いた。そこを知っていたようだ。私はそこにいたことがある。ジャックは鍵を用意しようとした。

「スーツケースはここに置いときたいんだけど」と私は言った。「どこかで飯を喰って、それからできればレンタカーを借りようと思う。スーツケースを部屋に運んでおいてもらえるかな?」

もちろん。お安い御用。彼は私を管理棟から外に連れ出すと細い木の茂み越しに上の方を指さした。コテージはいずれも板ぶき屋根で壁は白、屋根は緑に塗られていた。各コテージには手すり付きのポーチが備わっていた。ジャックは木立の間を指さして私の泊まるコテージを示した。ありがとう、と言った。彼が管理棟に戻ろうとしたとき、私は声をかけた。「あのな、一つあらかじめ了解してもらいたいことがある。私がここに泊まったことを知ったら彼女、出ていくかもしれない」

にっこり笑って言った。「もちろん。そうなっても仕方ありません、マーロウさん。たいていのお客さんは一泊か二泊しかしないものです――夏以外はね。この時期満室になるなんて期待していませんよ」そう言うとフロントのある管理棟へ入っていった。交換嬢がフロント係にいうのが聞こえた。「あの人、ちょっといい感じ、だけど、ジャック。あんなことすべきじゃなかったわ」

ジャックの答えも聞こえた。「俺はあのミッチェルってやつが嫌いだ――たとえオーナーの友達だったとしても」

4

部屋はまあまあだった。例によって固いソファ、クッションなしの椅子、正面の壁際に置かれた小さな机、作り付けの押し入れがあるウォーク・イン・クローゼット。バスルームにはハリウッド・バス［蛇口がバスタブの中央にある］、鏡付洗面台とその両脇の蛍光灯、小さなキッチンには冷蔵庫と電気コンロを三口備えたレンジ台。流しの上には食器棚が作り付けになっていて皿その他がきっちり揃っていた。スーツケースからボトルを取り出し、冷蔵庫の氷で飲み物を作り、椅子に座るとすすりながら耳を澄ませた。

窓は閉めたまま、ベネチアン・ブラインドはおりたままにしておいた。隣の部屋からはなんの物音も聞こえてこなかった。トイレを流す音が聞こえた。女は在室だ。グラスが空になった。私はタバコを消し、隣の部屋との間の壁に取り付けられているヒーターを調べた。熱源は金属製のヒーターボックスの中に取り付けられている二本の円筒管、すりガラスの長い赤外線ヒーター管だ。部屋に向かっては保護用の格子状のカバーがあった。どう見てもあまり暖かくはなりそうになかった。だが、ウォーク・イン・クローゼットの中には温度調節付きのファンヒータがあった。三芯プラグがついていた、ということは二二〇ボルト用だ。私はクロムメッキされた格子状のカバーを外して赤外線ヒーター管を二本とも取り外した。次にスーツケースから聴診器を取り出すとヒーターボックスの奥にある金属板に当てて耳を澄ませた。

もし、隣室も同じ構造で、同じように赤外線ヒーター管が備わっているなら、たぶん間違いなくそうだと思うが、こちらと隣室との間を隔てるものは金属板と若干の断熱材だけ、つまりここが一番薄いということになる。

初めの数分間、なんの音も聞こえなかった。それから電話器のダイアルを回す音が聞こえてきた。感度は申し分ない。女性の声で聞こえた。「エスメラルダ４１－１４９９、お願いします」

その声はクールで抑え気味の抑揚、急ぐでもなく、ゆったりともしていない口調、それに疲れている感じ以外、なんの感情も読み取れなかった。これまで長時間女を尾行してきたが、声を聴くのは初めてだった。

しばらく間があって「ラリー・ミッチェルさん、お願いします」と言うのが聞こえた。

また間があったが今度は短かった。「ベティー・メイフィールドです。いまランチョ・デスキャンサードです」

女はデスカンサードの「カ」の発音を間違えた。それから「ベティー・メイフィールド。そう言ったのよ。とぼけないで。スペルを言いましょうか?」

相手はなにやらごたごた言っているらしい。女はじっと聞いていた。ややあって女が言った。「部屋は12C、知ってるくせに。あんたが予約したのよ……あら、そうなの……じゃ、わかったわ、ここにいるから」

そこで電話は終わった。そして沈黙。完全な沈黙。それからまた声が聞こえた。のろのろとうつろな声だった。「ベティー・メイフィールド、ベティー・メイフィールド、可哀そうなベティー、いい子だったのに、昔はいい子だったのに」

私は壁を背にして縞模様のクッションを床に置き、その上に座っていた。音をたてないようにそっと立ち上がり、聴診器をクッションの上に置くと寝椅子に横になった。じき男が着くだろう。女は部屋からは出ずに男を待つ。そうしなければならないから。

女は何らかの事情があってここに来なければならなかった。私はその事情を知りたかった。

男はスニーカーみたいなものを履いていたに違いない。というのも、隣のブザーが鳴るまで何の音も聞いていなかったから。それにこのコテージまで車で乗りつけてはいなかった。私はまた床に座って聴診器を持った。

女はドアを開け、男が入った。男の顔にあの笑いが浮かぶのが見えるようだった。男が言った。「ハロー、ベティー。ベティー・メイフィールドって名前だよな。気に入ったよ」

「本名よ」女はドアを閉めた。

男の小ばかにした笑い声が聞こえた。「名前を変えるくらいの頭はあると思ったけどな。たけどバッグについていたイニシャル、あれはなんなんだい?」

男の声はそいつの笑顔同様、不愉快なものだった。甲高くはしゃいでいて悪意のある冗談で陽気そのものだった。あからさまな蔑みは感じられなかったが、十分それに近いものはあった。聞いていて思わず歯ぎしりをした。

「たぶん」と嫌味を込めて女は言った。「あなたが最初に気がついたことはそれでしょ」

「違うね、ベイビー。最初に目についたのは君そのものたよ。その次は薬指、指輪の跡はあるけど指輪のない指。イニシャルはその次、三番目だ」

「ベイビーなんて気安く呼ばないで、この安っぽい強請《ゆす》り屋」突然押し殺したような怒った口調に変わって言った。

そんな言葉に男は少しもたじろぐことはなかった。「強請り屋って言われればまあ、そうかもしれないな、ハニー。だけど」――またしてもさも偉そうにクックと笑うと続けた。――「確かなのは、私はお安くはないってことだ」

女の歩く気配がした。たぶん男から遠ざかったのだろう。「飲みたいの? ボトルを持ってきたでしょ、見たのよ」

「飲むとあらぬ気になるかもしれない」

「あなたには嫌なところがたった一つあるわ、ミッチェルさん」と女は冷たく言った。「それはえらそうなふざけた口の利きかたよ。あなたはしゃべりすぎるしうぬぼれすぎ。ねえ、お互いもうすこしフランクになったほうがいいんじゃない? エスメラルダは好きよ。前にも来たことがあるの。ずっとまた来たいと思っていたわ。あなたがこの町に住んでいてしかもここへの列車に乗り合わせていたなんてほんと、不運としか言いようがないわ。そして私がどこの誰だかを知っているあなたの目に留まってしまうなんて不運中の不運。

そうとしか言いようがないわ――不運」

「私にとっちゃラッキーさ、ハニー」と男はわざとゆっくり言った。

「たぶんね」と女が言った。「あまり欲をかかなきゃね。もしあんまり図に乗ると、元も子もなくなるわよ」

しばらく沈黙が続いた。二人の様子がありありと目に浮かんだ、お互いににらみ合っている。男の笑顔が少しばかりひきつってきた、ほんの少しばかり。

「やることは」と男は穏やかに言った。「受話器を取ってサンディエゴの新聞社に電話するだけ。公にしたい？そうなら手配できるけど」

「ここにきたのはそれを避けるためよ」と女が苦々しく言った。

「そうだろうとも。老衰でボロボロになりかかっているおいぼれのダメ判事が、陪審員の評決と反対の裁定を下した、そんなことは合衆国でただ一つの州でしか認められていない――私が調べた限りではね。それであんたは名前を二度変える羽目になった。もしここサンディエゴで新聞に載ったら、そりゃ面白い記事になる、ハニー――そしてあんたはまた名前を変えなきゃならなくなる――それともう少し列車に乗ることになる。疲れるよな、そうだろ？」

「そうならないためにここに来たわ」と女は言った。「そうならないためにあなたもここに来たのよ。幾ら欲しいの？　どうせまた強請るんでしょうけど」

「金の話をしたっけ？」

「いずれするわよ」と女が言った。「それにもう少し声を落としなさい」

「このコテージにはあんたしかいないさ。ここに入る前にぐるっと見回った。ドアはみんな閉まっていた。窓も閉まっていた。ブラインドはおりていてカーポートにも車はなかった。もしそれでも気になるならフロントで確認してもいい。ここには私の友人が大勢いる――あんたも友達にならなきゃ、そうすればここで楽しく暮らせる。ここはよそ者が溶け込むのは大変な町だ。そしてよそ者にとってこの町は退屈そのものだ」

「あなたはどうやって溶け込んだの？　ミッチェルさん」

「親父はトロントの名士だ。親子仲が悪くてね、家を追い出された。だけどそれでも私の親には違いない。たとえ仕送りの目的が私を厄介払いするためだとしてもね」

女はなんのコメントもしなかった。その場を離れていった。女がキッチンで製氷器からアイス・キューブを取り出す馴染みの音が聞こえた。水の流れる音がした。足音がもどってきた。

「私も一杯いただくわ」と言った。「ちょっと私、失礼だったみたいね。疲れたの」

「わかるよ」と男が穏やかに言った。「あんたは疲れてるんだ」一息入れて、「休んだら、そうだな、今夜、七時半、『グラスルーム』でどうだろう？　迎えに来るよ。ディナーにはうってつけの店だ。ダンスもいい。静かで。邪魔が入らない、意味深だろ。『ビーチクラブ』の傘下だ。いちげんさんはお断りの店さ。私は常連だ」

「高いの？」と女が訊いた。

「ちょっとね。あ、そうだ。それで思い出した。話がまとまるまでとりあえず何ドルか貰っておいてもいいな」そう言って男は笑った。「自分自身驚いたよ、結局金のこと、言っちまった」

「何ドルか？」

「何百ドルならもっといいけど」

「手持ちは六〇ドルで全部。銀行口座を開くか旅行小切手［二ヵ所同じサインがなければ現金化できない。一ヵ所だけサインをしておけば、なくしても盗まれても損害がない］を現金化するまでそれ以上はだめ」

「ここのフロントで現金にできるさ、ベイビー」

「知ってるわ。ほら、五〇ドル。あなたを甘やかせたくないの、ミッチェルさん」

「ラリーでいいよ。長い付き合いになるんだから」

「そうなの？」女の声の調子が変わった。誘うような気配がそこにはあった。男の顔にゆっくりと嬉しそうな笑顔が広がるのが容易に想像できた。それから沈黙が続いた。思うに男は女を抱き寄せ、女はなすがままにさせた。しばらくして女のちょっとこもったような声が聞こえた。「もう十分でしょ、ラリー。今はおとなしく出てって。七時半に会いましょ」

「出がけにもう一度キスだ」

まもなくドアが開き、男が何やら言ったが聞き取れなかった。私は立ち上がって窓際へ行き、ブラインドの羽の隙間から用心しながら外を見た。背の高い木に取り付けられた夜間照明が点灯された。その光の中を男はスロープを下っていき、見えなくなった。私はヒーターパネルに戻ってしばし隣室の音を聞いていたが、しばらくはなにも聞こえてこなかった。なにを期待して盗聴をつづけたのか、そのときはあまりよくわからなかった。

だが、すぐに自分の意図がはっきりとわかった。せわしく室内を動き回る気配がした。引き出しを開ける音、ロックがパチンとかかる音、スーツケースの蓋が開けられて何かに当たる音などが聞こえてきた。

女は引き払う支度をしていた。

私は赤外線ヒーター管を元に戻し、外したクロムメッキのカバーも取り付けて聴診器をスーツケースにしまった。夕方になって冷え込んできた。私は上着を着ると部屋の真ん中で突っ立っていた。だんだん暗くなってきたが明かりは点けなかった。ただそこに立って次にどう動くべきかを考えていた。電話をとって報告するのもありだった。で、電話をしている間に女はタクシーを呼び、また列車かあるいは飛行機に乗ってどこかへ行ってしまう。女は行こうと思えばどこへでも行かれる。だが女の行き先がワシントンの大物にとって本当に重要だとしたら、列車を待ち受ける探偵がいついてもおかしくない。記憶力抜群で目ざといラリー・ミッチェルのようなやくざ、あるいはレポーターなどがいついてもおかしくない。いずれにしても誰かの目に留まることは避けられないだろう。とにかく自分自身から逃げ出すことはできない。

私は、軽蔑している連中のために安っぽいコソ泥みたいな仕事をしてきた。だけど、所詮探偵なんかそういう仕事をするためにいるのだよ、おじさん。

依頼人は金を払い、探偵は泥を掘り返す。今回、しみじみ因果な商売だと思った。女はあばずれには見えなかったし悪党のようにも見えなかった。ということは、もし本当に女があばずれで悪党なら、もっとうまく化けて脅されるようなへまはしないことを唯々意味していた。

5

ドアを開け、隣に向かい、小さなブザーボタンを押した。中からは何の動きの気配もなかった。足音も聞こえなかった。それからドアチェーンを掛ける音がしてドアが開いた。ほんの五、六センチほど、その隙間から明かりと、がらんとした室内がみえた。ドアの後ろから声がした。「どなた?」

「砂糖を少し貸してもらえませんかね?」

「ここにはないわ」

「じゃ、小切手が届くまでとりあえず何ドルか貰っておいてもいいかな?」

また沈黙。それからチェーンぎりぎりまでドアが開いた。女は隙間から顔を出し、暗い目つきで私を見た。なんの表情もなく、ただ暗い水溜まりのようだった。木の上高くからの夜間照明が斜めにさして、その目にギラリと反射した。

「誰なの?」

「隣の部屋のものです。昼寝をしていたらそちらからの声で目が覚めましてね。話がすっかり聞こえたんですよ。それでちょっと好奇心がもたげちゃって」

「どっかほかでもたげなさい」

「そうもできますよ、キング夫人——おっと失礼——だけどほんとにいいのかな、それで?」

女はそのまま、目を動かすこともなかった。私はタバコをパッケージから振り出してくわえ、親指でジッポーを使って火を点けようとした。誰でも片手でできるはずだし、実際できる。だけどちょっとしたコツがいる。ちょっともたついたけどようやくうまくできた。タバコに火が点き、吸い込むと鼻から煙を吹き出した。

「で、次はどんな芸するの?」と女は言った。

「まじめな話、L・A［ロスアンジェルス］にいる依頼人にあんたのこと、電話して報告しなきゃならない。だけど話によっちゃ考えますけどね」

「なんてこと」とたまらず言葉がほとばしった。「半日に強請が二人！　どうしたらこんなことになるの？」

「わかりませんね」と私は言った。「私は何も教えてもらっていないんですよ。もしかしたら私はボケ役をやらされていたのかもしれません。確信はないけど」

「ちょっと待って」と言ってドアが私の目の前で閉まった。行ってしまったわけではなかった。ドアの内側の溝からチェーンを外し、ドアが開いた。

私はそろりと中に入った。それに合わせて女は後ろに下がって私との距離を保った。「どこまで聞いたの？それとドアを閉めてくれません？」

私は肩でドアを閉め、そのままドアに寄り掛かった。

「どっちかっちゃえげつない話の最後の一言まで。ここの壁はタップダンサーの財布みたいにペラペラだ」

「あなた、ショービジネスの関係者？」

「ショービジネスとは真逆。言ってみればかくれんぼが私の仕事。私の名はフィリップ・マーロウ。あんた、前に私を見たんですよ」

「私が？」そう言いながら女はなにやら用心深い足取りで私から離れて、広げられたスーツケースに近づいた。椅子のひじ掛けに寄り掛かった。「どこで？」

「L・Aのユニオン・ステーション。列車の乗り継ぎを待っていた、あんたも私も。あんたが気になった。あんたとミッチェル氏——それが彼の名前、そうだろ？——との間に何が起こっているかも気になった。話は何も聞いていないし、よく見たわけでもない、なにしろ私はコーヒーショップの外にいたから」

「で、なにが気になったの？　え、どこの馬の骨か知らないけど無駄にでかくて無邪気なおじさん」

「話はまだ終わってない。気になったのは、あんたがミッチェル氏と会った後の変わりようだ。あんたが変身するさまを見ていた。実に念が入っていた。あんたはわれとわが身を自分とは正反対の、近頃はやりのはすっぱな尻軽女に変えた。でも、なぜ？」

「じゃ、変身前のあたしはなんなの？」

「お淑やかな良家のご婦人」

「お芝居よ」と女は言った。「あなたの言う変身後が私の本性。で、こういったものも似合うのよ」女は脇から小型の拳銃を取り出し、構えた。

私は拳銃を眺めた「あれ、銃か」と私は言った。「銃で脅そうとしてもむだ、生まれてこの方、私は銃と一緒だった。骨董物のデリンジャーは私のおしゃぶり。デリンジャーって単発だ。古き良き時代、賭博蒸気船のギャンブラーがいつもポケットに入れてたあれ。すこし大きくなると軽いスポーツライフル銃を持つようになって、それから３０３射撃用ライフル銃、それから大人になるにつれいろいろ扱かってきた。あるときなんか野外射撃場で八〇〇メートル先の的のど真ん中を命中させた。ちなみに八〇〇メートル先の的はこちらからは郵便切手くらいにしか見えない」

「うっとりするような育ち方ね」と女が言った。

「拳銃なんかで物事は解決しない」と私は言った。「銃はぶざまな第二幕を打ち切る手っ取り早いカーテンにすぎない」

女は微かに笑うと銃を左手に持ち替えた。とみる間に右手で自分のブラウスの襟のあたりを掴むと素早く、思い切って腰のあたりまで引き裂いた。

「次はね」と女が言った。「でもそんなに急ぐわけじゃないけど、また右手に銃をもどすの、ほら、こんなふうに」女は右手に持ち替えたが、今度は銃身を掴んでいた。「こうやって銃把で自分の頬骨辺りをぶん殴るの。見事な青あざができるわ」

「それから」と私が言った。「あんたは銃をちゃんと持ち直して安全装置を外し、引き金を引く。まあその頃には私はどっかでスポーツ新聞の一面を読み終わっているけどな」

「逃げようとしてもドアまでの半分もたどり着けないんじゃない？」

私は座ると足を組み、背もたれに体を預けて椅子の脇のテーブルから緑色の灰皿を取って膝の上に落ちないように載せた。そして吸っていたタバコを右手の親指と人差し指でつまんだ。

「部屋を出ていくなんてとんでもない。ずっとここに座ってるさ、ほら、このとおり。らくちんだ、リラックスしてるし」

「でも、もう、ちょっとばかり死んでるけど」と女が言った。「私の腕は確かよ、それに八〇〇メートルも離れていないし」

「じゃ、私がどのようにあんたを襲おうとしたか、それであんたがどのように身を守ったのか、あんたの与太話を警察に信じさせようってわけか」

女は拳銃を蓋の開いたスーツケースにポイっと投げ込むと笑った。おかしくて本当に腹の底から笑っているようだった。「残念だわ」と女は言った。「あなたは脚を組んでそこに座っていてそのあなたの額には穴があいている。私はそんなあなたからどうやって身を守ったか説明にあい務める——そんな場面を考えるとちょっとめまいがしてくるわ」

女は椅子にどっさと座ると身をまえに乗り出し、両肘を膝につくと両手で顎を支えた。

女の顔は張り詰めていて疲れた表情をしていた。濃い赤毛が必要以上にふんわりと顔を縁取っていた。そのせいで顔が実際よりも小さく見えた。

「あなた、私に何をするつもり？ マーロウさん。それともこう言った方がいいかしら、手を引いてもらうには見返りに何をしたらいいの？」

「エレノア・キングってだれ？ ワシントンでの彼女はどんな人だったのかな？ なぜ旅の途中で名前を変え、スーツケースのイニシャルを剝がさせたんですか？ とかそういったあれやこれやを聞かせてもらえないかな？　ま、たぶんダメだろうけど」

「さあ、どうかしら。赤帽がイニシャルを剝がしたのよ。彼に身の上話をしたの、不幸な結婚とその結果としての離婚、そして旧姓に戻る権利を得たことなんか。その旧姓がエリザベスというかベティー・メイフィールドよ。嘘偽りはございません、そう聞こえるでしょ？」

「確かに。でも、話にミッチェルが出てこない」

女は身を起こすと背もたれに体を預けてリラックスした。だが、油断のない目つきはそのままだった。「旅の途中に知り合っただけ、たまたま列車に乗り合わせの」

私は頷いた。「だけど、奴は自分の車でここへやってきた。あんたの部屋はあいつが予約した。あいつはこの従業員には好かれていない、だけどこのホテルの関係者、それもかなり力のある人物と知り合いだ」

「旅行中、船や汽車で知り合った人とはよく、すぐ仲良しになることがあるわ」

「そうらしいな、奴はあんたに金まで無心した。早業だな。しかもあんたは奴に格別これといった気もないというのが私の印象だ」

「へー」と女が言った。「それがなんなの？　でもね、言っとくけど、私、彼にぞっこんなの」女は手のひらをかえしてじっと見た。「誰に雇われたの？　マーロウさん、目的はなに？」

「ロスアンジェルスのある弁護士にだ。東海岸からの指示で動いている。私の役目はあんたを尾行してどこに泊まるか見届けること。役目を果たしたと思ったとたん、あんたはまたここを出ていこうとしている。私としてはまた後を尾けなきゃならない」

「だけどもうあたしにばれたから」と抜け目なさそうに言った。「すごくやりにくいわよ。あなた、私立探偵かなんかでしょ、違う？」

そうだと答えた。タバコの火はとっくに消していたので、膝に置いた灰皿をテーブルに戻して立ち上がった。

「知られたんで尾行がやりにくくなったのはたしかさ、だけど私の代わりなんか山ほどいる、ミス・メイフィールド」

「あら、そんなことわかってるわ。で、その連中、みんなあなたみたいな気取った小物ばっかり。なかにはあんたよりまともな人だっているかもね」

「警察はあんたに目をつけてない。でなきゃとっくにつかまっている。あんたの乗っていた列車もばれていた。私はあんたの写真やあんたについての情報だって持っている。でもそれだけじゃあんたは痛くもかゆくもない。だけど、ミッチェルはあんたを好きに操れる。奴の狙いは金だけじゃない」

女の顔が若干赤くなったような気がした。だが、明かりが女の顔をまともに照らしていなかったので定かでなかった。「そうかもね」と女は言った。「そうだとしてもべつにどうってことないわ」

「どうってことあるのさ」

女は突然立ち上がって私に詰め寄った。「あんたの仕事ってちまちましたお金しか稼げないんでしょ、違う？」

私はうなずいた。女は私の目の前にいた。

「じゃ、この場から去って私を見たことなんか忘れるには、あなたの商売からみてどのくらいが妥当なのかしら？」

「ここから立ち去る分については無料だ。それから先の行動としては、私は依頼主に報告することになる」

「それ、幾ら？」とまじめな口調で言った。「依頼料としてかなりの額、用意できるわ、依頼料って言うんでしょ、聞いたことがあるの。脅迫って言葉よりずっとスマートね」

「同じ意味じゃない」

「かもね。でもね、同じ意味の場合だってあるわ――弁護士とか医者でさえ人によっては同じ意味で使うわ。たまたまそんな目に遭ったの」

「ついてないな、え」

「とんでもない、探偵さん。私ってこの世で一番ついている女よ。まだ生きてるから」

「私はあんたを追う立場だ、ついているならせいぜいお大事に」

「なにを知っているっていうの？」と女は物憂げに言った。「このかっこつけ探偵。カモメにでも言いなさいよ、クズが。私にはへでもないわ。ほら、出ていけば、私立探偵マーロウさん、そして掛けたくてうずうずしていた電話を掛けて、ろくでもない報告をしたら？　止めないわよ」

女はドアに向かった。私は腕を掴んでぐるっとこちらにふり向かせた。破れたブラウスからはなにもドキッとするような裸が見えたわけではなかった、肌とブラジャーの一部が見えているだけだった。海辺ではもっとあらわな姿が見られる、はるかに大胆な姿が。だが、破れたブラウス越しに見るなんてことはない。ちょっとそちらに目を吸い寄せられていたに違いない、女は突然、爪を立て、私を引掻きにかかった。

「私はさかりのついた雌犬じゃないわ」と憎々しげに言った。「手をどけなさいよ」

私は女のもう一方の腕を掴み、引き寄せようとした。女は私の股間を狙って蹴り上げた。だが、当てるにはもう近づきすぎていた。すると力を抜き、上を向き、目を閉じた。

女は唇を開いた、そこには歪んだ冷笑が浮かんでいた。涼しい夕方だったが海辺だからとくに冷えたのかもしれない。だが私のまわりは火照っていた。

しばらくして、ため息交じりの声でディナーに行くので着替えなくちゃ、と言った。

私は言った。「あ、そ」

またしばらく間があって、「男の人が私のブラジャーを外すのは久しぶり」と女が言った。

二人して対になっているソファーベッドの一方にゆっくり目を向けた。ソファーベッドには一方にピンクの、もう一方には銀色のカバーが掛けてあった。ちょっとしたことだけど誰でも奇妙に感じる。

女は目を見開き、怪訝な顔をした。その目を右、それから左と私は見た。一度に両方を見るには近づきすぎていたからだ。均整のとれた目だ。

「ハニー」と女は優しい口調で言った。「あなた、とっても素敵。でも、時間がないの」

私はその口を塞いだ。外から鍵が差し込まれたような気がした。だが、私はほとんど上の空だった。鍵がかちりと音を立て、ドアが開いた。ラリー・ミッチェルが入ってきた。

二人とも慌てて離れた。振り返るとそこに男がにやついた顔で私を見つめていた、一八二センチ、がっちりとしていて引き締まった身体の男が。

「管理棟まで行ってふと確認してみようと思った」とほとんど独り言のような口調で言った。「そしたら12Bに今日の午後、客が入った。この部屋にあんたがチェックインしてほんとにすぐ後だ。なんとなくおかしいと思ったさ。なんたって今の時期、どの部屋もがら空きだからな。で、スペアキーを借りたってわけだ。このウド野郎は誰だ？　ベイビー」

「ベイビーはやめてって言われたろ、忘れたのか？」と私。

このセリフの意味するところがピンと来たとしても、その男になんの変化も起きなかった。男は握りしめたこぶしをゆっくり前後に揺らしていた。

女が言った。「この人、私立探偵ですって。名前はマーロウ。雇われて私を追っていたの」

「だとしてもこんなにぴったりくっつかなきゃ追えないのか？　俺としちゃ麗しき友情に割り込んできたとしか思えない」

女は私を突き飛ばすようにして離れ、スーツケースにあった拳銃を握った。「お金の話をしてたのよ」と女は彼に言った。

「あんたはいっつもミスを犯す」とミッチェルが言った。顔は紅潮し、目に怪しい光が宿った。「とくにこんなこんがらがった場面でね。銃なんか出すことはなかった、ハニー」

男は右ストレートを繰り出した。なんの前触れもなく、みごとなほど素早いパンチだった。私は男の左側に身をスウェイしてパンチをよけた、素早く、落ち着いて滑らかに。だけど右パンチは男の決め手ではなかった。男も左利きだった。L・Aのユニオン・ステーションで見たときに気がつくべきだった。熟練の探偵ならどんな些細なことでも見逃さない。私は右フックを出したがよけられた。男は左フックを返した、ミスはしなかった。その左フックで私は大きくのけぞった。私がバランスを戻そうとするわずかの間に男は横っ飛びに女に近づき、その手から銃を取り上げた。まるで銃がみずから空を舞って男の左手に収まったみたいだった。

「まあ落ち着け」と男は言った。「ベタなセリフだけどな。その気になりゃあんたに風穴開けてやれる、おとがめなしにな。マジだ」

「オーケー」と私はぼそっと言った。「日当五〇ドルで撃たれるのは割に合わない。せめて七五ドルじゃなきゃ」

「後ろを向いてくれるかな、あんたの財布を見てやる、どこのだれかを知るのが楽しみだ」

私は男に襲いかかった、銃を突きつけられ、しかも不利な体勢にもかかわらず。男が銃を使うとしたらパニクったときだけと読んだ。そして男は自分のプランどおり動いているし、こともプランどおり運んでいるのだからなにもパニクる必要はない、そう判断したからだ。だけど女は別だ、女がどう動くか定かではなかった。視界のほんの端にぼんやりと女がテーブルにあるウィスキーボトルに手を伸ばすのが見えた。

ミッチェルの首筋にパンチを打ち込んだ。グワっと口から音が出た。彼も打ってきた。でもそんなに効かなかった。私のパンチの方がよかった。だけど決め手にはならなかった、というのも私が奴の首にパンチを当てたのとほとんど同時にバカでかいラバが私の後頭部をまともに蹴とばしたのだ。私は真っ暗な海へと吸い込まれていった、と次の瞬間、爆発して一面火の海となった。

6

まず襲ってきた感情は、もし今、誰かに怒られたら、私はわっと泣き出すだろうというものだった。次に気がついたことは、私のいる部屋は私の頭を収めるには小さすぎるということだった。私の額から後頭部はとんでもなく離れていて、片方の側頭部ともう一方の側頭部の間も信じられないほど離れていた。そんなに離れているにもかかわらず、片方のこめかみからもう一方のこめかみへ鈍い脈動で伝わっていた。今ではもう、距離なんてなんの意味もないのだ。

三番目に気がついたことは、どこか、それほど遠くないところでウィーンというような機械音が絶え間なく鳴っていることだった。四番目に気がついたことは、これが最後だけど、私の背中を冷たい水がちょろちょろ流れていることだった。寝椅子のカバーが目の前に見えた、つまり私はうつぶせになって寝ていた、もしまだ顔と頭の区別がつけばの話だけど。私はゆっくり寝がえりを打ち、起き上がると、くぐもったグルグルという音がしたが、すぐにどさっという音がしてグルグルはピタリと止んだ。グルグルという音もドサッという音も、溶けかかった角氷がいっぱいに入ったタオルを括って作った袋がその元だった。誰か、本当に私を愛している人がそいつを作って私の後頭部に載せてくれたのだ。誰か、それほど私を愛していない人が私の頭蓋骨の後ろをぶん殴ったのだ。もちろん二人が同一人物である可能性は十分あり得る、なにせ人は気まぐれだから。

立ち上がって尻のポケットのあたりを探った。財布は左のヒップ・ポケットに入ったままだった。だが、ポケットのフタのボタンは外れていた。財布を調べた。なくなったものはない、ということは情報を狙っただけだったということだ。しかしながら、私の財布から得られる情報は彼らにとってもはや目新しいことはなにもない。私のスーツケースが寝椅子の足元にある台に置かれて広げられていた。つまり、私は自分の部屋に戻っていたのだ。

鏡のところへ行き、覗き込んだ。まあ、そんなに変わっていなかった。戸口へ行きドアを開けた。機械音が一層うるさくなった。私の目の前にずんぐりとした男がポーチの手すりに寄り掛かっていた。背はそれほど高くなく、小太りだがたるんだ感じはしなかった。眼鏡を掛けていて、くすんだ灰色の帽子の下に大きな耳が見えた。トップコートを着ていたがその襟は立っていた。コートのポケットに両手を入れていた。帽子の下から見える顔の両側の髪はくすんだ灰色だった。しぶとそうに見えた。太った男はたいていそう見える。私の背後から射す部屋の明かりが男の眼鏡に反射した。男は小さなパイプをくわえていた、トイ・ブルドックと呼ばれるパイプだ。私はそのときはまだ朦朧としていたが、男には何か引っかかるものがあった。

「今晩は」

「なにか御用でも?」

「人を探してる。あんたじゃないよ」

「ここには私しかいない」

「そのようだな」と男は言った。「ありがとよ」　男は私に背を向けるとポーチの手すりに腹を押しつけた。

私は機械音のする方へポーチ伝いに向かった。12Cのドアは大きく開け放たれていて部屋は明々と明かりが点けられていた。機械音は緑の制服を着た女が掃除機を掛けている音だった。

私は12Cに入り、辺りを見渡した。掃除婦は掃除機のスイッチを切り、私をじっと見た。「なにか御用?」

「メイフィールドさんは?」

掃除婦は首を振った。

「この部屋の人だよ」

「あぁ、その人。チェックアウトしたよ、三〇分前にね」女はまた掃除機のスイッチを入れた。「フロントで訊いた方がいいよ」と機械音に負けないように叫んだ。「この部屋はいま支度中だよ」

私は戸口まで戻り、中からドアを閉めた。掃除機の電源コードを辿ってコンセントまで行くと壁からソケットを引き抜いた。緑の制服の女は怒りを込めて私を睨んだ。

私は彼女に歩み寄り、一ドル手渡した。ちょっと怒りが収まった。

「電話を使いたいだけだ」と私は言った。

「あんたの部屋に電話はないのかい？」

「おつむは休ませときな」と私。「一ドル、惜しいだろ」

電話のところまで行って受話器を取り上げた。女性の声が応答した。「フロントです。ご用件をどうぞ」

「マーロウです。今、ものすごく落ち込んでいる」

「え、なんですって？　あぁ、マーロウさん。ご用件は？」

「彼女は行ってしまった。話すらできなかった」

「それは、お気の毒に、マーロウ様」彼女の声にはまるで本当に気の毒がっているように聞こえた。「はい、あの方はチェックアウトされました。あまりお気に召さなかったのか……」

「どこへ行くか言っていました？」

「いいえ、支払いを済ませてそのまま出発されました。本当に突然。転送先のアドレスもなにもおっしゃいませんでした」

「ミッチェル氏も一緒だった？」

「あいにく一緒の方は見ていません」

「何か見たでしょ、どうやってここから？」

「タクシーです。でも行き先は――」

「いや、いいんだ。ありがとう」私は自分の部屋にもどった。

部屋の中にずんぐりむっくりした男が脚組して椅子にゆったりとくつろいでいた。

「これはこれは、お入りいただいていたとは」と私は言った。「何か折り入って私に御用でも？」

「ラリー・ミッチェル？」私は何と返事をすべきか思いをめぐらせた。「私が会ったことある人かな？」

男は財布を取り出し、名刺を出した。よいしょとばかりに立ち上がり、それを私に手渡した。またよっこらしょと腰かけた。

カードにはこう記されていた。ゴーブル＆グリーン調査事務所　310　プルーデント・ビルディング、カンザス・シティー、ミズリー州
「なんか面白そうな仕事じゃないか、ゴーブルさん」

「俺に向かってふざけた口はきくな、ガキ。こっちは気が短い方なんでな」

「いいね、短くなるのを見ようぜ。短くなるとどうなるんだ？　口髭でも噛むのか？」

「俺は口髭なんか生やしてねえ、アホが」

「生やしゃいいじゃないか、待っててやるよ」

今度はさっきよりだいぶ早く立ち上がった。彼は自分の握りしめたこぶしに目を落とした。と、その手に拳銃が現れた。「拳銃で横っ面張られたことあるか？　間抜け野郎」

私は横を向き、男に頬骨あたりの傷跡を見せた。

「失せろ。うんざりだ。浅はかな奴にはいつもうんざりさせられる」と私は言った。

男の手は震えた。顔が紅潮した。それから銃を肩のホルスターに戻し、よたよたとドアに向かった。「話が終わったわけじゃねえ」と肩越しにすごんだ。

言わせておいた。かまう価値もなかった。

7

しばらく間をおいて管理棟へ行った。

「あの、うまくいかなかった」と私は言った。「あんたがた、どっちかひょっとして彼女が乗ったタクシーの運転手が誰かわかるかな？」

「ジョー・ハームスよ」と交換嬢がすぐに教えてくれた。「上のグランド通りの中ほどにあるガソリンスタンドに行けば会えると思うわ。じゃなきゃタクシー会社に電話して訊けばいいわ。いい人よ。前、あたしに言い寄ってきたの」

「で、思いっきり振られた」とフロント係が嘲笑った。

「あら、知らなかったわ。あなた、あの場にいたの？」

「いたさ」とため息交じりに言った。「女の子を好きになって結婚する気で家を買おうと思ったら一日二〇時間は働いて貯めなきゃならない。で、貯まった頃にはその娘はもう一五人ほどの野郎といちゃついてるって話だ」

「この娘は違うさ」と私は言った。「あんたをじらしているだけだ。この娘はあんたを見るたびに目が輝く」

二人がお互い見つめあってほほ笑むのを横目に私はその場から去った。

どこにでもある小さな町の例にもれず、エスメラルダもまた、メイン・ストリートは一本で、商店街の中心あたりから左右両方向へそれぞれ百メートルほど商店がゆったりと並び、その先はそれぞれ雰囲気そのままに人々の住む住宅が並ぶ通りとなっていた。エスメラルダのメイン・ストリートはよく見るカリフォルニアの小さな町とは違って、正面だけ見掛け倒しの店や、けばけばしい看板、それからドライブ・イン・ハンバーガー店［車で乗りつけ、車の中でハンバーガーを食べる、容席はない］、葉巻売り場とかビリヤード場はないし、また、そういった店先などにたむろするチンピラなどもいない。グランド通りに並ぶ店はいずれも古くこじんまりとしていた。とはいえ、安っぽくけばけばしい店はなかった。目立つ店も何軒かはあったがいずれもステンレスに縁どられた大きなショーウィンドウの現代ふうの店構えで、くっきりとしてさわやかなネオンサインで飾られていた。

ここの住人はみな裕福というわけではないし、みなが幸せというわけでもないし、みながキャディラックやジャガーあるいはリーレイに乗っているわけでもなかった。けれども、明らかに富裕層とみられる住民の比率は非常に高かった。そして高級品を売る店の構えはビバリーヒルズにあるセレブ向け店に負けず劣らず気が利いていて金のかかったインテリアで、さらにはそのたたずまいはずっと落ち着きがあった。些細ではあるが違いはまだあった。ここエスメラルダでは、古いものはすなわち手入れが行き届いていて趣があった。ふつうの町では古いものはただみすぼらしいだけだ。

私は商店街の真ん中で車を停めた。電話局が私の正面右手にあった。もちろんもう閉まっていた。電話局の正面には、デザインのために建坪を犠牲にして歩道と建屋の間にスペースが設けられていた。そのスペースの両側に衛兵の哨舎のように濃い緑に塗られた電話ボックスが二台あった。

道の向こう側、縁石から斜めに引かれた赤い線で区切られた駐車スペースに空色のタクシーがいた。中には灰色の髪をした男がいて新聞を読んでいた。私は道を横切り近づいた。

「あんた、ジョー・ハームス?」

男は首を振った。「でも、じきここに来る。タクシー乗るのか?」

「いや、どうも」

私はタクシーから離れ、衣料店のショーウィンドウを覗き込んだ。茶色とベージュのチェックのシャツが飾られていた。ラリー・ミッチェルを思い出した。栗色のワーク・シューズ、輸入物のツイード服。ネクタイが二、三本。それらにマッチするシャツが何枚かがゆったりと間をとって展示されていた。店の看板にはかって名をはせたスポーツ選手の名前があった。看板はセコイアの板で、名前はそこに浮き彫りされ、塗装されていた。

公衆電話が鳴った。運転手はタクシーから飛び出し、歩道を横切って電話に出た。なにやら話して電話を切り、車に乗り込むと駐車スペースをバックして出るとどこかへ向かった。彼の去った後、一分ほど道には人っ子一人いなくなった。それからパリッとした服装のカッコいい黒人の若者とつれの、これも着飾った女の子がショーウィンドウを眺めながら、何やら喋りながらぶらぶらやってきた。クライスラー・ニューヨーカーがやってきて緑色のボーイ服を着たメキシコ人が目の前で降り立ち、雑貨屋に入っていくとタバコを一カートン買って出てきた――客の車をちょい乗りしたんだろう、いや、ひょっとしたらあのメキシコ人のものかも。クライスラー・ニューヨーカーはホテルの方へ戻っていった。

エメラルド・キャブ・カンパニーのロゴマークが描かれたベージュ色の車がゆっくりと角を曲がってやってきて赤線枠の駐車スペースにすっと収まった。

濃いサングラスを掛けた、見るからにごつい男が車から降りてきた。男は公衆電話でなにかを確認するとまた車に戻り、バック・ミラーの裏から雑誌を取り出した。

私は彼の車に歩み寄った。彼がお目当ての運転手だった。この肌寒い季節にもかかわらず、上着も着ていなかった。シャツは肘の遥か上までまくりあげていた。

「そうだ、俺がジョー・ハームスだ」そう言うとフィリップ・モリスを唇に突っ込んでロンソン・ライターで火を点けた。

「海岸沿いのランチョ・デスカンサードにいるルシールが言うにはね、あんたが私の知りたいことを教えてくれるかもって」私はタクシーに寄り掛かり、思いっきり愛想のいい笑顔を作った。同時に駐車の邪魔になっている縁石も蹴とばした方がよかったのかもしれない。

「知りたいことってなんだ?」

「今日の夕方、ランチョ・デスカンサードの12Cから客を乗せただろ。背が高くて赤毛でスタイルのいい女性を。彼女の名前はベティー・メイフィールドだ。でも、たぶんあんたには名乗らなかっただろうけど」

「みんなただ行き先言うだけさ、変だよな、違うか?」彼は肺一杯の煙をフロントグラスに吹きかけるとそれが平らに広がってやがて車内全体に漂うのを見ていた。「なんか揉めごとか?」

「彼女は私を置いて出ていった。ちょっと口喧嘩しちまったんだ。みんな私が悪いんだ。だから謝りたい」

運転手はタバコをくわえたまま小指ではじき、灰を落とした。

「あんたの彼女、はじめから出ていくつもりだったんじゃないのか? それとあんたに行き先を知られたくないのかもしれない。だけどそれでかえってあんたはよかったのかもしれない。この町じゃ気乗りしないいって言い張る女と無理にホテルに泊まったらそれだけでお巡りにつかまることもあり得る、そりゃまあかなりやりすぎってことは認めるけどな」

「それと私が嘘つきってこともあり得る」そう言って私は、財布から名刺を取り出した。運転手は名刺を見ると私に返した。

「その調子だ」と言った。「少しは話がまともになった。だけど社の規則は曲げられない。なにも筋トレするためだけにタクシーの運転手をやってるわけじゃない」

「五ドルでどうかな? それともこれも社則違反になるかな?」

「この会社は親父がやってる。俺がつまんないことをしたら腹を立てる。と言っても、俺が金は好きじゃないってわけじゃないけどな」

また公衆電話が鳴った。彼はシートから横滑りに車を降りて大股三歩で電話まで行った。私はただそこに突っ立って唇をかんでいた。何やら電話口で話していたが、終わると一連の滑らかな動きで車に乗り込み、運転席に収まった。

「行かなきゃ」と言った。「すまんな、遅れてるんだ。俺は今、デル・マールから戻ってきたばかりだ。七時四七分発L・A行き列車だ。乗客がいればデル・マールで停車する。ここの住民はL・Aへ行くのにもっぱらこの列車を利用するんだ」

彼はエンジンを掛けると車から身を乗り出して吸い殻を道に捨てた。

私は言った。「ありがとう」

「え、なにが?」彼はシートに深く腰掛けると去っていった。

私はまた腕時計を見た。時間と距離を計算した。ここからデル・マールまでは二〇キロはある。ここから乗客をデル・マール駅まで乗せてとんぼ返りすると約一時間だ。彼は彼流のやり方で教えてくれたのだ。なんの意味もなければそんなことを私に話すはずはない。

彼の車が去っていくのをじっと見ていた。見えなくなると道路を渡って電話局の表にある公衆電話に向かった。電話ボックスの扉は開けたままにして一〇セント玉を投入するとダイヤルの大文字Oを回した。

「コレクト・コールお願いします。ウエスト・ロスアンジェルスです」交換手にブラッドショー［電話局地区名］の番号を告げた。

「指名通話でお願いします。クライド・アムネイさんです。私の名はマーロウ。こちらはエスメラルダ　4―2673　公衆電話です」

交換手は私が指名通話の依頼に使った時間よりずっと要領よくアムネイを呼び出した。鋭くきびきびした声が聞こえた。

「マーロウか?　そろそろ報告があるんじゃないかと思っていた。で、話してみろ」

「今、サンディエゴだ。ターゲットを見失ってしまった。うたた寝している間に逃げられた」

「できる奴を雇った、はずだった」と不機嫌な声が伝わってきた。

「それほど悲観することはないさ、アムネイさん。どこへ行ったかだいたいの見当はついている」

「だいたいなんてことじゃだめだ。私に雇われた者は私が指示したとおりの結果を出すことになっている。

それでだいたいの見当とはいったいどういう意味だ？」

「アムネイさん、この件の全体像について若干説明いただくことはできますかね？　あのときは指定の列車に間に合うよう、碌に説明を受けずにこの件を引き受けた。あんたの秘書がなかなかの個性の持ち主だとは伝わってきましたが、肝心の情報についてはほとんど伝わってこなかった。あんただって私が自分で納得できるような結果を出すことには賛成でしょ、違いますかね？　アムネイさん」

「ミス・ヴァーミリアは必要なことはすべて伝えたと理解している」とぶつぶつ言った。「私はワシントンの高名な法律事務所の依頼で動いている。彼らの依頼主は現状、匿名を希望している。君のやるべきことはくだんの人物を立ち寄り先まで尾けていくこと、それだけだ。言っておくが立ち寄り先とはトイレとかハンバーガー屋なんかのことではない。ホテル、アパートあるいは知り合いの家などだ。これが依頼のすべてだ。これ以上なにを簡潔に説明しろと言うんだ？」

「簡潔な説明なんか頼んじゃいませんよ、アムネイさん。欲しいのはこの依頼の背景ですよ。あの女性は一体何者か？　どこから来たのか？　そもそもなんで彼女は尾行され、滞在場所を特定され、報告される必要があるのか？」

「必要？」と私に向かって怒鳴った。「必要があるのかだって？　それを君が決める？　何様のつもりだ？女を見つけ、場所を特定し、そのアドレスを私に電話する、いいな。報酬を支払ってほしければすぐ動くことだ。明日の朝、一〇時まで時間をやろう。もしそれまでに結果が出なければ次の手立てを講じなきゃならん」

「わかりましたよ、アムネイさん」

「君のいまいる場所はなんて町の何番地だ。それから電話番号は？」

「今は言ってみればただあたりをぶらついているだけですよ。ウィスキー瓶で頭をぶん殴られましてね」

「そいつは大変だったな」と冷たく言った。「君が空にした瓶なんだろ」

「いや、もしそうならこの程度じゃすまなかった、アムネイさん。もしそうなら殴られたのは私の頭じゃなく、あんたの頭ってことにもなりかねなかったですよ。明日、朝、一〇時ごろオフィスに電話します。私じゃなくても誰かしらがちゃんと女の跡を尾けていますよ、心配ご無用。私以外に二人、彼女の周りを嗅ぎまわっている人物がいます。一人はここの人間で名前はミッチェル。もう一人はカンザス・シティーからきた私立探偵で名前はゴーブル。この男は拳銃を持っていました。ってことで。じゃ、お休みさない、アムネイさん」

「切るな！」と彼は怒鳴った。「ちょっと待て！　どういう意味だ――ほかに二人いるって！」

「あんたがそれを訊くか？　訊きたいのはこの私だ。ってことはあんたも事情の端くれしか知らされてないようだな」

「待て、そのまま、電話を切るな！」しばらくの沈黙。それから落ち着いた声が伝わってきた、もうそこにあの居丈高な調子はなかった。「明日、朝一番にワシントンに電話する、マーロウ。なんかまくし立てたとしたら謝る。この案件については私としても、もう少し情報を受けてしかるべきと思うに至った」

「そのとおり」

「なにかあったらここに電話をくれ。いつでもいい。何時だろうと構わない」

「わかった」

「お休み、じゃあな」と言って彼は電話を切った。

私は受話器をフックに戻すと深呼吸をした。頭はまだずきずきしたがめまいは収まった。海の香りのする霧交じりのひんやりとした夜の空気を吸い込んだ。電話ボックスを出ると通りの向こうを眺めた。はじめにここに来たとき、タクシー乗り場にいた車が戻ってきていた。道を渡ってその年配の運転手にグラスルームへの行き方を訊いた。グラスルーム、そう、ミッチェルがベティー・メイフィールドをディナーに誘った店だ、奴の本心がどこにあるかは不明だが。

運転手が道を教えてくれた。サンキューと言ってがらんとした道をまた電話局側に渡り、駐めておいたレンタカーに乗り込むと来た道を引き返した。

メイフィールド嬢が七時四七分発の列車に乗り、ロスアンジェルス、あるいは途中のどこかへ向かった可能性は捨てきれなかった。だが、その可能性はかなり低かった。タクシーの運転手が、駅まで乗せてきた客が切符を買うところまで車を停めて見届けるなんてことはしない。ラリー・ミッチェルはそんなに簡単には振り切れない。もし彼が女をこの町に来させるだけのカードを持っているとしたら、そのカードで女をこの町に釘づけにしているはずだ。奴は私の正体を知っているし、なんのためにこの町へ来たかも知っている。だが、なぜ私が女を尾けているかはわかっていない。なぜなら、私自身がわかっていないからだ。

もし彼に半人前ほどの脳みそがあれば、もっともう少し多いとは思うが、私が女の乗ったタクシーの行き先を突き止められることくらい予想できたはずだ。もしそうだとしたら、まず頭に浮かんだシナリオは、彼もあのでかいビューイックでデル・マールまで行き、どこか目立たないところに停めて女がタクシーでやって来るのを待つ。タクシーが向きを変えて来た道を戻るのを確認したら女を乗せてエスメラルダに帰ってくる。次に考えたことは、女は彼に私のことについてなにも新しい情報を与えていないだろうということだった。つまり、私がロスアンジェルスの私立探偵だということ。誰かが私を雇い、女を追跡させたこと。私は指示に従ったがターゲットに近づきすぎるというミスを犯したこと、彼が知っているのはここまでだ。私の出現で彼が焦ったことは想像にかたくない。なぜなら私の出現は、メイフィールド嬢の逃避行はなにも彼の専売特許の情報ではないことを意味するからだ。そもそももし彼の持つ情報が、たとえそれが何であれ、新聞記事から得られたものであれば、いつまでも彼だけのものにしたいと考えるのは所詮無理な話なのだ。十分な執念と十分な経験を持っている者ならだれでもいつかは事情を調べ上げる。私立探偵を雇う十分な理由を持つ者はたぶんすでにその事情とやらを知っているはずだ。ということはなにを目当てにベティー・メイフィールドをおどしているにせよ、金か、色か　あるいはその両方か、ミッチェルとしてはとにかく手早くことを運ばなければならない。

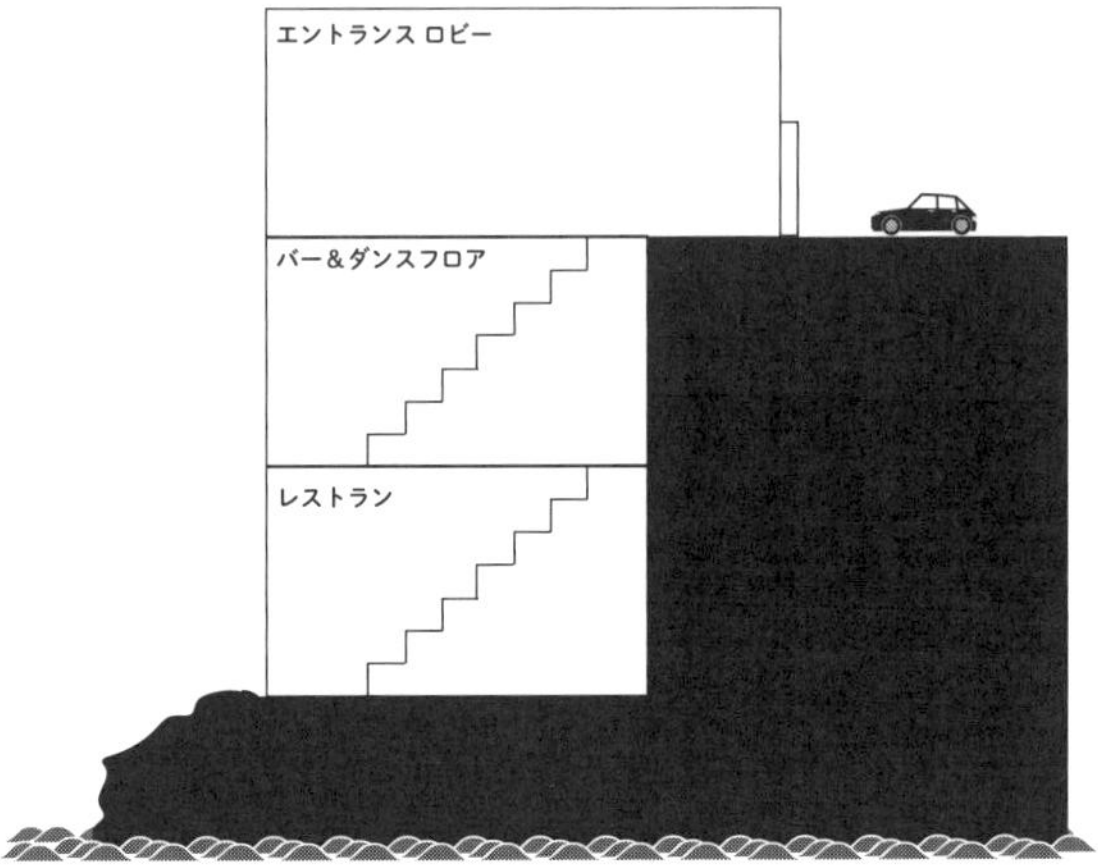

連なる丘を縫う谷間の道を五〇〇メートルほど下ると海の方向を指した矢印のついた小さなネオンサインが現れた。手書き文字で「グラスルーム」と書かれていた。崖道を、両側に建つ家並みの間を縫うように下っていった。家々の窓辺からは暖かな明かりが灯り、手入れの行き届いた庭があり、ある家は漆喰塀、ある家は野石積みの壁、またある家はレンガ塀に典型的なメキシコふうのタイルを配した塀に囲まれていた。

最後の丘の最後のカーブを下ると、生の海藻の強いにおいが鼻孔を満たした。グラスルームからの光芒は霧を琥珀色に染め上げて辺りを包んでいた。ダンス音楽が舗装された広い駐車場の端まで伝わってきた。私は海鳴りが足元から昇ってくる崖際に車を駐めた。駐車係はいない。停めて、鍵を掛けて、店に入る、そういうシステムだ。

駐車場には二ダースほどの車があった、それだけだ。車を見て回った。少なくとも頭に浮かんだシナリオは当たりだった。そこにあるビューイック・ロードマスターのハードトップのナンバープレートは私のポケットに入っているメモに記された番号と同じだった。車は入り口すぐ近くに駐められていた。ビューイックの隣には、もう入り口ぎりぎりに、薄緑と象牙色のツートンカラーのキャディラック・コンバーティブルが駐まっていた。

オイスター・ホワイトのレザーシート、フロント・シートを夜露から守るためチェック柄の旅行用毛布が掛けられていた。車はディーラーが思いつく限りのオプションで飾り立てられていた。たとえば一対のバカでかいミラー付きライト、カジキマグロ釣の釣り竿ほどの長さのあるラジオ・アンテナ、快適に何泊も旅行するのに荷物が多くてトランクだけでは足りない場合に使う折り畳み式のクロームメッキのラゲージ・ラック、サンバイザー、サンバイザーのせいで信号の色が見えにくい場合に使うプリズム鏡、コントロールパネルをかっこよく見せるためにずらりとならんだラジオのコントロール・ノブ、タバコをポンと入れれば自動で火を点けてくれるライター、それからこまごまとしたオプション品の数々。そのうちレーダー、録音装置、バー、それに対空機関砲まで取り付けるのではないかと思ってしまった。

これらはみなペンライトで照らしてわかったことだった。ペンライトの先を免許証入れに向けた。持ち主の名前はクラーク・ブランドン、住所　ホテル　カーサ・デル・ポニエンテ、エスメラルダ、カリフォルニア。

8

エントランス・ロビーはバルコニーにあった。バルコニーから下を眺めるとそこは一階下がバー、二階下がレストランになっていた。バルコニーからは絨毯が敷き詰められた弓状の階段があり、おりるとそこはすぐバーになっていた。ロビーにはクローク係の女の子と電話ボックスにいる、なめたらただじゃおかないといった雰囲気の年配の男がいるだけだった。

私は階段をおりてバーへ行き、壁際の少し奥まったスペースに身体を押し込むようにして座った。そこからダンスフロアが見渡せたのだ。建物の海側は一面巨大なガラス張りだった。その夜はただ霧しか見えなかった。だが晴れた夜には、月が水平線から現れる様子が見られ、それは息をのむような光景なのだろう。メキシコ人のトリオがメキシカンバンドの定番の曲を演奏していた。メキシカンバンドというのはとにかく何を演奏してもみんなおなじに聞こえる。メキシカンバンドはいつも同じ曲を歌う。その曲は喉の奥から発せられる聴きごたえのある母音と、終始変わらぬ軽やかなリズムで歌われる。そしてそれを歌うボーカルは決まってギターをかき鳴らし、その歌にはやたらとアモール［愛］とかミ・コラソン［私の心］とか、リンダ［可愛い］娘、だけどなかなかなびかない、なんて歌詞が出てくる。そのうえボーカルは決まって必要以上に髪を長くし、しかもその髪は脂でべとついている。ステージ以外の場所でそいつを見かけたら、路地裏でナイフをちらつかせている方が板についているし、いい稼ぎになるように思えるだろう。

ダンスフロアでは六組のカップルがまるで関節炎を患った夜警みたいに、碌に動かずに思い思いのところで踊っていた。ほとんどのカップルはチークダンスをしていた。もっとも、それがダンスと呼べるならの話だが。男はみな、タキシードを着ていた。女性はそろって目を輝かせ、赤い唇で、テニスかゴルフでもしているのだろう、引き締まった身体つきをしていた。チークダンスをしていないカップルが一組だけあった。男は飲み過ぎてまともにステップが踏めず、女は足を踏まれないようにするのが精一杯で他に何も考える余裕がないようだった。

　ベティー・メイフィールド嬢を見失ったのではないかと恐れていたのは取り越し苦労だった。女はミッチェルと一緒だった。だが、ハッピーとは程遠い表情をしていた。ミッチェルは歯を見せていた。笑っていたのだ。顔は高揚して火照っているようだった。そしてその目は例のぎらついたまなざしだった。女は顔をミッチェルから遠ざけようと、首の骨が折れるぎりぎりまで後ろにのけぞらせていた。女がそれまで我慢の限界いっぱいラリー・ミッチェル氏に合わせていたのは、はた目にも明らかだった。

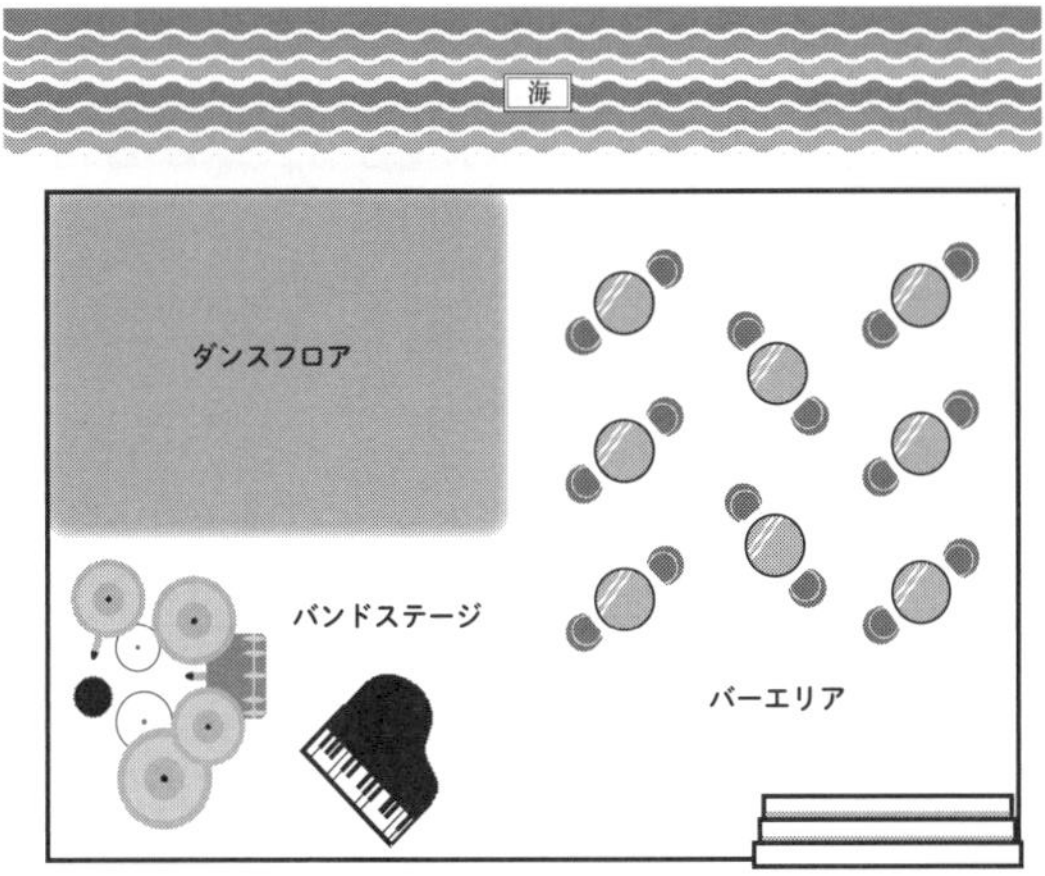

　緑の上着に緑の横線の入った白いズボンというでたちのウェイターがやってきたのでギブソンのダブルを注文し、ついでここまでクラブ・サンドウィッチを持ってきてくれるか訊いた。「Muy bien, senõr［承知しました、セニョール］」と快く微笑んで下がっていった。音楽が止んだ。気のない拍手がまばらにおこった。バンドはまるで大うけしたように礼をするとまた新たな曲を演奏し始めた。黒髪の、いわば下町のハーバート・マーシャル［一九六〇年代まで活躍した映画スター］みたいな風貌の給仕頭が客席をめぐりながら愛想笑いを振りまき、そこここのテーブルに立ち寄ると、歯の浮くような御世辞を言った。それから椅子を引っ張ってきて大柄で灰色の髪のハンサムなアイルランド系と思われる男の前に、テーブルをはさんで座った。男は飽きが来ていた。連れもいない

ようだった。彼は黒のディナージャケットで襟には栗色のカーネーションを差していた。ちょっかいをだして機嫌を損ねない限り感じのいい男に見えた。かなり距離もあったし、バーの照明の下では見定められる様子はそのくらいだった、あ、あと一点、もし彼にちょっかいを出すつもりなら、自分がでかくて、素早くて、タフでしかも最高の体調であることを確認してからにすべきということも見て取れた。

給仕頭がテーブルに覆いかぶさるようにして大柄な男に何やら告げると二人してミッチェルとメイフィールドの方に目を遣った。給仕頭は心配げな様子だったが、大柄な男はどうなろうと関係ない、といったふうだった。給仕頭は立ち上がって去っていった。大柄な男はタバコをシガレットホルダー［煙管］に差した。するとどこからかボーイが飛んできて、まるでこの日、店が開いて以来ずっとこのチャンスを待っていたとばかりにライターで火を点けた。大柄な男は顔を動かすこともなく、「サンクス」と言った。

注文した飲み物が来た。がぶっと口に含み、それから一気に飲んだ。音楽が止んだ。止んだままだった。ダンスを踊っていたカップルたちは三々五々散らばってのろのろと自分たちのテーブルに戻っていった。ラリー・ミッチェルはベティーの身体に腕をまわしたままだった。

相変わらずにやついていた。それから女を引き寄せようとした。手を女の頭の後ろに回した。女はミッチェルから自分を引きはがそうとしたがミッチェルは抱いている腕に力を入れて紅潮した自分の顔を女の顔に重ねようとした。

女はもがいたが無駄だった。ミッチェルはさらに何度も女にキスをした。女が蹴った。ミッチェルははじかれたように顔を離した。その顔に怒りが浮かんだ。

「放してよ、この酔っぱらいのクズ男」と女は息も切れ切れに、けれどきっぱりと言った。男の顔にぞっとするような表情が浮かんだ。女の両腕をあざができるほど強く握ると力を込めてゆっくりと女の身体を引き寄せ、そして自分の身体に押しつけ動けないようにした。周りの客はかたずをのんで見つめていた。「なんだってんだよ、ベイビー、もうパッパのこと愛してないのか?」と声高にだみ声で訊いた。

私のところからは女の膝がミッチェルのどこに当たったか見えなかった。だが、かなり効いたとみて間違いなかった。ミッチェルは女を突き飛ばし、狂暴な顔つきになった。彼は身構えると女に往復ビンタを喰らわせた。女の両頬がたちまち赤くなった。

女は何事もなかったかのように静かに立っていた。それからそこに居合わせた客すべてに聞こえる、はっきりとした声でゆっくり言った。「次、こんなマネをするときはね、ミスター・ミッチェル、防弾チョッキを忘れないことね」

女はくるりと彼に背を向けると歩き出した。彼はそこに突っ立ったままだった。顔は血の気が引いて白く、そして光っていた。それが怒りのせいなのか苦痛のせいなのか定かではなかった。

給仕頭がゆっくりミッチェルのもとへ歩み寄ると、曰くありげに片眉を上げて何事か耳打ちした。ミッチェルは視線を落とし、給仕頭を見た。それから無言で邪魔するな、というように歩き出した。給仕頭はよろめくようにして慌てて道をあけた。ミッチェルは女を追った。途中、座っている客にぶつかったが立ち止まって謝ろうともしなかった。女は巨大なガラスの壁のすぐ脇、黒のディナージャケットを着た大柄な男の隣のテーブルにすわった。大柄な男は彼女を見た。それからミッチェルを見た。それから、くわえていたシガレットホルダーを手に取りながめた。その顔にはなんの感情もあらわれていなかった。

ミッチェルは女のいるテーブルに詰め寄った。「やってくれたな、かわい子ちゃん」だみ声で声高に言った。「おれに手出しするとまずいことになる、わかるか? とてもまずいことになる。ごめんなさいは?」

女は立ち上がり、椅子の背に掛けてあったスカーフをさっと取ると彼と顔を突き合わせた。

「支払いは私がしましょうか、ミッチェルさん——それとも私から借りたお金であなたがお払いになる?」

ミッチェルはまた女の顔を殴ろうと腕を構えた。女は動かなかった。隣のテーブルの男が動いた。男は流れるような動作で立ち上がってミッチェルの腕を掴んだ。そういう声は落ち着いていて、ちょっと楽しんでいるような感じもした。

「落ち着け、ラリー。おまえ、飲み過ぎだ」

ミッチェルは腕を振りほどくとくるっと向き直った。「どけ、ブランドン」

「いいとも、俺には関係ないことだ。だけど女性を二度もぶん殴るのはやめた方がいい。この店は客にお帰り願うことはまずない。だけどまったくないわけじゃない」

ミッチェルは怒って嘲笑うように言った。「くたばれ、この野郎」

大柄な男は穏やかに言った。「落ち着け、ラリー、俺はそう言ったんだ。二度も言わせるな」

ミッチェルは男を睨みつけた。「オーケー。また後でな」と腹立たしげに言った。その場を離れかけたが、ふと足を止め、「ずーっと後でな」と半ば振り返りながら付け加えた。それから出ていった――足元はもつれていたが速足で出ていった、すわった目で一点を見たまま。

ブランドンはその場に立ったままだった。女もそこに立ったままだった。女はどうしたものかわからず戸惑っている様子だった。

女はブランドンを見た。ブランドンは女を見た。にっこり笑いかけた。控えめでごく自然に。誘うような気配は微塵もなかった。女は笑顔を返さなかった。

「大丈夫ですか？」と訊いた。「家まで送りましょうか？」それからちょっと振り向いて「あのさ、カール」

給仕頭がそそくさとやってきた。

「請求書はなしだ」とブランドンが言った。「わかるだろ、この場面――」

「やめて」と女がぴしゃりと言った。「よそ様にお金なんか払ってもらいたくないの」

彼はゆっくり首を振った「ここのシステムですよ」と言った。「別に私の懐が痛むわけじゃありません。ところで一杯送ってもよろしいかな？」

女はブランドンをいぶかしげに見た。彼の態度は大丈夫、落ち着いてと言っているようだった。

「送るってどういうこと？」

彼はつつましい笑顔を見せた。「えーと、じゃこう言い直しましょう、持ってこさせる——もしあなたがこちらのテーブルに移っていただければ」

ブランドンは自分のテーブルの椅子を引いた。女がそこに座った。間髪を入れず、いや、むしろ一瞬早く給仕頭はバンドに合図を送り、バンドは演奏を始めた。クラーク・ブランドン氏はどうやらほしいものはなんでも向こうからやってくるといったたぐいの人物のようだ。

しばらくしてクラブサンドウィッチが来た。特別うまいというほどのものではなかったがまあまあいけた。私はたいらげた。それから三〇分ほどそこにいた。ブランドンと女はお互いそれなりにやっているようだった。二人とも穏やかだった。それからしばらくしてダンスをはじめた。それを見届けると私は店を出て車に乗り込みタバコを吸った。女が私に気がついた可能性はあるが、もしそうだとしてもそんな様子は見せなかった。ミッチェルには見られていないのは確かだ。彼は周りが目に入る余裕もなく階段を駆け上がったし、心底頭に来ていて何かに気がつく余裕などありえなかった。


一〇時半頃、ブランドンが女と一緒に出てきて二人は幌を畳んだキャディラック・コンバーティブルに乗った。私はキャディラックの後を普通に走った、ことさら距離を置いたり、ライトを消したりなどはしなかった。というのもその道はエスメラルダの中心街に戻るには誰もが通る道だったからだ。二人の行き先はカーサ・デル・ポニエンテだった。ブランドンはスロープを下って地下駐車場へ入っていった。

確認することがもう一つあった。私はホテルの車寄せ脇に車を停め、ロビーを通って館内電話のある所へ行った。

「メイフィールドさんをお願いします。ベティー・メイフィールドさん」

「はい、お待ちください」――やや間があって――「あ、いらっしゃいます。たった今チェックインされたところです。今、おつなぎします」

また、今度は若干長い間合いがあった。

「申し訳ございませんが、お客様がお出になりません」

交換嬢にありがとうと言って受話器を置いた。

地下駐車場からやってくるブランドンたちと鉢合わせしたらまずいと思い、急いでロビーから退散した。

車に戻ると谷間沿いの道を霧の中、ランチョ・デスカンサードへと走った。管理棟は鍵が掛けられ、もう人はいないようだった。ドアの外に設置されているぼんやり灯っている明かりが夜間用ベルの場所を示していた。私はコテージ番号を確認しながら車をのろのろと走らせた。12Cまでたどり着くと空きであることを確認し、車を駐車スペースにいれ、あくびをしながら自分の室に入った。部屋の中は寒く、じめじめしてみじめだった。留守中誰かが部屋に入ってきていた。ソファーベッドに掛けてあった縞模様のカバーははぎとられ、おそろいの枕カバーも外されていた。

衣類を脱ぎ、もじゃもじゃ頭を枕にのせ、眠りについた。

9

ドアをノックする音で目が覚めた。本当に軽く、しかしながら執拗だった。ずーっと前からノックは続いていて、じわりじわりと私の眠りに侵入してきた、そんな感じがした。

寝返りを打つとじっと音を聞いた。ドアノブを回そうとする音がした。それからまたノックを始めた。腕時計を見た。微かに光る蛍光塗料付きの針が夜中の三時少し過ぎであることを示していた。

ベッドから出てスーツケースのところへ行った。手を差し込んで拳銃を探した。

ドアまで行き、ほんの少し開けた。

スラックス姿の黒い影が立っていた。上はウィンド・ブレーカーらしきものを着ていた。髪は暗い色のスカーフで隠していた。女性だ。

「何の用だ?」

「入れて頂戴、早く。明かりは点けないで」

そう、ベティー・メイフィールドだった。私はドアを引いて開けた。彼女はたなびく霧のようにするりと入ってきた。私はドアを閉め、バスローブを取りに行き、羽織った。

「外に誰かいるのか?」と私は訊いた。「隣には誰もいなかった」

「いいえ、私ひとり」彼女は壁に寄り掛かると浅く、早い息遣いをした。私はコートからペンライトを取り出し、小さなスポットを巡らせてヒーターのスイッチを見つけた。それから、ペンライトで彼女の顔を照らした。彼女は瞬きをして顔をそむけ、手で光をさえぎった。私はペンライトを下に向けて床を照らし、それから少しずつ上に向け、部屋にある二つの窓を、外に光を洩らさずに見つけた。窓に鍵を掛けると両方ともブラインドを下ろした。それから戸口にもどって部屋の明かりをつけた。

彼女はやっと、といったふうにひそめていた息を吐きだした。何も言わなかった。まだ壁によりかかったままだった。気つけの一杯が必要と見て取れた。それでキッチンへ行き、グラスにウィスキーを注ぐと彼女に勧めた。彼女は要らないと手で払う仕草をした。それから、思い直したのかグラスを掴むと一気に飲み干した。

私は腰かけてタバコに火を点けた。お決まりの反射的対応だ、他人がやったら見ていてうんざりするやつだ。それからただそこに座って彼女を見つめ、待った。

空虚な、大きな隔たりを介して二人の目が向き合った。そうしていたが、やがて彼女はのろのろとウィンド・ブレーカーのたれ下がったようなポケットに手を入れると拳銃を取り出した。

「あれ、まいったな」と私は言った。「二度はやめてくれ」

彼女は拳銃を見下ろした。唇が歪んだ。拳銃はどこに向けるでもなかった。寄り掛かっていた壁を背中でぐっと押すとその反動で壁から離れてこちらへやって来て私の肘のところに銃を置いた。

「前に見たやつだ」と私は言った。「あんたとは知らない仲じゃない。前にこれを見たときはミッチェルが持っていた。それで？」

「だからあんたを殴ったの。彼が撃つんじゃないかと思って」

「もし撃ったら奴のプランは全部パーになってた――どんなプランか知らないけど」

「そうね、彼が撃つはずないなんて思いつかなかったわ。ごめんなさい、殴ったりして」

「氷で冷やしてくれてありがとう」と言った。

「銃を調べないの？」

「もう前に見た」

「ここへははるばるカーサ「カーサ・デル・ポニエンテ」から歩いてきたのよ。いまあそこに泊まっているの――今日の午後、ここから移ったの」

「わかってる。あんたはタクシーでデル・マール駅へ行った。夕方の列車に乗るふりをして。そこでミッチェルがあんたを拾って戻ってきた。あんたたち二人でディナーに行き、ダンスをして、それからちょっと気まずいことがあった。クラーク・ブランドンという名の男があんたをコンバーティブルにのせて自分のホテルに帰った」

彼女はじっと私を見た。「あそこではあなたを見なかったわ」と、しばしの沈黙のあと、心ここにあらずといった様子で言った。

「私はバーにいた。あんたはミッチェルにほっぺたを叩かれたり、今度奴があんたに付き纏いたくなったら防弾チョッキを忘れるなと叫んだりしてえらく忙しそうだった。それからあんたはブランドンのテーブルに座った。そのときあんたは私を背にして座ったんだ。あんたらが出る前に私は店を出て駐車場のはずれで待っていた」

「あなた、ほんとの探偵みたいな気がしてきたわ」と静かに言った。そして、また銃に目を遣った。「ミッチェル、これを返す気もなかったし返さなかったわ」と言った。「もちろん証明はできないけど」

「ってことは証明したいんだな?」

「証明できたら少しは助かるわ。でも、それだけじゃだめだと思うわ。私の事情がばれたらとてもそれだけじゃだめ、身の証にならない。私の言っていること、おわかりだと思うわ」

「まず座って、あれこれ悩んだり悔やんだりするのはやめるんだ」

彼女はゆっくりと椅子に向かい、椅子の端に座ると身体を乗り出した。床を見つめていた。

「なにか事情があることはわかっている」と私は言った。「なぜならミッチェルがそれを嗅ぎつけ、それをネタにあんたを脅していたからな。ということは私でも突き止められる――その気になればだけど。一旦なにか事情があることを知った者なら誰だってどんな事情か突き止められる。だけど今の時点では私はなにも知らない。私の任務はあんたを尾行し、報告する、ただそれだけ」

彼女はちょっと目を上げた。「それでそうしたの？」

「報告はした」と私は言った。「そのときあんたを見失った。サンディエゴからだと報告した。まあ、言わなくても交換手から聞き出せるだろうけど」

「ああいうの、見失ったっていうのね」と彼女は皮肉っぽく言った。「あなたのこと、さぞ凄腕の探偵だと思ったでしょうね、依頼人がどんな人かは知らないけど」

そう言った後、彼女は唇をかんだ。「ごめんなさい、皮肉を言うつもりはなかったの。決心しなきゃならないことがあってあれこれ考えていたの」

「慌てる必要はないさ」と私。「まだ夜中の三時二〇分過ぎだ」

「今度はあなたが皮肉るのね」

私は壁のヒーターを見た。暖かくもなんともなかった。けれど部屋の中は少しばかり寒さが緩んだような感じがした、少なくとも寒さが増した感じはなかった。飲み物が要ると決めた。キッチンへ行ってあおった。さらにグラスに入れて部屋に戻った。

もどってみると、彼女の手に小さな人工皮革のフォルダーがあった。それを私に見せた。

「ここにアメリカン・エキスプレスの旅行小切手で五〇〇〇ドルあるわ——一枚一〇〇ドルの。五〇〇〇ドルで何日間あなたを雇える？　マーロウ」

ウィスキーを一口すすった。私は法廷陳述ふうに答えを考えた。「通常料金適用の依頼だと仮定すれば、数か月は専属で雇える。まあ、諸条件が整い、引き受けられる状態なら、だけどな」

彼女は椅子のひじ掛けをフォルダーでトントンと叩いていた。もう一方の手は膝頭を引きちぎるくらい握りしめているのがわかった。

「今、諸条件は整っているでしょ」と彼女が言った。「それに五〇〇〇はほんの手付よ。いくらでも出せるわ。私はね、あなたが想像もできないくらい持ってるわ。別れた夫は大金持ちだったの。五〇〇〇なんかはした金よ。別れたときしっかり五〇万ドルいただいたわ」

彼女の顔にしたたかな笑みが浮かんだ。そして、その笑みは彼女のしたたかさが私の頭にしみこむまで消えなかった。

「人を殺すようなことはないと思っていいのかな？」

「人を殺すことになんかならないと思うわ」

「その言い方、気に入らないな」

脇に置いてある銃を見た。まだ指一本触れていなかった。彼女は真夜中にはるばるカーサから私に拳銃を渡しにここまで歩いてきた。拳銃に触れる必要はなかった。ただ眺めていた。私は身をかがめてにおいをかいだ。まだ拳銃に触れる必要はなかった、けれど手に取らざるを得なくなることはわかっていた。

「その弾は誰が身に着けている？」と彼女に訊いた。部屋の冷気が私の血の中に侵入した。氷水のような冷たさが全身を巡った。

「その弾？　一発だけってどうして言えるの？」

そう言われたら確かめざるを得ない。私は銃を取り上げ、弾倉を外し、弾数を確認して元に戻した。弾倉は銃把にカチッと収まった。

「そうだな、二発ってこともあり得る」と私は言った。「弾倉には六発入る。この銃には七発まで装填できる。一発は薬室に装填し、それから六発は弾倉に入れる。もちろん七発全部撃って、改めて弾倉に六発装填したとも考えられる」

「私たちって無駄におしゃべりしているだけ、そうじゃない？」と彼女が言った。「二人とも誰にでもわかる言葉で『それ』を話したくないってことね」

「いいだろう。彼はいまどこにいる？」

「私の部屋のバルコニーにあるデッキチェアに横たわっているわ。海側の部屋にはバルコニーがあるの。バルコニーの両側はコンクリートの壁になっているわ、端の壁――つまり部屋と部屋の間にある壁は外に向かって傾斜しているの。鳶職とか登山家なら壁を越えてバルコニーから隣のバルコニーに移れるかもしれない、だけど重い物と一緒なら無理ね。私の部屋は一二階よ。ホテルとしては最上階。その上はペントハウスになっているわ」そこで言葉を切り、沈んだ顔をした。そしてそれまで膝を握り締めていた両手をあげるともうおしまい、といったような仕草をした。

「こんなことを言うとまた見え透いた言い訳って思うでしょうけど」と続けた。「彼がバルコニーに出るには私の部屋を通っていくしかないわ。そして私は彼を部屋になんか入れなかった」

「ところで彼が死んでるのは確か？」

「確かよ。完全に死んでたわ。石みたいに冷たくなってた。いつ起こったかわからないわ。音なんかしなかった。何かの音で目が覚めたのは確かよ。でも、銃声のような音じゃなかった。とにかくもう彼は冷たくなっていたわ。何の音で目を覚ましたかわからない。目を覚ましたとき、すぐには起き上がらなかったわ。ただ横になったまま、ぼんやりなにか考え事をしていたの。そんなこんなで寝つけなかったのでしばらくして枕もとの明かりを点けてタバコを吸いながら部屋の中をぶらついたの。ふと外を見ると霧が晴れて月が出ていたわ。でも下の方はまだ霧がかかっていた。霧が晴れていたのは私の部屋の階あたりまでだった。

　バルコニーに出たとき、下を見たらまだ霧がかかっていたわ。とても寒かった。満天の星空だったわ。本当に長い間手すり壁の際に立って空を見上げていたわ、彼に気がつかずに。でも、これも見え透いた言い訳、じゃなきゃ突拍子もない話に聞こえると思うわ。警察がまともにとるとは思えない――けじめっから。そして調べが進んで――そうよ、お決まりの結末。私が助かる見込みは百万に一つ――誰かが助けてくれなければ」

　私はグラスに残っていたウィスキーを一気に飲み干すと座っている彼女のそばまで行った。

「二つか三つあんたに言うことがある。まず、あんたの受け取り方は普通じゃない。あんたの冷静さは氷みたいとは言えない、氷の比じゃなく冷たい。パニクってもいない、ヒステリックにもなっていない。あんたはあきらめきっている。次に、今日の午後、あんたとミッチェルが隣の部屋で交わした会話はすっかり聞いた。赤外線ヒーター管を取り外して——そう言って私は壁に備えつけのヒーターを指さした——ヒーターの裏にある仕切りに聴診器を当てて聞いた。ミッチェルが持っていたネタはあんたの素性だ。そしてその素性は、もしマスコミにでも知られたらあんたは追い込まれて、また名前変えなきゃならなくなり、人目を避けるためまたどこか見知らぬ町に身をひそめることになる。あんたは言っていた、自分は世界一ついている、何故ならまだ命があるから、と。そして今、あんたの部屋のバルコニーで男が死んでいる。あんたの銃で撃たれて。その男はもちろんミッチェルだ、そうだろ?」

彼女は頷いた。「そうよ、ラリーよ」

「だけどあんたは殺していない、そう言った。そして警察は初めの聞き取り調査の段階からあんたを疑う、そうあんたは言った。そして捜査が進めばもう言わずもがなだって。あんた、前に警察にご厄介になったことがあるんじゃないかな?」

私が話している間、彼女はじっと私を見上げていた。私が話し終わると彼女はゆっくり立ち上がった。お互い息がかかるほど顔が近づいた。お互いがお互いの目をじっと見つめていた。これといった意味もなしに。

「五〇万ドルといったら大金よ、マーロウ。あなたとはうまくやれると思うわ。二人で素晴らしい人生を送れるところは世界中にいくらでもあるわ。リオの海岸沿いにある高層マンションとか。どのくらい二人の仲が続くかはわからないわ、だけど物事っていざとなればいつもどうにかなるものよ、そう思わない?」

私は言った。「あんたは時と場合で全然違う女にくるくる変わる。今はギャングの情婦みたいな女を演じている。はじめに見かけたとき、あんたは良家のお淑やかな目立たないご婦人だった。そしてミッチェルみたいなチャラけた男に言い寄られることをよしとしなかった。それからタバコを買って、いかにもまずそうに吸った。ミッチェルがあんたを抱き寄せてもあんたは振りほどかなかった——ここに着いた後のことだけど。

私にはブラウスを破いて見せた、ハ、ハ、ハ、ハ、大金払った田舎者を送り出すとき、パーク・アベニューの売春婦の顔に浮かぶようなせせら笑いを見せながら。私もあんたを抱き寄せた、そのときもじっとしていた。それからウィスキー・ボトルで私の頭をかち割った。で、今はリオでの素晴らしい人生について語っている。あんたの話に乗ったとする。朝、目が覚めたとき、私の隣の枕にあるあんたの顔はいったいどのバージョンなんだろう？」

「五〇〇〇ドルは前金。そのあとたっぷり払うわ。警察なんてつま楊枝五本だってくれないわよ。気乗りしないなら電話はそこよ」

「五〇〇〇で私は何を？」

彼女はゆっくり息を吐いた。まるで危機が去って安堵の息をつくように。「ホテルは崖ギリギリに建っているの。崖と建物の間は細い小道しかない。本当に狭い道。崖の下は磯と海。今ちょうど満潮。バルコニーは崖際に張り出しているの」

私は頷いた。「非常階段は？」

「地下駐車場にあるわ。地階のエレベーター脇に。地下駐車場からは階段で二、三段上がったところ。でも、非常階段は長くてのぼるのは大変」

「五〇〇〇ドルのためなら潜水服着てボンベをしょってでものぼるさ。ここに来るとき、ロビーは通ってきた？」

「非常階段をおりたわ。地下駐車場に夜勤の駐車係はいたけど車の中で寝ていたわ」

「ミッチェルはデッキチェアに倒れているって言ったね。血はすごかった？」

彼女は顔をしかめた。「あたし——気がつかなかったわ。たぶんすごかったと思うわ」

「気がつかなかったって？　あんた、すぐそばまで寄って石みたいに冷たいのがわかったって言った。確かめたんだろ？　どこを撃たれていた？」

「見た限りどこにもなかったわ。撃たれたところは下になっていたんだと思うわ」

「銃はどこにあった？」

「彼の手のそば、床の上にあったわ」

「どっちの手？」

彼女はちょっと目を丸くした。「なんでそんなこと気にするの？　どっちかわからないわ。身体はデッキチェアを横に覆い被さっていたの。片方に頭、もう片方に脚がだらんと。こんなこと、いつまで話してなきゃならないの？」

「わかったよ」と私は言った。「私にはこの辺りの潮の満ち引きとか潮の流れの知識はまるでない。明日浜に打ち上げられるかもしれないし、二週間も見つからないかもしれない。もちろんめでたく事を運んだとしての話だけど。見つかるまでしばらくかかったら死因だってわからなくなる可能性だってある。さらに言えば結局死体は出ずじまいってことだってあり得る。もちろんまれだけど、ないわけじゃない。この辺りにはバラクーダとかそんなのがいるしな」

「あなたって、なんでもわざとグロテスクに仕立てるのね」

「なに、先を読むのが癖なだけさ。それと、自殺の可能性があるかを考えていた。もし自殺なら銃を元に戻さなきゃならない。彼は左利きだった。銃がどっちの手元に落ちていたか訊いたのはそのためだ」

「あぁ、そう言うこと。そう、彼は左利きだったわ。あなたの言うとおり。でも、自殺じゃないわ。あのにやけた、うぬぼれ男に限ってそんなことはあり得ないわ」

「場合によっちゃ、最愛の人を殺すことだってある。で、今回彼、最愛なのが自分だったたってこと、ない？」

「そんなタマじゃないわ」とぼそっと、きっぱり言った。「もしあたしたち、すごく運が良ければ警察は彼が酔ってバルコニーから落ちたと思うかもしれない。彼がぐでんぐでんだったかどうかなんて神のみぞ知るだわ。それがわかる頃には私はもう南アメリカよ。パスポートはまだ有効なの」

「パスポートの名義は?」

彼女は手を伸ばして指で私のほおをなでおろした。「私のことはじきみんなおしえてアゲル、焦らないの。すべて詳しく知ることになるわ。少しは待てないの?」

「わかった、じゃ、手始めにそのアメリカン・エキスプレスの小切手から始めようじゃないか。夜が明けるまでにまだ一時間や二時間はある。霧が晴れるのはそのずっと後だ。私は身支度をするからその間に小切手で遊んでてくれ」

私は上着に手を伸ばして万年筆をとり、彼女に渡した。彼女は、歯と歯の間から舌をちょっと出してゆっくり、慎重にサインを始めた。小切手にはエリザベス・メイフィールドとサインした。つまり、名前を変えることはワシントンを離れる前から折り込み済みだったのだ。

身支度をするあいだ、私が死体を始末する手伝いをすると信じるほど本当に彼女はアホなのか、それともなにか企んでいるのかを考えていた。

私はグラスを二つともキッチンへ持っていった、もう出かけるから飲まない。そのついでに脇にあった銃も拾い上げた。キッチンのスウィング・ドアが閉まったがそのままにした。キッチンに入ると、そこにあるオーブンのグリル・パン(肉などの載せて焼く鉄板)に銃と弾倉を滑り込ませた。グラスを洗うとふきんで水気を拭った。居間に戻ると服を急いで着た。彼女はこちらを見ていなかった。

彼女は延々とサインをしていたのだ。サインが終わった。私は小切手帳を受け取るとパラパラと一枚ずつめくってサインの抜けがないことを確認した。この大金は私にとってなんの意味もなかった。小切手帳をポケットに入れると明りを消し、ドアへ向かった。ドアを開けた。彼女は私の脇にぴったりくっついていた。

「さあ行って」と私は言った。「海岸通りの、このホテルの漆喰塀が終わったところであんたをひろうから」

彼女は私の顔をのぞき込んだ。そして少し身を乗り出した。「信じていいのね?」と穏やかに訊いた。

「ある程度はね」

「少なくともあなたが正直なことはわかったわ。もし逃げ切れなかったらあなたはどう動くの？　もうだれかが発砲音を聞いたって警察に届けていたら、もし、もう死体が見つかっていたら、もし私たちがあの部屋に入るとそこはもう警官でいっぱいだったら？」

私は、そこに立ったまま彼女の顔に目を向けていた。質問には答えなかった。

「あたしが答えてあげましょうか？」とことさら穏やかに、ゆっくりと言った。「あなたはあっという間に私を警察に突き出すわ。で、五〇〇〇ドルはパーになる。あの小切手はみんな古新聞紙と同じ。一枚だって現金にならないわ」

私は口をつぐんだままだった。

「このろくでなし」そう言う声のトーンは少しも変わらなかった。「なんであなたのところなんかに助けを求めにきたのかしら？」

私は彼女の顔を両手でつつみ、唇にキスをした。彼女は身を引いた。

「はぐらかさないで」と彼女が言った。「こんなことではぐらかされたりしないわ。それからね、もう一つ、ちょっとしたことを言っとくわ。これから言うことは取るに足らない、つまらない事よ、自分でもわかっているの。私が言いたいことは取るに足らない、つまらない事だって嫌というほど思い知らされたの。その道の達人が私にたたき込んだの、いつ果てるともない、長く、辛いレッスンだった、いろいろなことを学んだわ。じゃ、言うわよ、今回はたまたま私、本当にミッチェルを殺してないわ」

「信じるかも」

「無理しなくてもいいのよ」と言った。「あなた以外だれも耳を貸そうとしないわ」

彼女は私に背を向けるとポーチを抜けて階段をおりていった。木々の間を人目を忍ぶように通り抜け、一〇メートルほど進むともう霧のなかに消えていった。

私は戸締まりをしてレンタカーに乗ると寝静まった敷地内車道を下り夜間ベルを照らしている明りのつい

た管理棟を通り過ぎた。町全体は深い眠りについていた。けれどもトラックだけは轟音を響かせて幹線道路を往来していた。建築資材を積んだトラック、油を積んだトラック、巨大なバン型トラック、バントレーラー付きトラックなど、それぞれ町が活動するのに必要なものは何でも、そしてすべてのものを満載してエスメラルダへの坂を登っていた。どのトラックもフォグ・ライトを点け、ゆっくり、エンジンが苦しげな音を立てていた。カーサの門から五〇メートルほど行ったところ、漆喰塀の端の陰から彼女が現われ、車に乗り込んだ。私は車のライトをONにした。どこからか船の霧笛が聞こえてきた。遙か上空、澄んだ空をジェット機の編隊がノース・アイランド方向からゴーという空気を切り裂くような音と共にやってきて、ドンという衝撃音がした、と思ったら私がダッシュボードからライターを取りだしてタバコに火を点けるより早く飛び去っていった。

彼女は身じろぎもせず私の脇に座っていた。まっすぐ前を見据え無言だった。彼女には霧も目に入らなかったし、我々の前を走るトラックも見ていなかった。彼女の目にはなにも映らなかった。絶望のあまり石のように固まってじっと座ったままだった。まるで縛り首の木に連れて行かれる者のように。

本当にそうなのか、それとも彼女は私の長い長い人生で出会ったなかでも最悪のこざかしい役者なのか。

10

カーサ・デル・ポニエンテは三万平方メートルの芝生と花壇の敷地の中、崖際に建っていた。門を入ると前方に回廊に囲まれた中庭があった。回廊の中庭に面している側はガラス張りでそこにはテーブルが並べられていた。中庭の中央にはワイヤーでできたアーチに囲まれた歩道があり、歩道はホテルのエントランスへと続いていた。一方の回廊はバーでもう一方の回廊はカフェだった。建物の両側にはアスファルトで舗装された広いオープン駐車場があり、ホテルの建物の両脇からは高さ二メートルほどの花を咲かせた灌木の生け垣が道路に向かって並行に伸びていて部分的に駐車場を隠していた。オープン駐車場には車が並んでいた。地下駐車場まで行くのが煩わしいと思う人はこちらに駐めることもできるのだ。但し潮風は車によくないことを覚悟しなければならない。

私は地下駐車場へのスロープ近くのオープン駐車場に車を駐めた。そこでは海鳴りが耳元で聞こえ、しぶきがかかり、潮の匂いもするし味もする。車を降りると地下駐車場の入り口に向かった。スロープの片側には狭い歩道が一段高く作られていた。

入り口には看板が掛かっていて「ロウ・ギアで低速走行。クラクションを鳴らすこと」と記されていた。スロープを進もうと歩き出すと、彼女が私の腕を掴んで言った。

「私はロビーからにするわ。もう疲れて非常階段なんかのぼれない」

「オーケー。ロビーから入ってもべつに法律に触れるわけじゃない。で、部屋番号は?」

「1224号室。もし捕まったらあたしたち、どうなるの?」

「捕まるって、何をして捕まるんだ?」

「わかっているくせに。持ち上げて——バルコニーから落とすのよ。じゃなきゃどこかへ——」

「私は地獄の釜ゆでみたいな目に遭うだろうな。あんたのことはさあな、としか言えない。この件以外にあんたにどんな嫌疑がかかっているかによるんじゃないかな」

「そんな恐ろしいこと、よく朝飯前みたいにさらっと言えるわね」

彼女は私に背を向けると足早に去っていった。私はスロープを下った。どの地下駐車場へのスロープも同じで、ここでもカーブしていた。前方にガラス張りの小さな詰め所が見えた。中に明りが吊り下げられていた。無人だった。誰かがちょっとした車の手入れをしている音がしてないか、洗車台の水音がしていないか、足音はしないか、口笛が聞こえてこないか、夜間駐車係がいればどこで何をしているかを示す僅かな物音でも聞こえてこないかを確かめた。実際、地下駐車場ではどんな小さな音でも聞こえるのだ。なにも聞こえなかった。

下っていってガラス張りの詰め所のそばまで来た。腰をかがめて前方を眺めるとエレベーターホールに向かう短い階段が見えた。エレベーターホールのドアには「エレベーターはこちら」と記されていた。ドアにはガラス窓があり、そこから中の明りが見えた。だが、その他にはなにも見えなかった。

もう三歩スロープを進んで凍りついた。夜間駐車係が真っ正面から私を見つめていたのだ。彼は馬鹿でかいパッカードの後部座席にいた。照明が彼の顔を照らしていた。彼はメガネを掛けていて、照明がメガネをひときわ明るく照らした。駐車係はリラックスした姿勢で車のドアに身を預けて座っていた。私はそこに突っ立ったまま、彼の動きを見守った。彼は動かなかった。彼の頭はシートの背にもたれかかっていて、口は開いていた。なぜ動かないのか見極めなければならない。彼は私が立ち去るまで寝たふりをしていて、姿が見えなくなった瞬間、詰め所に飛んでいって管理所に電話をするかもしれないからだ。

だが、そんなことは馬鹿げた考えだと思い直した。彼が職務についたのは夕方だ、したがって宿泊客全員の顔を知っていることなどあり得ない。スロープの脇に設けてある歩道はもちろん歩くためにある。その時点でもう朝の四時近くになっていた。こんなに夜明け近くにホテルを狙うこそ泥がうろつくことはない。

私はためらわずにパッカードのところへ行き、中にいる駐車係を覗いた。窓はみなしっかり閉まっていた。男は微動だにしなかった。私はドアのハンドルを握ると音を立てないように注意して開けた。それでも駐車係は動かなかった。男は黒人だったが目立つほど明るい皮膚をしていた。熟睡しているようで、ドアを開ける前からいびきが聞こえた。それから車に乗り込むとあの特有の匂いが襲ってきた——上物のマリファナが発する蜜のような匂いが。彼は、完全に夢の世界に浸っていた。彼は平和の谷にいて、そこでは時間は限りなくゆっくりと過ぎ、そして静止する。世界は色彩と音楽に満ちている。

そして、それからもう二時間ほどで彼は失業するだろう、たとえ警官が彼を捕らえて豚箱の奥深くにぶち込まなくても。

私はドアを閉め、ガラス窓のあるドアに向かった。ドアを開けて床がコンクリート張りの小さなエレベーターホールに入った。そこにはエレベーターの扉が二つあった。それに並んで扉があった。ダンパーが付いていて開けるのに力が必要だった。力を込めて半ば開くと非常階段が見えた。私は扉を開けて階段をのぼりはじめた。ゆっくりと。地上一二階に地下の分をくわえると階段の段数は半端じゃない。階段をのぼりながら通過する非常口の扉の数を勘定した。扉には階の表示がなかったからだ。扉はいずれも重く、頑丈で階段のコンクリのような灰色に塗装されていた。一二階の廊下に通じる非常口の扉を引いて開けたとき、私は汗だくで息があがっていた。

私は部屋番号を確認しながら、よたよたと１２２４号室へたどり着くとドアノブ回してみた。ロックされていた。だが、それが合図のようにドアが開いた。まるで彼女がドアの後ろに立って待ち構えていたように。私は彼女に構わず部屋へと進み、そこにあった椅子に崩れるように座り込んで呼吸が落ち着くのを待った。部屋は大きく、バルコニー側はフレンチ・ウィンドウ［ガラス張りの両開き扉］となっていた。ダブルベッドには人が寝た形跡、あるいはそう見せかけた細工が見られた。室内にある椅子にはいずれも衣服が掛けられていて、ドレッサーには化粧品類があった。スーツケースがあった。一泊二〇ドルはするだろう、シングル・ルームだった。

彼女は内側からロックを掛けた。「なにかあったの？」

「夜間駐車係が完全にラリってた。子猫ちゃんみたいに人畜無害」私はよっこらしょとばかりに立ち上がり、フレンチ・ウィンドウに向かった。

「待って！」彼女が鋭く叫んだ。私は振り向いて彼女を見た。「無駄よ」と言った。「やっちゃいけないことだわ」

私はそこに立ち止まって待った。

「警察に電話した方がいいと思うの」と言った。「それがどんな結果を招こうとも」

「いい考えだね」と私。「なんで今まで思いつかなかったんだろう？　私もあんたも」

「もう行って頂戴」と言った。「なにも好き好んで巻き込まれることはないのよ」

私は無言で彼女の目を見つめていた。瞼をやっと開けているようだった。今頃になってショックが襲ってきたのか、それともなにか薬を飲んだかだ。どちらかはわからなかった。

「睡眠薬を二錠飲んだわ」と、まるで私の心を読むように言った。「今夜はこれ以上耐えられないの。ここから出てって頂戴、お願い。目が覚めたらルームサービスを呼ぶわ。ボーイが来たら適当なことを言ってバルコニーに行かせるわ。そしたら見つけるわ――何かしらをね。で、私はその何かしらとは一切関わりはないの」

彼女のろれつがだんだん回らなくなってきた。彼女は身震いをすると自分のおでこを強くこすった。

「お金のことはごめんなさい、返して頂けないかしら？　ねえ」

私は彼女に詰め寄った。「私が話さなくてもあんたが警官にすべて話すと決めたからか？」

「そうよ」と眠たげに言った。「言わずには済まないわ。白状させられるの――もうたくさん、疲れてこれ以上頑張れないわ」

私は彼女の腕をつかみ揺すった。彼女の頭は揺すられるたびに前後左右に揺れた。「二錠飲んだって言うのは確か？」

おりていた瞼がパチッと開いた。「そうよ、二錠より多く飲んだことはないわ」

「じゃ、聴くんだ。私はこれからバルコニーに出て彼を見てくる。それからコテージに戻る。金は預かっておく。それにあんたの拳銃も私が持っている。警察に突き止められることはないと思うが——起きて！　話を聞いて！」彼女の頭はまた左右にぐらぐらと揺れた。それから突然身体をしゃんと起こすと目を見開いた。だが、その目はどんよりとしていて落ちくぼんでいた。

「いいか、もし拳銃があんたのものだと突き止められないとすれば、私が持っていることなんて突き止めようとするはずがない。私はさる弁護士の依頼で動いている。そしてそのターゲットはあんただ。その他のことには関心などない。だから旅行小切手と銃はいずれ正当な持ち主のところへ戻す。警察には何を言っても無駄だと思う。警察に話したとする、それでどうなる？　縛り首になるのがおちだ。わかったかな？」

「わかった——わよ。」と言った。「でもどうでもいいわ」

「それはあんたのセリフじゃない。睡眠剤が言わせたもんだ」

彼女は崩れるように前のめりになった。私は抱き留めてベッドへと抱えるようにして歩かせていった。彼女はばったりとベッドに倒れ込み、何はともあれそこに収まった。私は彼女の靴を脱がせ、毛布を掛けると彼女をすっぽりつつむようにくるんだ。

あっという間に寝てしまった。いびきをかき始めた。私はバスルームへ行き、周りを見渡して棚にネンブタールのビンがあるのを見つけた。ほとんどいっぱいまで錠剤が入っていた。ビンには処方箋番号と日付が貼り付けられていた。日付はひと月前のものだった。販売した薬局はボルチモワにあった。私は黄色の錠剤をビンから手のひらに出して数えた。四七錠あった。それでビンはほとんどいっぱいだった。睡眠薬で自殺しようとする人はひとビン全部飲んでしまう——飲んだ後吐き出した分は別だけど、だいたいみんな少しは吐き出している。錠剤をビンに戻し、ビンを私のポケットにしまった。

バスルームから出ると、またベッドの彼女のところに行った。部屋は寒かった。それでラジエーターをオンにした。といっても、全開にはしなかった。いろいろと紆余曲折があったが、ようやくフレンチ・ウィンドウを開けてバルコニーへと降り立つところまできた。バルコニーは身を切るように寒かった。バルコニーは横四・二メートル、縦三・六メートルほどの広さだった。前面には高さ一メートルに満たない手すり壁があり、その上に低い鉄製のレールが設けられていた。飛び降りるつもりならたやすく乗り越えられるが、誤って落ちることは万に一つもない。バルコニーにはクッション付きのデッキチェアが二脚、同じくクッション付きの肘掛け椅子が二脚あった。

左側の隔壁は彼女の言うとおり縁は斜めにカットされ、上方に向けて広がっていた。確かにとび職といえども装具なしには隣のバルコニーからこちらへは渡ってこられない。右側の隔壁はまっすぐに切り立っていて、たぶんそのまま一階上にあるペントハウスのテラスの一方の壁となっているのだろう。

デッキチェアにも肘掛け椅子にも死体はなかった。バルコニーの床にも。どこにもなかった。血痕をくまなく探した。なんの痕跡もなかった。バルコニーで血痕は一切見つからなかった。前面の手すり壁も調べた。血痕はなかった。なにか重い物を手すり越しに落としたような跡もなかった。私は海に向かって手すり壁に身を寄せて立ち、鉄製レールを握ると思い切り身を乗り出した。私は真っすぐ下、地面までを眺めおろした。一階の壁際には灌木が植えられていた。その外側は狭い帯状に芝生で覆われていた。その外側には敷石の歩道、その外側にはまた芝生の帯そしてその外側には頑丈な塀があり、塀の内側にはさらに灌木が生い茂っていた。バルコニーの先端から塀の外側までの距離を目算してみた。一二階の高さから正確な値を得るのは難しかった。だが、少なくとも一〇メートルはあった。塀の向こうは突き出ている岩々が波を咬む泡立つ海だった。

ラリー・ミッチェルはざっとではあるが私より一センチほど背は高く、体重は七キロほど軽いと踏んでいた。人類は八〇キロの重さをレール越しに海に届くほど十分遠く、つまり一〇メートル以上遠くへ放り投げられるようにはできていない。女性のなかにはひょっとして、そんなことがわからない人がいるかもしれない。まあ、いたとしても一パーセントのさらに十分の一位だろうけど。

私はフレンチ・ウィンドウを開けて室内に戻り、閉じてベッド脇に近寄った。彼女はぐっすり寝ていた。相変わらずいびきをかいていた。手の甲で彼女のほおを触れてみた。汗ばんでいた。ちょっと動くとなにやらもぐもぐ言った。それからため息をつくと頭を動かして枕の落ち着きのいい場所に収まった。ゼーゼーした息づかいもなく、深い人事不省でもなく、昏睡状態でもなかった、したがって睡眠薬の過剰摂取はなかったと判断した。

一つだけ彼女は本当のことを言っていた。その他のことについてはほとんどがでたらめだった。

調べると彼女はハンドバッグをタンスの一番上の引き出しに入れていた。後ろにジッパー付きのポケットがあった。私は受け取った旅行小切手をフォルダーごとそのポケットに戻し、ポケットの中を調べた。そこにはきちんと折られた紙幣が何枚か、サンタ・フェ駅［サンディエゴ市の鉄道ターミナル駅］の時刻表、列車の乗車券の入っていたフォルダー、乗車券の半券、寝台席の予約券などが入っていた。寝台券に依れば彼女は19号車Eの寝台席でワシントンDCからカリフォルニアのサンディエゴまで来たのだ。手紙類は一つもなかった。彼女の身元を示すものもなにもなかった。たぶん、そういった類いのものは鍵のかかったスーツケースに入れてあるのだろう。

ハンドバッグの中身は通常女性が持ち歩くようなものばかりだった。口紅、コンパクト、小銭入れ、小銭、小さなブロンズのトラが鎖でぶら下がっているキーホルダー、キーがいくつか付いていた。封が切られたタバコ、だがまだ一本も抜かれていなかった。一本使われたブックマッチ。イニシャルのないハンカチが三枚。爪ヤスリが一箱、甘皮用ニッパ、眉ずみ、革ケースに入った櫛、マニキュアの丸い小瓶、小さなアドレス帳、すわ手がかり、とばかりに開いたが白紙だった。まったく使われていなかった。バッグにはケースに入ったスパンコール付きフレームのサングラスもあった。ケースには名前がなかった。万年筆、金張のシャープペンがあった。それがすべて。バッグを元の位置に戻した。それから机に向かってホテル備え付けのメモ帳と封筒を用意した。

ホテル備え付けのペンで書いた。「親愛なるベティー。ほんと、申し訳ないけど、死んでばかりはいられないんだ。明日説明するよ。ラリー」

私はメモを封筒に入れて封をし、宛先に「ミス・ベティー・メイフィールド」と書いて、あたかもドアの下の隙間から差し込まれたようなところに置いた。

ドアを開けて出てドアを閉めた。非常階段へのドアまで来ると声を出して言った。「もうやってられるか!」そしてエレベーターへ行き、ボタンを押した。昇ってこなかった。もう一度押した。来なかった。意地になって押し続けた。ようやく来た。眠そうな目をしたメキシコ人の若いエレベーターボーイが私の目の前であくびをした。そして、あ、すいませんというふうにニヤッとした。私は笑みを返したが言葉は掛けなかった。

エレベーターを降りた正面にフロントのデスクがあったが空っぽだった。エレベーターボーイは私が降りるとすぐ中の椅子に座り込み、私が六歩も歩かないうちにまた寝てしまった。誰もがこの時間眠い、マーロウを除いては。二四時間休みなし、それでいて一ドルにもなってない。

レンタカーでランチョ・デスカンサードに戻った。起きている者を見掛けることはなかった。部屋に入ると未練がましくベッドを眺めたが振り切って荷物をパックした。ベティーの拳銃はスーツケースの底にしまった。封筒に一二ドル入れた。管理棟を通過するとき、車から一旦降りてドアに付いている郵便受けに部屋のキーと共にその封筒を投函した。

サンディエゴへ戻り、レンタカーを返して駅の向かいにある大衆食堂で朝食を食べた。七時一五分発の二両編成L・A行きディーゼル列車に乗った。途中ノン・ストップで一〇時きっかりにL・Aに到着した。タクシーで家に帰ると髭を剃り、シャワーを浴びて二度目の朝食を食べ、朝刊にざっと目を通した。弁護士のクライド・アムネイ氏に電話したのはかれこれ一一時にならんとする頃だった。

電話には氏が直接出た。たぶんヴァーミリア嬢はまだ起きていないのだろう。

「マーロウです。今、家です。そちらに伺ってもいいですか?」

「彼女を見つけたのか?」

「はい。そちらはワシントンに電話しました?」

「彼女は何処にいる?」

「直に会ってお話したい。ワシントンに電話しました?」

「君の話が先だ。今日も予定がびっしりなんだ」彼の声は冷たく、不安げで魅力に欠けていた。

「三〇分後にそちらに行きますよ」そう言って電話を切り、ついで私のオールゾモビルを駅から引き上げてくれた自動車修理屋に電話をした。

11

いかにも重厚で勿体ぶった事務所はどこにでもある。アムネイ法律事務所もご多分に漏れずその一つだった。壁は丁寧に細工された四角い合板が縦横に正確に貼り付けられていてチェス盤のような趣を持たせていた。明りは間接照明で床は隙間なく絨毯が敷き詰められていた。家具は上品な淡い色で統一され、椅子は座り心地満点、料金はたぶん法外に高いのだろう。金枠付きのガラス窓は外に向かって開かれていた。そこから狭いがこざっぱりとした駐車場が建物の裏手にあるのが見えた。それぞれの駐車スペースには白い札が立っていてそこに名前が書かれていた。なぜかクライド・アムネイのスペースには車がなかった。それで私はそこにオールズを駐めた。たぶんお抱え運転手がいてここまで送らせたのだろう。ビルは四階建てで文字どおり新築だった。店子はすべて医者か弁護士だった。

アムネイの事務所に入ると丁度ヴァーミリアが、さあ、これから忙しい一日が始まる、といった具合にプラチナブロンドの髪を調えていた。でも、少しばかり疲れたようにも見えた。コンパクトをしまうとタバコを取りだし、口にした。

「あらまあ、強面のお兄様がわざわざお出ましなんて、この光栄にどうお応えしたらいいのかしら？」

「アムネイが待っている」

「あなたはね、アムネイさんって呼ぶの、わかった？　ヤーさん」

「あんたはアムネイのこと、おカマちゃんって呼ぶんだろ、ネーちゃん」

彼女はかっとなった。「ネーちゃんなんて呼ばないでくれる、このケチな探偵が！」

「じゃ、私のことをヤーさんなんて呼ばないことだ、すごい高給取りの秘書さん。ところで今夜の予定は？　今夜も飢えた船員四人とデートなんて言わないでほしいな」

彼女の目の周りの皮膚が白んだ。手元にあった文鎮をぐっと握りしめた。私に投げつけることだけはしなかった。「このろくでなし！」と憎々しげに言った。言い終わらないうちにスイッチをいれるとインターフォンのマイクに向かっていかにも秘書といった声に切り替えた。「アムネイさん、マーロウさんがおいでです」

それから椅子に大きく反り返ると私を睨みつけた。「私には友達がいてね、その人たちにかかればあんたなんか平らにノサれて、靴を履くのにも踏み台が要る羽目になるわ」

「誰かさん、随分頑張ったんだろうな、そのセリフ絞り出すのに」と私は言った。「だが受けを狙ったつもりだろうけどスベってる、努力は才能の代わりにはならない」

突然、申し合わせたように二人して大笑いした。ドアが開いてアムネイが頭を突き出した。顎で中に入れと指示した。だが、彼の目はプラチナブロンドの秘書に向けられたままだった。

私がオフィスに入るのを待ってドアを閉め、半円形のとてつもなく大きな机の後ろに回った。机上は緑色の革が張られていた。そしてそこには重要書類がこれでもかとばかりに積み上げられていた。彼の身なりはこざっぱりしていた。一分の隙もなく服を着こなしていた。短足で鼻は長すぎ、髪は薄すぎていた。目は澄んだ茶色で、弁護士にしては非常に誠実そうに見えた。

「君は私の秘書に言い寄っていたのかね？」となんとも言えない、少なくとも澄んではいない声で私に問いただした。

「全然、ただちょっと冗談を言い合っただけですよ」

私は来客用の椅子に座り、なんとなくかしこまって彼を見た。

「私には彼女はかなり怒っていたように見えたがな」彼は上級副社長にふさわしい椅子にどっしりと座り、何があっても動じないといった顔を作った。

「彼女は三週間先まで予定が詰まってた」と私は言った。「そんなに待てませんよ」

「気をつけた方がいい、マーロウ。ちょっかい出すな。彼女はうちの雇用人だ、君には時計の針がどこを指しているかさえ教えないだろう。彼女はただ女性らしく愛らしいだけじゃない、とびきり頭も切れる」

「じゃ、なんですか、タイプも口述筆記もできるってことですか？」

「『も』とはどういうことだ？」サッと顔が紅潮した。「君の小生意気な口は十分聞いた。気をつけろ、それも、とことんな。私はこの町では君の商売などどうにでもできるだけの力がある。さて、報告をきくとしよう、要領よく、簡潔にだ」

「まだワシントンとは連絡とってないのかな？」

「私が何をしようとしまいと君は気にする必要はない。今すぐこれまでの経過を報告するんだ。報告のあと、私がどうするかは君には関係ない。キングという名の女は今どこにいる？」

彼は高価そうなシャープペンとまっさらで格調高そうなメモ用紙を手に取った。それからシャープペンを置くと黒と銀色の魔法瓶を持ち、グラスに水を注いだ。

「ものは相談ですが」と私は言った。「あんたが彼女の居所を知りたい理由を話す、そしたら私が彼女の居場所を教える」

「私は君の依頼主だ」とぴしゃりと言った。「どんな情報であれ私には君に開示する義務はない」

アムネイは依然として泰然自若としたふうだったが、端々に僅かながらほころびが出始めていた。

「もし依頼を受けたらあんたは依頼主になる、アムネイさん。小切手はまだ現金に換えてないし、業務契約も締結していない」

「君は依頼を受けたのだ。事実、前金を受け取った」

「ヴァーミリア嬢から前金として二五〇ドルの小切手を受け取った。それとは別に必要経費として二〇〇ドルの小切手を受け取った。だけど現金化はしていない。ほら、ここにある」そう言って私は札入れから二枚の小切手を取りだし、アムネイの目の前の机の上に並べた。「これは取っておくんだな、本当に雇いたいのは調査員なのか、それともイエスマンなのかを決めるまでな。それだけじゃない、私としてもこれが探偵としての仕事なのか、それとも訳のわからない事件におめでたくも巻き込まれているのか見極めるまでは受け取らない」

アムネイは小切手に目を落とした。彼は当惑していた。「もう経費は発生しただろ」とのろのろと言った。

「気にしないでくれ、アムネイさん。私にだって多少の蓄えはある——それに経費は税金の控除対象だし。おまけに結構楽しんだしな」

「君はかなりの頑固者だな、マーロウ」

「まあな、仕事をするときはその本分を果たさなきゃならない。さもなきゃ仕事は続けられない。彼女が脅迫されていることはもうあんたに話した。あんたのワシントンの友人はなぜ彼女が脅されるのかを知っているはずだ。もし彼女が悪党ならそれはそれでいい。だけどそう教えて貰わなきゃならない。おまけに彼女から依頼の申し出があった、あんたよりずっと好条件でね」

「金次第で寝返るのか？」と怒気を含んだ声で訊いた。「そうだとしたら道義に反する」

私は笑った。「だから今こうして、道義に反さないように教えたじゃないか。ところで話がそれてしまったようだ」

アムネイはパッケージからタバコを取り出し、樽形のライターで火をつけた。どうやらライター、ペンセットそれと魔法瓶はコーディネートされたデザインのようだった。

「だとしても君の態度は未だに気にくわない」とうなるように言った。「昨日までは君同様、私も何も知らなかった。著名なワシントンの法律事務所からの依頼となれば誰だって法にもとるようなことは求めないと頭から決めてかかるし、私だってそうだ。依頼内容からしてターゲットは普通の女性だ。場所の特定、必要なら拘束だって難しいことはなにもない。それで私としてはこの件は家庭内での何らかのトラブル、たとえば家出した女房か娘、そうでなければターゲットはなにかの事件の重要参考人ではあるが証言するのを嫌い、すでに召喚権の及ばない遠くへ行ってしまったとか、そんな類いのことだと考えていた。これにはなんの根拠もない、ただの思い込みだった。今朝になって事態はすこし違ってきた」

彼は立ち上がると大きな窓辺まで行き、ブラインドの羽根の角度を調整して机に日が当たらないようにした。そのままそこでタバコを吸い、外を眺め、それから机に戻ってきて座った。

「今朝」といかにも沈思黙考の挙げ句といった具合に、眉をひそめながらゆっくりと話し始めた。「ワシントンの提携先事務所と話をした。そこでターゲットはさる裕福かつ有力な人物——名前は聞かされなかった——が信頼していた秘書だと知らされた。そしてターゲットはその人物の個人的なファイルから重要且つ危険な書類を持ち出して姿をくらましたとのことだった。思うに、もしその書類が人目にさらされたらその人物にとってはかなりの痛手となるだろう。納税申告書をごまかしていたのかもしれない。昨今じゃ誰が何をやらかしているかわかったもんじゃないからな」

「それをネタにゆするつもりで持ち去ったってこと?」

アムネイは頷いた。「そう考えるのが自然じゃないかな。それ以外、使い途はない。依頼人のA氏、我々はそう呼んでいる、A氏が気づいたときにはターゲットはとうに州を越えて行方をくらましていた。それでA氏がファイルをチェックしたところ彼の私的書類が何通かなくなっていることが判明した。A氏は警察には届けたくなかった。ターゲットはどこか安全と思われる遠くまで逃げおおせたらおもむろに取引を持ちかけてくる、そうA氏は踏んでいる、もちろん半端な金額じゃない。A氏の望みはターゲットに気づかれることなく居場所を突き止め、不意を突いて踏み込み書類を取り戻すことだ。そこで重要なことは、ターゲットがどこかの賢くてずるい弁護士、残念ながらそういった連中は掃いて捨てるほどいる、を雇って窃盗の科での起訴を免れるようなシナリオをでっち上げる前に書類を取り戻すことだ。そこへもってきて今度はターゲットが誰かに脅迫されていると君からの報告が入った。なにをネタに脅しているのかね?」

「もしあんたの話が本当なら、その男は彼女のプランをぶち壊せる立場にいるのかもしれない」と私は言った。「その男はあれこれ調べる必要はないんだ。たぶん、彼女の首根っこを押さえるような、とっておきのネタを一発持っているんだろう」

「もし私の話が本当なら、と言ったな」と色をなして言った。「それはどういう意味だ？」

「あんたの話は穴だらけだ、まるで台所の水切りネットさ。あんたはうまく言いくるめられたんだよ、アムネイさん。あんた曰くの重要書類ってのをA氏はいったいどこにしまってあったんだ——そもそも隠さなきゃならない書類があるとすればだけど。どこに保管するにしろ秘書ごときに持ち出されるような所じゃないことは確かだ。それからA氏は彼女が他州へ去るまで書類の紛失に気づかなかったとしたら、どうして彼女の乗った列車が特定できたんだ？　次に、彼女はカリフォルニアまでの切符を買ったのは確かだ、だがどこか途中で降りてしまったとしても不思議じゃない。だから行方を突き止めたいなら列車に尾行者を乗せて監視させなきゃならない。そしてもしそうしていたなら、なぜ私がロスアンジェルスのユニオン・ステーションで八時着の『スーパー・チーフ』号から降りた彼女を見つけなきゃならなかったのか？　次に、この件は、あんたの言うとおり、全国にネットワークを持つ大手調査会社が受けて然るべき案件だ。それをたった一人の男にすべてを託すなんてめちゃくちゃな話だ。昨日、私は彼女を見失った。また見失うことだってあり得る。ちょっとした範囲でのありきたりの尾行でさえ最低六名の調査員は必要だ。言いたいのは、本当に六名がぎりぎりということだ。大きな都市でまともな尾行には一ダースは必要だ。調査員はそれぞれ食事をしなきゃならない、寝なきゃならない、服を着替えなきゃならない。もし車で追跡しているなら、少なくともそれだけで二人要る。一人が降りてターゲットを尾ける、その間にもう一人は駐車場を探す。

デパートとかホテルには出入り口は半ダースもあるだろう。だが彼女の列車から降りた後の行動といったら、人目をまったく気にすることもなく、三時間も所在なげにただユニオン・ステーション構内で過ごしていた。一方、あんたのワシントンの友人はあんたに彼女の写真を送り、あんたに電話で指示してそれが終わったらさしずめ居間に戻ってテレビでも観てる」

「よくわかった」とアムネイが言った。「それだけかね？」彼の顔から表情が消えた。

「あと少し。なぜ――もし彼女は尾行など念頭になかったとしたら――名前を変えたんだろう？　もし尾行されるのが本当にわかっていたとしたらなぜあれほど容易《たやす》く尾けられたんだろう？　私以外、二人の男が同じような動きをしているって言いましたよね。一人はゴーブルというカンザス・シティーの私立探偵、昨日エスメラルダにいた。そいつは彼女の居場所を知っていた。いったい誰が彼女の居所を教えたんだ？　私といえば、列車に乗ってサンディエゴまで行き、渋るタクシーの運ちゃんに金をやって彼女の乗ったタクシーを追わせ、運ちゃんはトランシーバーで彼女の車の行き先を聞き出してようやく彼女の居場所を突き止めた。さて、私を雇った理由はなんだ？」

「そのうちわかる」と突き放したようにアムネイは言った。「君の言う、もう一人も女を尾けていたのかね？」

「その男はミッチェルという名のプレイ・ボーイ。そいつはエスメラルダに住んでいる。彼女とは列車内で出会った。そいつはエスメラルダのホテルに彼女の部屋を予約した。二人はこんな仲だ」――そういって私は指と指をくっつけた――「とは言っても、彼女はそいつを嫌ってた。そいつは彼女の弱みを握っていて彼女は逆らえずにいた。そいつの握っている弱みというのは、彼女の素性、彼女がどこから来たか、そこでなにがあったのか、なぜ名前を変えて行方をくらまそうとしたのか、などだ。盗聴してここまではわかった。だけど知りたい事すべてがわかったわけじゃない」

アムネイが冷ややかに言った。「もちろんターゲットは列車でも監視されていた。君は我々依頼人がただの間抜けだと思っているのかね。君はおとりにすぎなかったのだよ――ターゲットに共犯者がいるかどうか見極めるためのな。君の評判を聞いて――まずは評判どおりだったがな――君にはターゲットに気づかれる役を担ってもらうことにした、君は精一杯やったからわざとらしさがない、だから策略だとはターゲットに悟られない。オープン・シャドーとは何かをご存じだと思うか」

「もちろん。まずターゲットに尾行者を気づかせる、するとターゲットは尾行者を巻くなどして始末する。ターゲットがこれで安心と思ったら別の者が楽々尾行できるようになる」

「それだったのだよ、君は」アムネイは小馬鹿にしたようにせせら笑った。「だが、君はまだターゲットの居場所を報告していない」

教えたくなかった。だが、教えざるを得ないことはわかっていた。実はこの事件の顛末を見届けたいという欲望に到底抗しきれなかったのだ。といっても霞を喰って調べを続ける訳にはいかない。アムネイに小切手を突き返したのはただ単なるジェスチャーで目的は彼からさらなる情報を引き出すためだったのだ。

私は机に手を伸ばすとアムネイの目の前に置いた二五〇ドルの小切手を取って言った。「これを頂く。必要経費込みでこの金額でいい。彼女はベティー・メイフィールドという名でエスメラルダのカーサ・デル・ポニエンテに泊まっている。彼女にはたっぷり逃走資金がある。もちろんあんたの優秀な組織はそんなこと先刻承知とは思うが」

私は立ち上がって言った。「毎度あり、アムネイさん」

私はアムネイのオフィスを出てドアを閉めた。ミス・ヴァーミリアは私が現われると、読んでいた雑誌から目を上げた。彼女の机のどこからか、かすかにこもったようなカチッという音が聞こえた。

「さっきは失礼な態度をとってしまった、申し訳ない」と私は言った。

「なんでもないわ。お互い様だったじゃない。馴れればあなただっていい人に思えるかも。あなたっていかれてるけどちょっといい感じ、かな」

「そいつはどうも」と言って私は出口に向かった。彼女は決して触れれば落ちるといったタイプだとは言わないが、かといってゼネラル・モータースの企業支配権ほど遙か彼方、手が届かない、というほどでもないだろうと思った。

そこで私は開きかけたドアを閉めて後戻りした。

「今夜、雨は降りそうもないよね、違う？　実は一杯やりながら話したいことがあったんだけど、もし今夜雨だったら。おっと、それから君がものすごく忙しくなかったら」

彼女はすましたまま面白がった表情を浮かべた。「どこで？」

「君に任せるよ」

「あなたの家に迎えに行ったほうがいいかしら？」

「そいつはありがたい。あのキャデラックで来てくれたら私の格もあがるっていうもんだ」

「そんなこと考えていないわ」

「そうさ、ほんの冗談だ」

「六時半頃、たぶん。それから気合いを入れたストッキングで伺うわ」

「是非頼むよ」

お互いに見つめ合った。それから私はそそくさとアムネイの事務所をあとにした。

12

ドア越しにキャディラックのエンジン音が聞こえた。ドアを開けると、もう彼女は外階段をのぼっていた。今回も帽子なしだった。肌色のコートを着て、プラチナブロンドの髪を立てた襟の中に入れていた。居間の真ん中に立ってあたりまえのように部屋を見渡した。それからコートをするりと脱ぐとダベンポートにポンと置いて座った。

「本当に来てくれるなんて思わなかったよ」と私は言った。

「また、とぼけて。来るのはわかっていたくせに。スコッチ・アンド・ソーダがいいわ、もしあるなら」

「あるよ」

私は二人分のスコッチ・アンド・ソーダを作って彼女の隣に座った。だが、何か下心があると思われることを避けるだけの距離はおいた。

二人はグラスをチンっと鳴らして飲んだ。

「ロマノフでディナーはどうかな?」

「そう、それからどうするの?」

「君の住まいは?」

「ウエスト・ロスアンジェルス。閑静な古い通り沿いにあるの。成り行きで私のものになったの。質問に答えてないわ。ディナーの後どうするのって。覚えてる?」

「君しだいさ、もちろん」

「意外ね、あなたは他人の気持ちなんて無視の強面だと思ってたわ。じゃ、私が割り勘は嫌って言ったら払ってくれるの?」

「マジでそんなおふざけ言われたら一発ほっぺた叩いているところだ」

「なら叩かれたことにしましょ。ということは、お互いちょっと思い違いをしていたってことね。ロマノフはまたの機会にしない？　まずウエスト・ロスアンジェルスはどうかな？」

「じゃ、まずウエスト・ロスアンジェルスはどうかな？」

「ここじゃだめなの？」

「こんなこと言うと君は帰っちまうと思う。ここで嘗て夢を見たことがあった、一年半ほど前のことだ。その夢のかけらはまだここにある。消えて欲しくない、そっとしておきたい」

彼女は、さっと立ちあがるとコートを取った。私はなんとかコートを羽織るのをうまく手伝えた。

「すまない」と私は言った。「はじめに言っておけばよかった」

彼女が振り返った。鼻と鼻が触れあうほど近かった。だけど、私は彼女に触れなかった。

「一回夢見てそれを後生大事に抱えてごめん、てわけ？　私だっていろいろ夢は見たわ。でも、みんな消え失せた。そんなもの、みんな抱えて生きていくほど私は強くないわ」

「そんなんじゃないんだ。ある女性がいた。金持ちだった。彼女は、自分は私と結婚したいのだと思い込んだ。結婚してもうまくいくはずはなかった。もう彼女と二度と会うことはないと思う。だけど、私の心には思い出として残っている」

「行きましょ」と彼女は穏やかに言った。「その思い出を今はお預けにして。私にも心に残ることがあったらよかったのに、と思ったことはあるわ」

外階段をおりてキャディラックまで行く間、私は彼女に触れなかった。彼女の運転は見事だった。本当に運転のうまい女性がいたとしたらその女性はほぼ完璧といえる。

13

彼女の家はサン・ヴィンセントとサンセット・ブルバードの間にあるカーブした静かな通りに面していた。家は門から長い敷地内車道の奥にあった。家のエントランスの前には小さなテラスがあった。彼女は鍵を開けると家中の明りを点け、それからなにも言わずにどこかへ消えた。居間には家具がバランスよく配置されていていかにも心地よさそうだった。私はそこに立って彼女が現われるのを待った。背の高いグラスを二つ手にして戻ってきた。コートはもう脱いでいた。

「結婚してたんだ、当然だよね」と私は言った。

「すぐ別れたわ。で、この家とお金がその結果。別に狙ったわけじゃないわ。彼はいい人だったわ、だけどお互い気持ちが通わなかったの。彼は死んだわ――飛行機事故で――ジェット・パイロットだったの。よくある話ね。ここことサンディエゴの間のあるところにはね、ジェット・パイロットと結婚した女性が集まるの、事故で夫を亡くした女性たちよ」

私は酒を一口啜ってグラスをテーブルに置いた。

それから彼女の持っていたグラスを手に取るとそれもテーブルの上に置いた。

私が言った。「覚えてる？　昨日の朝、君が脚を見るなって言ったこと？」

「なんとなくね」

「またそう言って、私が見るのを止めさせくれ」

私は彼女を抱いた。彼女は無言で私の胸に抱かれた。私は彼女を抱きかかえると寝室を見つけ、彼女をベッドにおろした。私はスカートをまくり上げた、ナイロンのストッキングにつつまれた脚より上、白い腿が目に映った。突然彼女は身を起こすと私の頭を抱え、自分の胸に押しつけた。

「このけだもの！　もう少し暗くできないの？」

私はドアの外に行き、部屋の明りのスウィッチを消した。それでも居間からの光でほのかに明るかった。戻ると彼女はベッドの横に立っていた。ヴィーナスのような裸体、エーゲ海から生まれたばかりのヴィーナスのようだった。彼女はそこに誇らしげに立っていた、恥じ入る様子もなく、誘うような様子もなかった。

「あーぁあ」と私は言った。「私の若い頃は女の子の服をそろりそろりと脱がしたもんだった。今じゃYシャツのボタンを外そうともたついている間に相手はもうベッドに入っている」

「じゃ、Yシャツのボタンを外そうともたついてみたら？」

彼女はベッドカバーを外すとなんの恥じらいもなくベッドに横たわった。彼女はヌードであることになんの恥じらいもない、美しい女性そのものだった。

「私の脚、ご満足？」と彼女が訊いた。

私は答えなかった。

「昨日の朝」と彼女が言った、半ば夢を見ているように。「一つだけあなたに気に入ったことがある、なれなれしくべたべたしてこなかったこと、私、そう言ったわ。それと、気に入らないところも一つあるって言ったわ。どんなことだかわかる？」

「いや」

「それはね、あのときなれなれしくべたべたしてこなかったこと」

「あのときの君の態度じゃ萎えちゃうよ」

「あなた探偵じゃない、察しなくちゃ。さあ、電気みんな消して」

暗くなるとすぐ彼女は「あなた、あなた、あなた」と女性が特別なときにしか発しない特別なトーンで言い続けた。それからゆっくりとして穏やかなリラックス、そして満ち足りた気持ち、そして静けさ。

「私の脚、今でもご満足？」と夢見るように彼女が言った。

「もう十分なんて男はいないよ、頭から離れない、君と何度寝ようともね」

「悪い人、本当に悪い人。こっちに来て」

彼女は私の肩に頭を乗せた。二人はぴったりと身を寄せ合っていた。

「あなたを愛しているわけじゃないわ」

「愛する理由なんかどこにある？　だけど、そんなことで水を差すのはやめよう。人生には本当に素晴らしい瞬間が数々ある――たとえつかの間だとしても」

私は彼女を固く抱きしめた、彼女の温かさが伝わってきた。彼女の身体には生気がみなぎっていた。彼女の美しい両腕が私を強く抱きしめた。

＊　＊　＊

そしてまた暗闇のなか、すすり泣きが聞こえた。それから、またゆっくりとした穏やかさが訪れた。

「あなたが憎い」と私に唇を重ねながら言った。「こうなったからじゃないわ。至福の時なんか一度きり、二度とないわ。それが余りにも早く来てしまったから。もうあなたに会うこともないと思うし、会いたいとも思わない。なぜってあなたといつまでも一緒か、それとも二度と会うべきじゃないかのどちらかしかないから」

「それで、君は人生の裏を見すぎたすれっからしの行きずりの女を演じたんだね」

「そう言うあなたも同じでしょ。そして私たち二人とも間違っていたの、そんなふうに振る舞うべきじゃなかったの。でも、そんなこと考えても無駄。もっと強くキスして頂戴」

それから彼女はほとんど音も立てず、寝具を動かすこともなくすっとベッドを抜け出した。

ややあって居間に明りが灯り、寝室の戸口に彼女が長いガウンを着て立っていた。

「さよなら」と彼女が静かに言った。「タクシーを呼んだわ。表で待って。もうお会いすることはないわ」

「アムネイはどうするの？」

「浅ましい小心者のやな奴。あの人は自分のエゴをよいしょする人が要るのよ。自分には力があり、征服者だって気分にしてくれる人が。私はその役目をしたわ。女の身体って都合よく使っちゃいけないってほど神聖なものじゃないのよ——とくに恋愛に失望してしまった女にとってはね」

彼女はどこかへ行ってしまった。私は起き上がって服を着た。寝室を出る前に耳を澄ませた。なにも聞こえなかった。彼女の名前を呼んだが返事はなかった。門から歩道に出るとちょうどタクシーがやって来た。

振り返って家を見ると真っ暗だった。

誰も住んでいない。すべては夢だったんだ、タクシーを呼んだ人がいることを除いて。私はタクシーに乗り込み家路についた。

14

私はロスアンジェルスを出発して今ではオーシャンサイドを迂回している高速道路に乗った。考える時間はある。

ロスアンジェルスからオーシャンサイドまでは六車線の高速道路で約三〇キロあった。道路に沿った高い土手際には車の残骸が点々と見られた。ひしゃげていたり、放置されたり、バラバラにされた車は運び去られるまで錆びるにまかされていた。何も目を楽しませる景色はない。というわけで私は考えはじめた、なぜエスメラルダにまた向かっているのか、と。この件は私としてはもう決着済みで、いずれにしても、もう私には関係ない。私立探偵のところに来る依頼人は少ない金で多くの情報を要求するのが常だ。情報が得られるかどうかは状況による。料金についても同じだ。だが時と場合によっては情報だけでなく、手に負えない事情まで抱えることがある、たとえばバルコニーにあるはずの死体が、確かめに行ったら消えていたとか。そんな場合、常識から言えば家にさっさと帰ってさっさと忘れ、そして金のことは諦めろだ。常識はいつも後追いで何やかやと言う。常識とは、たとえば今週追突事故を起こしてしまったとする、するとその場になって、先週ブレーキを整備しておくべきだったと言うような奴と一緒だ。常識とはフットボールに負けた月曜の朝、俺がいれば勝てたのにと言うけど、一度も日曜日の試合には出てきたことがない奴と一緒だ。そいつは観客席で尻のポケットにウィスキー・フラスコを入れて高みの見物をしているのだ。それに常識とは灰色のスーツを着た、決してミスを犯さない小男だ。そして人のふんどしですもうをとって金を儲けている。

高速道路を降りて峡谷の道を下りランチョ・デスカンサードにようやく着いた。

ジャックとルシールは前回同様、それぞれの持ち場にいた。フロントへ行き、スーツケースをドスンと置くとカウンターに寄りかかった。

「置いた金額はあれでよかったかな?」

「はい、ありがとうございます」とジャックが言った。「またあのお部屋がいいんでしょ?」

「うん、できれば」

「なんで探偵だっておしえてくれなかったんですか?」

「え、なんてこと訊くんだ」と私はニヤッと笑った。「探偵がわざわざ私は探偵でございなんて言うか? テレビは見てるだろ、なあ」

「チャンスがあれば、でもここでは滅多に見ません」

「テレビじゃ探偵は一目でわかる。そいつは絶対帽子を脱がないからな。ところでラリー・ミッチェルのこと、教えてくれないかな?」

「なにも知りません」と固い口調で言った。「あの方はブランドンさんの友人です。ブランドンさんはここのオーナーです」

ルシールが朗らかに言った。「無事、ジョー・ハームス見つかった?」

「うん、ありがとう」

「で、あなた彼から——」

「なに?」

「口にはボタン掛けろよ、まったく」とジャックがピシャッと言った。それから私にウィンクをすると部屋の鍵を私に向かって滑らせた。「ルシールの毎日はただ平々凡々、なにもないんですよ。あの娘は一日中私とPBX[電話交換機]にへばりついているだけ、あ、それとケシ粒みたいなダイヤの指輪も一緒か。あんまり小さいんで贈った俺の方が恥ずかしくなるくらいの。だけど男ができることって何があります? 女の子が好きになったらその娘が自分の贈った指輪を嵌めているところを皆に見せたいじゃないですか」

ルシールは左手を掲げ、手のひらを左右に回して小さな石をキラリ、キラリと光らせた。「これ大っ嫌い」

と彼女が言った。「どのくらい嫌いかっていうと、太陽の輝きとか、夏とか、満月くらい嫌い。私の嫌いっていうのはそういう意味」

私はキーとスーツケースを手に取るとフロントを離れた。もう少しそこにいたら自己憐憫に陥りそうだった、慎ましやかなダイヤの指輪さえ自分に買いかねなかった。

15

カーサ・デル・ポニエンテの館内電話で1224号室に電話をした。応答はなかった。フロントのデスクへ行った。しかめ面をしたフロント係が手紙を仕分けていた。彼らはいつでも手紙を仕分けている。

「メイフィールドさんが泊まっているはずだが。間違いないかな？」

フロント係は私に答える前に手紙を箱に入れた。「はい、お客様。メイフィールド様にはどなたがおいでとお伝えしましょう？」

「部屋番号はわかっている。館内電話で電話したけど出なかった。今日、彼女を見かけた？」

彼はちょっとばかり改めて私に注意を向けたが、私は何気ないふりをしてうまくかわした。「見なかったと思いますよ」と言った。それから肩越しに鍵ラックを見た。

「鍵がありませんね。メッセージを残されますか？」

「ちょっと心配でね。昨夜、彼女調子が悪そうだった。夜のうちにひどくなって寝込んでいるのかも。それで電話にも出られないのかもしれない。私は彼女の友人だ。名前はマーロウ」

フロント係は私をしげしげと見た。賢そうな目をしていた。彼は仕切りの裏にあるオフィスに入ってゆくと会計係へ向かった。誰かと話をしていた。すぐに戻ってきた。顔には笑顔が浮かんでいた。

「メイフィールドさんはご病気とは思えません、マーロウさん。メイフィールドさんはたっぷりの朝食をルームサービスで注文されました。昼食も同じです。それに外線電話も何回か掛けられています」

「どうもありがとう」と私は言った。「メッセージを頼む。私の名前とまた電話するとだけ伝えてくれ」

「お客様はホテルのどこかのお庭でお散歩でもされているか、海岸にでも行かれたのかもしれません」とフロント係は言った。「ビーチは暖かですし、防波堤でしっかり守られています」後ろの時計を振り返って見て言った。「もしビーチに行かれたとしたらもうじき帰ってくると思いますよ。もう冷えてきますから」

「ありがとう、また来るよ」

ロビーのメイン部分は階段を三段さがってアーチを通った先にあった。そこにはただじっと座っている人が何人もいた。ホテルのロビーにぼんやりと座っている人たち。たいていは金持ちでたいていは何をするでもなく、ただ物欲しそうな目で人々を凝視している。

彼らはそうやって人生を過ごしている。パーマネントをかけた紫色の髪の老女が二人、厳しい顔つきで特別にあつらえたキングサイズのカードテーブルでとんでもなくピースの多いジグソーパズルをやっていた。そのさらに奥ではカナスタ・ゲーム［トランプ二組を使ったゲーム、ブリッジのようなチーム戦］を男女二人ずつで興じていた。

女性の一人はモハベ砂漠を冷やせるほどのアイス［ダイヤのこと］を身につけ、クルーザー船を丸々塗装できるほどの厚化粧をしていた。女性は二人とも長いシガレット・ホルダーを手にしていた。連れの男は二人とも気が萎えて疲れているように見えた、たぶん山ほど小切手を切ったからなのだろう。さらにその先には、ガラス越しに外が見晴らせる席に若いカップルが手をつないで座っていた。女の子はダイヤとエメラルドをちりばめた飾りをつけ、指に嵌めた結婚指輪をずっと触っていた。なんとなくぼんやりとしているように見えた。

私はバーを通り抜け、庭をぶらぶらしながらあたりを見て回った。崖の頂まで縫うように続く道を進んでいくと前夜、ベティー・メイフィールドのバルコニーから見下ろした場所に行き着いた。そこは鋭く海に向かって突き出ていたから簡単に見分けがついたのだ。

広さ一〇〇メートルほどの海水浴場とそれを囲む小さな堤防があった。崖からの階段は海水浴場まで続いていた。浜には人々が寝そべっていた。ある人は水着を着て、ある人は短パン姿で。敷物に座っている人もいた。子どもたちが歓声を上げながら走り回っていた。ベティー・メイフィールドはいなかった。

私はホテルに戻り、ロビーに腰掛けた。

座ってタバコを吸って、それから売店へ行って夕刊を買ってざっと読んで屑籠に放り込んだ。フロントまでぶらぶら行った。私の伝言を書いたメモはまだ1224と書かれた箱に入ったままだった。館内電話へ行き、ミッチェルさんをお願いします、と交換手に伝えた。返事がありません、申し訳ありません、ミッチェルさんは電話においでになりません。

背後から女性の声がした。「あなたが私に会いたいって、フロント係が伝えてくれたの。マーロウさん――」彼女は言った。「あなた、マーロウさん?」

彼女は朝に咲いたばかりのバラの花のように生気にあふれていた。深緑のスラックス、リドルシューズ［靴中央部の色が異なるツートンカラーの靴］、白いシャツの上に緑のウィンド・ブレーカー、頸にはペイズリー模様［曲線、草花をモチーフにした柄］のスカーフをゆったり巻いているといった出で立ちだった。髪を束ねている細いリボンが風になびく髪に素敵な効果をもたらした。

ボーイ長が二メートルほど離れたところで聞き耳を立てていた。だからここで芝居を打とうと決めて私は尋ねた。「メイフィールドさん?」

「私がメイフィールドよ」

「表に車を駐めてあります。物件をお見せしたいのですがお時間ありますでしょうか?」

彼女は腕時計を見た。「そうね。大丈夫だと思うわ」と言った。「ならさっさと着替えなくては、だけど、そうね、このまま行きましょ」

「こちらへどうぞ。メイフィールドさん」

彼女は私と並んで歩いた。そうしてロビーを通り抜けた。その頃にはもうすっかりロビーは私にとって見慣れたものとなっていた。ベティー・メイフィールドはジグソーパズルに興じている二人の老婦人を、嫌悪感をあからさまにして見た。

「ホテルってほんとに嫌い」と彼女が言った。「一五年後にまたここに来てごらんなさい、同じ人たちが同じ椅子に座っているから」

「おっしゃるとおりです。メイフィールドさん。ところでクライド・アムネイという人物をご存じですか？」

彼女は首を振った。「私と関係あるの？」

「ヘレン・ヴァーミリアは？　ロス・ゴーブルは？」

再び首を振った。

「何か飲み物は？」

「今はいいわ、ありがとう」

バーを通り抜けて表へ出て、駐車場への小道を進んだ。オールズのドアを開けて彼女を迎え入れた。駐車スペースをバックして出ると、まっすぐグランド通りを丘に向かって走らせた。彼女はスパンコールのついた枠の黒いサングラスをかけた。

「旅行小切手を見つけたわ」と彼女は言った。「あなたっておかしな探偵」

私はポケットを探って睡眠薬のビンを取りだした。

「昨日の晩はすこしビビった」と私は言った。「一応錠剤の数は勘定した。だけどはじめに何錠あったのかは知らない。あんたは二錠飲んだと言った。あのときあんたが手のひらいっぱいの睡眠薬を飲むほどはパニクっていないという確信はなかった」

彼女はビンをウィンド・ブレーカーのポケットに突っ込んだ。「あのとき結構お酒、飲んでいたの。アルコールと睡眠薬を一緒に飲むとよくないの。意識が飛んでいたみたい。ただそれだけ」

「そんなことを私が知る由もなかった。自殺するには最低でも三五錠飲む必要がある。それだけ飲んでも死ぬまでには数時間かかる。あのとき私はのっぴきならない立場にあった。あんたの脈も呼吸も正常だった。だけどその後どうなるかわからなかった。もし医者を呼んだら、私はしつこくあれこれ訊かれるだろう。もし医者が過剰摂取だと診断したら、たとえあんた自身はその後すっかり元気になったとしても医者は警察の殺人課に報告するだろう。私としては二錠飲んだというあんたの説明に嘘はないほうに賭けた。だが、もしその判断が間違っていたらあんたは今こうして私と一緒に車に乗っていることはなかった。で、私の立場はどうなったかな」

「どうなったでしょうね」と彼女は言った。「でも、もしああだったらこうだったなんてことをあれこれ考える気はないわ。さっきあなたの言ってた人たちって誰？」

「クライド・アムネイは弁護士で私を雇った。あんたの尾行を依頼された――彼はワシントンDCのさる弁護士事務所から指示されたそうだ。ヘレン・ヴァーミリアはアムネイの秘書だ。ロス・ゴーブルはカンザス・シティーの私立探偵だ。ミッチェルを探していると言っていた」彼の風貌を説明した。

彼女の顔から表情が消えた。「ミッチェル？　なぜその探偵がラリーなんかに用があるの？」

私は四番通りとグランド通りの交差点で停車した。電動車椅子に乗ったじいさんが、時速六キロで左折しようとするから道を譲ってやったのだ。エスメラルダはとんでもないものであふれている。

「そいつがなんでラリー・ミッチェルを見つけなきゃならないの？　人ってどうして他人のことを放っておくことはできないの？」

「私にいろいろ言わないで欲しい」と私は言った。「さっきから私が答えに窮するようなことばかり訊いてくる。私が能なしだって思い知らせるにはいい手だ。もうこの件と切れたことはさっき話したとおりだ。じゃ、なんで私はここにいるのか？　答えは簡単だ。旅行小切手の五〇〇〇ドルをもう一回なんとか手に入れようとしているんだ」

「次の角を左に曲がって」と彼女は言った。「そうすると丘の頂上に着くわ。そこからの景色は素晴らしいわ。それに本当に素敵な家がいっぱい」

「どうでもいい」と私は言った。

「それに本当に静かなの」彼女はダッシュボードとその蓋のあいだに挟まれたタバコのパッケージから一本取って火を点けた。

「二日間で二本か」と私は言った。「吸い過ぎだ。昨夜もあんたのタバコの数を数えた。マッチ棒の数も。あんたのバッグも調べた。私はね、今回のようなまやかしにうまく乗せられたときにはあれこれ嗅ぎ回るくせがある。とくに依頼人が私にやっかい事を丸投げして自分はさっさと寝ちまった場合はね」

彼女はさっとこちらを向くと私をじっと見た。「睡眠剤とお酒のせいよ、絶対」と言った。「私、少し混乱していたんだわ」

「夜中、ランチョ・デスカンサードに現われたとき、あんたは心身共に完全にまともだった。冷静でビジネスライクだった。二人してリオに高飛びして悠々自適の暮らしをする予定だった、もちろん罪を背負ってね。私の役目はただ一つ、死体を始末するだけだった。それが、がっかりじゃないか！　死体がなかった」

彼女はそれでも私をじっと見ていた、でも私は運転のため先方に注意を向けていた。大通りの行き止まりで左折した。そしてまだ廃止された路面電車の線路が残っている道を行き止まりに向かって進んだ。

「標識のあるところで左折して丘に登って。高校があるわ、そこが目的地」

「拳銃を撃ったのは誰？　そして何を撃った？」

彼女は両のこめかみを両の手の掌で押さえて言った。「私に間違いないと思うの。おかしくなっていたに違いないわ。どこにあるの？」

「拳銃？　安全な場所にある。万一、あんたの夢が叶ったときは返すかも」

車は丘への坂にさしかかった。私はオールズのオートギアを三速に設定した。彼女は、興味深そうに私の操作を眺めた。彼女は車の白い革製シートやフロントパネルのスイッチ類を見まわした。

「こんな車、どうやったら買えるの？　探偵業ってそんなに儲かる仕事じゃないでしょ、違う？」

「今日日、車と名がつきゃみんな高いさ。ろくでもない車でもね。どうせみんな高いならきちんと走れる車を買うのがいいんじゃないかな。何かで読んだんだけど、探偵はいかなるときでも人目を引かないよう黒一色の目立たない車を持つべきだそうだ。書いた奴はL・Aに来たことがないんだ。L・Aで人目を引こうと思ったら、サンルーフ付きのピンクのメルセデス・ベンツで、こんがり日焼けしたかわいこチャンを三人ほど乗せて走り回らなきゃならない」

彼女はクスッと笑った。

「それに」と私は言わなくてもいいことを付け加えた。「これに乗っているといい宣伝にもなる。もしかしたらリオに行くことも夢見ていたのかもしれない。リオでこれを売れば新品を買ったときより高く売れる。貨物船で送れば輸送費なんてたいしたことない」

彼女はため息をついた。「ねえ、リオをもちだして私をからかうのはやめて。今日はそんな気分じゃないの」

「今日、ボーイフレンド見た?」

彼女は固まったように座っていた。

「ラリーのこと?」

「他にいるの?」

「そうね——クラーク・ブランドンのことを言っていることだってあるじゃない、もっとも私、彼のこと、ほとんど知らないけど。ラリーは昨夜かなり酔っていたわ。いいえ——見ていないわ。たぶんまだ寝ているんじゃない?」

「部屋に電話したけど出なかった」

道は分岐していた。一本は左にカーブしていた。私はまっすぐの道を進んだ。とくに理由はなかった。丘のスロープ遙か上に古いスペインふうの建物が何軒か見えた。反対側、丘の下への斜面には目を引くモダンな家が何軒か建っていた。住宅地区を通り抜けると道は大きく右にカーブしていた。新しく舗装されたようだ。道路は崖の先端でおわり、そこはロータリーで車が方向転換するようになっていた。ロータリーの両側に向かい合うように二軒の大きな邸宅があった。家の壁にはガラスのブロックがはめ込まれ、海に面した側は緑色のガラス窓だった。素晴らしい眺めだった。

私はたっぷり三秒間景色に見とれた。ロータリーの先端、海に向かって車を停め、エンジンを切った。車からは降りなかった。そこは標高三〇〇メートルで眼下にはエスメラルダの街全体がまるで四五度の角度で描いたパノラマのように広がっていた。

「彼は病気かも」と私が言った。「もう引き払った可能性もある、死んだのかもしれない」

「言ったでしょ――」彼女は震えだした。私は彼女のタバコを取り上げると灰皿に入れた。私は車の窓を閉め、彼女の肩に腕を回して彼女の頭を私の肩に置かせた。彼女はぐったりとして抗う様子も見せなかった。

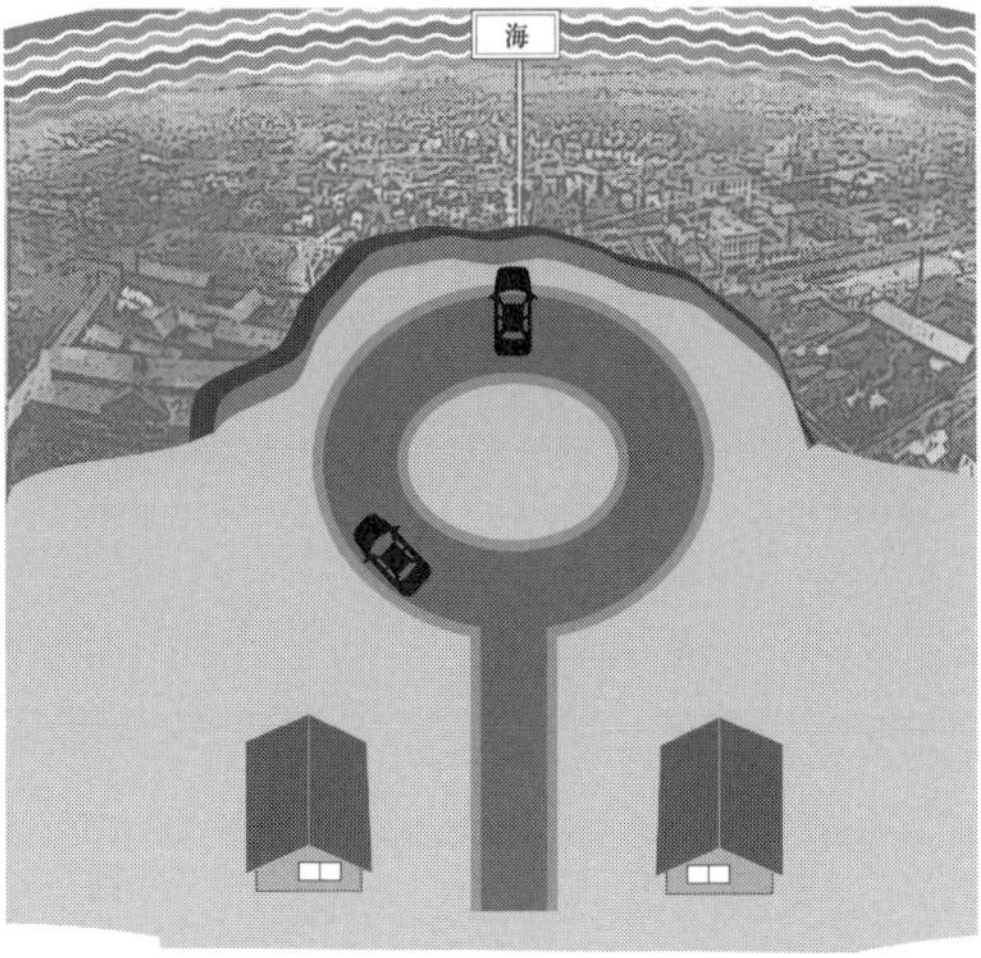

丘の上よりエスメラルダの街並み

だが、まだ震えは収まっていなかった。

「あなたといるとなんだか安心なの」と言った。「でも、せかさないで」

「ダッシュボードにミニボトルがある。一口やる?」

「おねがい」

ボトルを取り出すと片手に持ち、口金の金帯を歯で咬んでなんとか封を切った。それから両膝でミニボトルを挟んで空いている手で口金を開けた。ミニボトルを彼女の口へ持っていった。彼女は数口飲むと身震いをした。私はキャップを閉めてしまった。

「嫌なの、ボトルから飲むなんて」と言った。

「うん、野蛮だよな。あんたと寝るつもりはないよ、ベティー。心配なだけだ。なにかしてほしいことある?」

一瞬ためらったようだったが、落ち着いた声で言った。「たとえばどんなこと？　あなたはあの小切手を返せって言えるのよ。あれはあなたのものだった。あなたにあげたのよ」

「あんなふうに五〇〇〇ドルを誰かにくれてやる人なんていない。わけがわからない。L・Aからわざわざ戻ってきたのはそのためだ。エスメラルダには今朝早く着いた。

私みたいな男にことさら惚れ込んで五〇〇〇ドル持っていることを打ち明けたり、リオでの素敵な家とリッチな生活を持ちかけたりする人なんかいるはずがない。

それに死体がバルコニーにある夢を見て現実だと思い込んだ、それで急いでやってきて死体を海に投げ込んでくれと頼んだ。それだけのことで酔っていようとしらふだろうと大金を約束したり、リオ行きみたいな話を持ちかけたりする人はいない。私があんたの部屋に着いたら何をさせようとしたんだ？　あんたが夢を見ている間、手を握っていて欲しかったのか？」

彼女は私の腕を振りほどき、助手席側のドアに身体を寄せた。「わかったわよ。私は嘘つき、これまでも嘘ばかりついてきたわ」

私はバックミラーを見た。車種はわからないが小型で黒塗りの車が現われ、私の車の後ろに止まった。どんな人が乗っているのか、なにを積んでいるのかを見ることができなかった。それからその車はカーブとは逆に急ハンドルを切ると切り返し、元来た道を戻っていった。道に迷ってここまで来て行き止まりだとわかったのだろう。

「私があの非常階段を昇っているとき」と私は話を続けた。「あんたは睡眠剤を飲んだ。そして私の目の前で死ぬほど眠そうなふりをした。それからしばらくして本当に眠りに落ちた——だと思う。あんたが寝たのを確かめて私はバルコニーに出た。死体はなかった。血痕もなかった。もし死体があったらバルコニーの手すり壁越しに何とか放り出せただろう。骨は折れるけどできないことはない、もしちゃんとした身体の持ち上げかたを知っていればね。だけど、それなりに訓練した象が六頭いても海にとどくほど遠くへは投げられない。バルコニーから塀まで一〇メートルはある。そのうえ、海までとどくように投げるには塀を越さなければならない。人間の身体ぐらいの重さのものをあの塀を越えて投げようとすれば少なくとも一五メートルは飛ばさなければならない」

「言ったでしょ、私は嘘つきだって」

「だけど、なぜ嘘をついたかは話してない。さあ、ちゃんと話をしよう。バルコニーで本当に男が死んでいたとする。あんたは私にどうして欲しかったんだ？　死体を担いで非常階段をおり、乗ってきた車に積んでどこかの森へ行きそこで埋める、そうして欲しかったのか？　死体が転がっていたら人を信用してすべて本当の事を話すべきだ、普段は滅多に人を信じないとしてもね」

「お金受け取ったじゃない」と、彼女は抑揚のない口調で言った。「それに、私の話に調子を合わせたわ」

「話を持ちかけたあんたと、話を受けた私と、どちらがいかれているかを見極めるためさ」

「で、見極めたんでしょ、さぞ、ご満足でしょうね」

「なにも見極めちゃいない——あんたが誰だかさえわかってない」

彼女の顔に怒りが浮かんだ。「言ったでしょ、私はどうかしていたの」勢い込んで言った。「不安、恐れ、お酒、薬——なぜそっとしておいてくれないの？　言ったでしょ、お金はあなたにあげるわ。それ以上なにが欲しいっていうの？」

「金を貰ったら私は何をすればいい？」

「ただ受け取ればそれでいいのよ」と、彼女はピシャッと言った。弱々しさはすっかり陰をひそめた。「それだけ。お金持ってどっかへ行って、どこか遠く、はるか遠くへね」

「君には腕利きの弁護士が必要だと思う」

「言葉の矛盾ね」とあざけるように言った。「もし私を助けられる弁護士がいたとしたら、その人は弁護士として失格ね」

「なるほど。あんたは弁護士の絡むようなもめごとで辛い目に遭ってきたんだな。何があったのかそのうち調べ上げる、あんたから聞けるかもしれないし、別のルートから明らかになるかもしれない。いろいろ言ったけど私はあんたのことが心配なんだ。ミッチェルに起こった事を別にしても、もし起こっていたらだけど。あんたはすでに弁護士を雇わなきゃならないくらいやっかいなトラブルを抱えている。あんたは偽名を使っている。なぜか？　それだけの理由があるからだ。ミッチェルはあんたを強請っていた。なぜか？　それだけの理由があるからだ。ワシントンの弁護士事務所はあんたを探していた。なぜか？　彼らには彼らなりの理由があるからだ。そして、その弁護士の依頼人はあんたを探す理由がある」

私は言葉を切って彼女を見た。彼女は迫り来る夕闇の中にいた。遙か下、海がラピスラズリのような濃い青に変貌していた、それを見ているとなぜがミス・ヴァーミリアの灰色がかった青い瞳の色を思い出せなくなった。かもめがかなり密な群れとなって南へと飛んでいた。密といってもノース・アイランドで見られるようなきっちりとした隊列ではなかった。ロスアンジェルス発の夕方の飛行機が、左舷と右舷のライトを点灯し海岸に向け降下してきて、それから胴体の下のライトを点滅させ、リンドバーグ飛行場への長くゆっくりとした旋回をするためにまた海上へと向きを変えた。

「つまりあなたは悪徳弁護士のただの使い走りなのね」と、彼女は軽蔑したように言った。それから私の夕バコをパッケージから抜いて吸った。

「そんなひどい奴だとは思っていないけどな。ただちょっと格好つけすぎなだけだ。でも悪徳だとか、いけ好かないとかで弁護士の依頼を受ける受けないの判断はしない。探偵が弁護士を顧客にするためには多少のことには目をつむる。肝心なのは特権と呼ばれるものだ。私立探偵は免許を持っていてもその特権なるものは持っていない。弁護士にはそれがある、弁護士が特権うんぬんするのは依頼人の利害に関わる判断を迫られた場合に限られるけどね。もし弁護士が依頼人の利害に基づいて私立探偵を雇ったとすれば、そのときは私立探偵もその特権を持つことになる。私立探偵がその特権を持つ手段はそれしかない」

「あなたはその特権なるものでなにができるか知っているってわけね」と彼女は言った。「とくに私を尾行するためにあなたを雇ったのが都合よく弁護士だったから」

私は彼女の口からタバコを取ると二、三回スパスパと吸って返した。

「わかったよ、ベティー。私はあんたの役には立てない。あんたが心配だなんて言ったけど忘れてくれ」

「いいこと言うわね。でも、腹の内はわかっているのよ。私が助けて貰いたくてもっとお金を出すと思っているんでしょ。あなたもあの連中と同じ。あなたなんか要らないし、あなたのタバコだって要らないわ」そう言うと、窓の外にタバコを放り捨てた。「ホテルへ戻って頂戴」

私は車を降りてタバコを踏んでもみ消した。

「カリフォルニアの山間部じゃタバコをポイ捨てしてはいけない」と彼女に言った。「乾期じゃなくてもだ」私は車に戻り、イグニションを回してスターターボタンを押した。私はバックし、切り返してロータリーを半周して道の分岐点へと向かった。丘に向かう分岐したもう一方の道のセンターラインがカーブで見えなくなるあたりに小型車が駐まっていた。ライトは点いていなかった。人は乗っていなかったのかもしれない。

私は来た道と反対方向に急カーブを切り、ヘッドライトを点けると上向きにした。ハンドルを切ったときヘッドライトが駐まっている車を一瞬照らした。男が慌てて帽子で顔を隠した。だが、間に合わなかった。メガネが見えた、太った丸顔が見えた、カンザス・シティーの私立探偵、ロス・ゴーブルのとんがった耳が見えた。

ヘッドライトはすぐに車から離れ、私は緩やかなカーブが続く丘の長い道を下っていった。その道がどこへ向かっているのかわからなかった。ただ確かなのは遅かれ早かれ海岸へ出るということだ。平地までくるとT字交差点にでた。そこを右折し、数百メートル細い道を進むと大通りにでた。そこをまた右折した。その道はエスメラルダの中心街に向かっていた。

ホテルに着くまで彼女は無言だった。車を停めると彼女は急いで降りた。

「ここで待ってて、お金持ってくるわ」

「尾《つ》けられていた」と私が言った。

「え、なんですって――？」彼女は顔を半ばホテルに向けたまま固まった。

「小型車だ。丘の上でハンドルを切った拍子にあの車にライトが当たらなければ気づかなかった」

「誰なの？」彼女の声は張り詰めていた。

「知るわけがないだろ。男はここから尾けてきたに違いない。ということは、ここに戻ってくる。警察ってこと、あり得る？」

彼女は振り返って私をじっと見た。凍ったように動かなかった。ゆっくりと一歩近づいた。それから、まるで私の顔をかきむしるような勢いで飛びついてきた。彼女は私の両腕をつかんで揺さぶろうとした。彼女の息がヒューヒューと鳴った。

「ここから連れだして、ここから。お願い、どこでもいいから。見つからないところへ。つかの間でもいいから安心させて。どこか、尾行もされず、追われも、脅されもしないところへ。彼はそうするって言ったわ。地の果てまで追いかける、太平洋の孤島まで――」

「最高峰の頂まで、無人砂漠のど真ん中まで」と私は続けてやった。

「誰かさんは昔の冒険物語の読みすぎのようだな」

彼女は私を離し、その腕を力なく両脇に下がったままだった。

「あなたってもぐりの金貸しくらいの思いやりしかないのね」

「あんたに手を貸すことはしない」と私は言った。「この先どんなトラブルがあんたに降りかかるか知らないけど、ここに居て受入れるんだな」

私は彼女に背を向け、車に乗った。振り返ったとき、彼女はもうバーの入り口まであと半分というところを歩いていた、さっさとした足取りで。

16

もし、私に少しで常識というものがあれば、スーツケースをコテージ［エル・ランチョ・デスカンサード］へ取りに行き、さっさと家に帰り、彼女のことなど全部忘れただろう。このままずるずる関わっていれば、彼女がどの芝居のどの幕でどんな役を演じるか決める頃にはもう手遅れで、私が郵便局にふらりと入っていくとそこに私の顔写真入りの手配書が貼ってあってたちまちご用となる。

私はタバコを吸って、その場で車に乗ったまま待った。いつゴーブルの薄汚れたボロ車が現われ、駐車場に入ってきてもおかしくない。このホテル以外でゴーブルが、私と彼女が一緒のところを見るはずはない。それにここにいれば我々を監視できることとくらいわかっている。それなのに私の車を尾行する理由はただ一つ、我々の行き先を突き止めたかったからだ。

彼は現われなかった。タバコを吸い終わったので窓から吸い殻を捨て、バックして駐車スペースからでた。ホテルの門を出て街に向かおうとハンドルを切ったとき、街とは逆方向、カーブの左側に彼の車が停まっているのが見えた。私はそのまま街へと向かい、大通りを右折すると追ってくる彼のボロ車のエンジンがばらばらにならないようにゆっくりと車を走らせた。

二キロほど走るとレストランがあった。エピキュアという看板が出ていた。屋根は低く、道路に沿って赤いレンガの壁があった。レストランにはバーもあった。入り口は脇にあった。私は車を駐め、入っていった。まだだれも客はいなかった。バーテンダーはボーイ長とだべっていた。ボーイ長はまだディナー・ジャケットに着替えてもいなかった。彼は予約帳を置く背の高いテーブルの後ろにいた。予約帳は広げられていた。

そこにはすでに、夜になると訪れる客の名前がずらりと記されていた。私が入ったときはまだ早かった。だから席は選ぼうとすれば選べた。

　レストランはほの暗く、明りはキャンドルで、レストランのフロア全体は低い壁で二つに分けられていた。三〇人も客がいたら混んでいるように見えるようにしているのだろう。どこでも、と言うとボーイ長は私を角の席に押し込め、ロウソクに火を灯した。

　ギブソンのダブルを頼んだ。ウェイターがやって来てテーブルの上、私の向かいの席にセットされているナイフ、フォーク、グラスとナプキンを引き上げようとした。友達が来るかもしれないと言ってそのままにしてもらった。メニューを見た。メニューもレストランと同じように馬鹿でかかった。本気で料理を選ぶつもりなら懐中電灯が必要だった。あのような薄暗いレストランは初めてだった。隣のテーブルにたまたま母親がいたとしても気がつかないだろう。

　ギブソンが来た。グラスの形がなんとかわかった。中になにか入っている様子だった。口味わった。それほど悪くなかった。そこへゴーブルがどこからともなくやって来て向かいの席に座った。ほの暗い明りの下で見る限り、彼の様子は昨日と同じだった。私はメニューから目を離さなかった。ここのメニューは点字にすべきだ。

　ゴーブルは手を伸ばし、私のアイス・ウォーターを飲んだ。

「どうやってあの女といい仲になった？」とさりげなく訊いてきた。

「別に口説いちゃいないさ、気になるのか？」

「丘の上なんかに何しに行った？」

「いちゃつけるかなと思ったからさ。でも、彼女はそんなムードじゃなかった。なんでそんなこと訊く？あんたのお目当てはミッチェルとかいう奴じゃないのか？」

「面白いこと言うな、まったく。ミッチェルとかいう奴だって？　お前、聞いたこともねえって言ったじゃねえか」

「あれから聞いたのさ。見もした。酔っていた。へべれけだった。危うくあの場からつまみ出されそうになった」

「ほんと、面白え」ゴーブルはせせら笑いながら言った。「どうやって奴の名前がわかったんだ？」

「誰かが彼をそう呼んだからさ。面白すぎるよな、それって。違うか？」

彼はせせら笑った。「おとなしくしてろって言ったろ。お前が何者かわかってるんだ。お前のことは調べた」

私はタバコに火を点け、彼の顔に煙を吹きかけた。「失せな、邪魔だ」

「タフガイか」と、彼はニヤッとした。「お前よりデカい奴を何人も手足バラバラにしてやった」

「じゃ、二人ほど名前を言ってみてくれ」

ゴーブルがテーブルから身を乗り出した、そこへウェイターがやって来た。

「バーボンと水、氷なしだ」ゴーブルが注文した。「ボンド［四年以上熟成］されたやつだぞ、バーが酔っ払いに飲ますいい加減な酒はごめんだ。ごまかそうなんて思うなよ、わかるからな。それからミネラル・ウォーターだ。ここの水道水はひどい」

ウェイターは黙ってゴーブルを見ていた。

「もう一杯、おなじもの」と私は言ってグラスをボーイの方へ押しやった。

「今夜のおすすめは何だ？」とゴーブルが訊いた。「こんな掲示板なんか誰が見るか」と言って偉そうにメニューを指で軽くはじいた。

「プラ・ドゥ・ジュ『本日のお勧め』はミートローフです」とウェイターは馬鹿にしたように答えた。

「クズ肉をそれなりの皿にそれなりに盛り付けりゃ」とゴーブルは言った。「ミートローフになる」

ウェイターが私の方を見た。私はミートローフでいいとこたえた。

ゴーブルは後ろをチラリと見、それから両側を確認してからまたテーブルに身を乗り出した。

「ツキから見放されたな、お仲間さんよ」彼は嬉しそうに言った。「あんたは抜けられなかったんだ」

「そいつは大変だ」と私は言った。「で、何から抜けられなかったんだ?」

「悪運尽きた、ってやつだ。お仲間さんよ。最悪だ。潮の流れを読み違えたかなんかだ。アワビ採り――ほら、シュノーケルとフィンをつけて潜る奴さ――が海底の岩礁に挟まって抜けられなくなったようなもんだ」

「アワビ採りが海底の岩礁に挟まった?」冷たいチリチリとした感覚が、背中を上から下に這っていった。ウェイターが飲み物を持ってきた。掴んで一気に飲み干したい衝動を懸命に抑えた。

「まったくもって面白い、お仲間さんよ」

「もう一度言ってみろ、お前のグラスか、それが嫌ならお前を粉々にしてやる」

彼はグラスを持つと啜り、味見し、じっくり味わい、頷いた。

「ここへは金のためにやって来た」彼は独り言のように言った。「なにもトラブル起こしに来たわけじゃねえ。トラブル起こしちゃ金は手に入らない。面倒には関わらないようにしなきゃ金は手に入らない。俺の言う意味、わかるか?」

「じゃ、たぶんあんたにとっちゃはじめてなんだろうな」と私は言った。「トラブル起こしてそのうえ金も儲けたいってのは。アワビ採りってのは何なんだ?」私は動揺を悟られないように苦労して声を抑えた。ゴーブルは乗り出していた身体を元に戻し、椅子にゆったりと構えた。そのころには目が馴れてきてゴーブルのにやついた大きな顔がはっきりと見えた。

「ほんのたとえさ」とゴーブルは言った。「アワビ採りのことなんざなにも知っちゃいない。昨日の晩はじめてどう発音するか教わったばかりだ。それにアワビってな、どんなもんかまだ知りやしない。話を戻すけど、なんかおかしい。ミッチェルが見当たらない」

「あのホテルをねぐらにしているんだろ」私はもう一口ギブソンを飲んだ、がぶ飲みしないようにした。今は酔っ払っている場合じゃない。

「そのくらいわかってるさ、ご同業、わからないのはな、今、彼がどこにいるかってことだ。彼は部屋にはいない。ホテルのスタッフもホテル内では彼を見掛けていないって言ってた。お前かあの女に、なにか思い当たるふしがあるのでは、とにらんだ」

「あの女はいかれている」と私は言った。「彼女のことはほっておけ。それにエスメラルダで聞き回ってもみんな見てないって言うさ。あんたのカンザス・シティー訛りはここじゃ下品に聞こえるからな」

「ふざけやがって、たとえ英語のしゃべり方を教わりたくなってもカリフォルニアのポンコツのぞき屋なんかにゃ頼まねえ」ゴーブルは振り向いて叫んだ。「ウェイター！」

周りの客が不愉快そうにゴーブルを見た。やや間を置いてウェイターが現われ、脇に立った。その顔には周りの客と同じ表情が浮かんでいた。

「もう一杯だ」とゴーブルは言ってグラスに向けて指を鳴らした。

「大声で叫ぶには及びません」とウェイターが言った。グラスを持ち去った。

「俺がサービスって言ったら」とゴーブルがウェイターの背中に向かってわめいた。「ホントのサービスをしろ」

「あんたのお好みが木精アルコールならよかったのにな」と私はゴーブルに言った。

「お前と俺はうまくやっていけたのによ」と、私の言葉を無視するように言った。「もしお前にちょっとでも脳みそがあったらの話だけどな」

「それとあんたにマナーってものが少しでもあって、今より一五センチほど背が高くて、ハンサムで、ゴーブルなんて名じゃなくて、まるで自分が一番偉いみたいなでかい態度をとらなきゃな」と私は付け加えた。

「たわごとはやめてミッチェルに話をもどせ」とゴーブルがピシッと言った。「それとお前が丘の上で手を出そうとした女のことについてもだ」

「彼女はミッチェルと列車内で出会った。彼女はミッチェルを軽蔑したし嫌った、ちょうど私があんたに対してと同じようにな。それで彼女は彼から遠ざかりたいと心底願った」

時間の無駄だった。ゴーブルは私の曾祖父と同じくらいしつこかった。

「そうかい」と彼はあざ笑った。「女にとってミッチェルはただ列車内で乗り合わせただけの男で、話をしたらヤな奴だった。それで女はミッチェルをお前に任せたってか？　都合のいいことにたまたまそこにお前がいたってわけだ」

ウェイターが料理を運んできた。仰々しくテーブルに並べた。付け合わせ、サラダ、ナフキンに包んだ焼きたてのロールパンなどなど。

「コーヒーは？」とウェイターが訊いた。

私は自分の分は後で、と言った。ゴーブルは今、と頼んで、飲み物はどうした、と訊いた。ウェイターはお持ちするところですと言った――ゆっくりと。そう、彼の声の調子がそうにおわせていた。ゴーブルはミートローフを一口食べて驚いた様子だった。

「何だこれ！　うまいじゃないか！」と言った。「なんで客がいないんだ？　この店、潰れかけだと思った」

「自分の時計を見てみろ」と私は言った。「賑わいを見せるのはずっと後だ。そういう町だ。それにシーズンオフだしな」

「ずっと後ってのはそのとおりだ」と、もぐもぐしながら言った。「夜も更けてからな、夜中の二時、三時。ときどき、その頃になって友達を訪ねる奴もいる。お前、コテージに戻るのか？」

私は答えず彼をじっと見た。

「俺が説明しなきゃなんないのかな？　あのな、俺は仕事にかかったら遅くまで働く」

私はなにも言わなかった。

ゴーブルは口を拭った。「俺が岩に挟まって抜けなくなった奴の話をしたとき、お前、固まっちまったよな。それとも俺の勘違いかな？」

私はなにも言わなかった。

「オーケー、だんまりを決め込むならそれでいい」ゴーブルは馬鹿にしたように笑った。「お前とはうまくやれるんじゃないかと思った。お前はガタイもいいし殴り合いも得意だ。だけど何についても何一つわかっちゃいねえ。俺の商売で肝心なところをお前は持っていない。俺の地元じゃこの商売やっていくには頭が要る。それがここじゃ日焼けしてシャツの胸をはだけてりゃそれでオーケーってわけだ」

「なにが言いたいんだ」と私はやっとの思いで言った。

彼は絶え間なく喋っていたが、それでもあっという間に食べ物を平らげた。彼は皿をどかし、コーヒーを飲むとチョッキに差していた爪楊枝を取りだした。

「この町は裕福だ」と彼はゆっくり言った。「調べたさ。この町を隅から隅まで調べ上げた。この町について、ここの住民に聞いて回った。連中に言わすとエスメラルダはこの緑豊かで平等な国の中で、金だけではコミュニティーのメンバーとして認められない数少ない町だそうだ。この町じゃ溶け込んでコミュニティーのメンバーになるか、さもなければいないのと同じ扱いをされるかだ。コミュニティーのメンバーになりたければ、パーティーによばれたければ、メンバーと仲良くなりたければ、品格を持たなきゃならねえ。カンザス・シティーで裏の商売やって五〇〇万ドル稼いだ奴がいる。そいつはこの町に来て土地を買いあさり、切り売りし、分譲住宅を建て、この町で指折りの建物を建てた。

だが、そいつはビーチ・クラブの会員じゃなかった、ってのもお呼びがかからなかったからだ。それでそいつはビーチ・クラブを買っちまった。誰もがそいつのことは知っている。募金活動なんかするときには町の連中はそいつを歓迎する、そいつをもてなし、そいつは小切手をきる、そいつはよき市民の典型だ。そいつはよく盛大なパーティーを開く。だけど客はみんなよそ者だ。町の住民が来たとしても、たかり屋、役立たず、金の匂いを嗅ぎ回ってあちこちのパーティーに出没するおなじみのクズ、そんな連中ばかりだ。まともな住民、コミュニティーのメンバーは来やしない。彼らにとってそいつは黒人とおんなじさ」

彼は止めどもなく喋った。喋っている間にもときおり私の顔をさりげなく観察し、店内を見渡した。そして椅子にゆったりと背を預けて座り、爪楊枝を使い始めた。

「そいつは当てが外れてがっくりしたんだろうな」と私は言った。「でも、町の連中はどうやってそいつの金の出どころがわかったんだ？」

ゴーブルは小さなテーブルに身を乗り出した。「毎年春、ここに休暇でやって来る財務省の大物がいる。たまたま彼がそのミスター・マネーと会った、そしてたまたまそいつの素性を知っていた。それでその財務省の大物はそいつの正体を町中にぶちまけた。それでそいつが平気でいられると思うか？　それなりに成功して一目置かれるようになった裏社会の男のことを堅気の連中はわかってない。内心ズタズタに傷つくんだよ、あんた。そいつは札束では買えないものがあるってことを思い知るんだ、その悔しさがそいつを骨の髄まで苛むのさ」

「どうやってそんなこと調べ上げたんだ？」

「俺は切れ者だ。嗅ぎ回る。そして調べ上げる」

「どんなことでもな、一つを除いて」と私は言った。

「何だそれ？」

「言ってもあんたにゃわからないさ」

ウェイターがやって来た。待たせに待たせたゴーブルの飲み物を持ってきて食器類を片づけてカートに載せた。ウェイターはメニューを差し出した。

「デザートは食わねえ」ゴーブルが言った。「失せろ」

ウェイターが爪楊枝に目を留めた。彼はゴーブルの指の間から器用にそれをはじき飛ばした。「ここには化粧室があるんですよ、おっさん」と言った。ウェイターは爪楊枝を灰皿に落とすと灰皿もカートに載せた。

「俺の言う意味、わかったか？」とゴーブルは私に言った。「品格だ」

私はウェイターにデザートとしてチョコレート・サンデーとコーヒーの追加を頼んだ。「それとこちらの方に勘定書きを渡してくれ」と付け加えた。

「かしこまりました」とウェイターが言った。ゴーブルは不愉快そうだった。ウェイターはすっといなくなった。私はテーブルに乗り出すと穏やかに語りかけた。

「この二日間、私はいろんな嘘つきに出会った。だけどあんたが一番の嘘つきだ。それから麗しいご婦人にも何人か会った。あんたの狙いがミッチェルだとは思っていない。昨日より以前にあんたが彼を見たり、聞いたりしていたとは思えない。昨日はじめて彼の存在を知って彼を目くらましに使うことにした。あんたはある女性を見張りにここへやって来た。誰があんたをここによこしたかわかっている——雇い主じゃない、あんたにエスメラルダへ行くよう指示した人物だ。私は彼女が監視される理由を知っている。彼女を監視の目から解放する手立ても承知している。もしあんたに奥の手があるなら、今すぐ使った方がいい。明日じゃ手遅れになるかもしれない」

ゴーブルは椅子を後ろに押しのけて立ち上がった。折りたたまれたしわくちゃの札をテーブルにポイっと置いた。私を冷たい目で見下ろした。

「でかい口にちっぽけな脳みそ」と彼は言った。「そんな強がりなんか木曜日にゴミ収集車がくるまで取っとけ。お前は何もわかっちゃいない、ご同業。わかることもないだろうよ」

ゴーブルはまるで喧嘩をはじめるように頭を前に突き出して出ていった。

私は手を伸ばしてゴーブルが置いていったしわくちゃな札を取った。思ったとおり一ドル札だった。下り坂を時速七〇キロでポンコツ車を走らすような奴が入る食堂は土曜の一番値の張るディナーとして八五セントの料理を出す類いの店だ。

ウェイターがすっとやってきて勘定書きをよこした。金を払ってゴーブルの一ドルをチップとしてトレーに載せた。

「サンクス」とウェイターは言った。「あいつは本当に身近な友達なんですか？」

「友達じゃないけど近いって表現は適切だ」

「あの人は貧しいんでしょうね」とウェイターが許してやるといった口ぶりで言った。「この町にいいところはいろいろあるけど、ここで働くような人間はここには住めないってのもその一つなんです、つまりあの手の人はいないってことです」

私が店を出るとき、客はすでに二〇人ほど入っていて、楽しげな声が低い天井に響き渡りはじめていた。

17

地下駐車場へのスロープは朝の四時と変わりがないように見えた。だが、スロープのカーブを下って行くとホースからの水音が聞こえてきた。ガラス張りの詰め所には誰もいなかった。どこかで誰かが車を洗っているのだ、だが駐車係ではない。私はスロープを横切ってエレベーターホールへ向かい、ドアを開けた。私の後ろで詰め所のブザーが鳴った。私はホールの外に立ってドアが閉まるに任せ、何が起きるかを待った。するとカーブの向こうから長く白いコートを着た痩せた男が現われた。めがねを掛けたその男は冷えたオートミールのような肌をして、うつろで疲れた目をしていた。顔は東洋系のようでもあるし、ヒスパニックのようにも見えた。インディアンのようでもあったが、その表情はさらに暗かった。彼の黒い髪はほっそりとした頭にペタッと張り付いていた。

「車はどこ？　お客さん。お名前は？」

「ミッチェルさんの車はまだある？　ビューイックのハードトップ、ツートーン・カラーのやつだ」

男はすぐには答えなかった。目を細めた。同じ質問をされたのだ。

「ミッチェルさんは今朝早く車で出かけました」

「早くって何時頃？」

男はホテル名が赤い糸で刺繍されているポケットに差した鉛筆に手を遣った。鉛筆をとりだすとじっと見た。

「七時ちょっと前。私は七時に明けだったから」

「あんた、一二時間勤務？　今、夕方の七時ちょっと過ぎじゃないか」

男は鉛筆をポケットに戻すと言った。「八時間勤務、勤務時間はローテーションします」

「あ、なるほど。それで昨日の夜一一時から今朝七時までいたってわけだ」

「そのとおり」彼は私の肩越しになにか遠方を見ていた。「今は勤務外なんです」

私はタバコのパッケージを取りだし男に勧めた。

男は首を振った。

「タバコは詰め所でしか吸えないんで」

「それと、パッカード・セダンの後部座席でだろ」

男の右手はあたかもナイフの柄を握っているかのように丸まった。

「自分のブツはどうした？　なにがほしい？」と男は言って私をじっと見た。

「あんたは『なんのことだ？』って訊くべきだった」と私は言った。男は答えなかった。

「そうしたら私はこう答える、『タバコのことじゃない』」と私は嬉しそうに続けた。

「『蜂蜜で味つけされた例のやつのことだ』ってな」

二人の目が合い、にらみ合った。ついに男が穏やかに口を開いた。「あんた、売人か？」

「もしあんたが今朝七時ぴったりにしゃんとして仕事をしてたら、大したもんだ、私には何時間も心臓が止まっているように見えた。あんたの頭にはエディー・アルカロみたいに目覚まし時計が入っているに違いない」

「エディー・アルカロ？」と駐車係は繰り返した。「あぁ、騎手のね、彼の頭には目覚まし時計が入ってるのか？　ホントかよ」

「そうみんなが言ってる」

「買ってもいいぜ」と彼は気のなさそうに言った。「値段次第だ」

詰め所のブザーが鳴った。エレベーターが降りてくる音がなんとなくきこえてきた。

エレベーターホールのドアが開き、カップルが現われた。昼、ロビーで手を握り合っていたカップルだ。

娘はイブニング・ドレスを着て、若者はタキシード姿だった。二人はまるでキスしているところを見られた子どもみたいに並んでその場に立っていた。

駐車係は奥へと消えてゆき、車をスタートさせ、戻ってきた。車は格好いいクライスラーのコンバーティブルで新車だった。若者は壊れものを扱うように女の子に手を貸して階段をおりた、まるで彼女がもう妊娠しているかのように。

駐車係は車を降りるとドアを開けて立った。若者は運転席側に回ってきて駐車係にありがとうと言い、車に乗り込んだ。

「グラスルームまでは遠いのかな?」とおずおずと尋ねた。

「いえ」と駐車係は答えて行き方を説明した。

若者はにっこりしてありがとうと言い、ポケットから一ドル札を取り出して駐車係に渡した。

「車はエントランスまで回せたのに、プレストンさん。ここに電話するだけでいいんですよ」

「あ、ありがとう、だけどいいんだ」と若者はせわしなく言った。そしてスロープを慎重に上っていった。

クライスラーはエンジン音を響かせながら視界から消えた。

「新婚さんだ」と私は言った。「いいもんだな。ジロジロ見られたくないのさ」

駐車係はガラスのような目をしてまた私の目の前に立ちはだかった。

「だけどあんたとの間はああはいかない」と続けて私は言った。

「サツならバッジ見せてみな」

「警官だと思ってるのか?」

「とにかくなんかのおせっかい野郎だ」何を言おうとこの男の声の調子は変わらない、
Bフラットのまま、抑揚がない。ジョニー・ワン・ノート〔一九三七年発表の歌〕のように。

「当たりだ」と私は認めた。「私は私立探偵だからな。昨日の晩、ある人物を尾けてここまでやって来た。あんたはあそこのパッカードの中にいた」――と私は指さした――「近寄ってドアを開けるとマリファナの匂いがした。その気になればキャデラックを四台ばかり頂くことだってできた。そうしたら、あんたはあったかいベッドでは寝られなくなるところだった。まあ、それはあんたが心配することだけどな」

「今の話をしろ」と彼は言った。「昨夜のタラレバなんかの話をするつもりはない」

「ミッチェル自身で車を運転して出てったのか?」

男は頷いた。

「荷物なしで?」

「九個あった。積むのを手伝った。彼はチェックアウトしたんだよ。満足か?」

「フロントに確認したのか?」

「領収書を持ってた。すっかり払って受領印が押されていた」

「なるほど。で、それだけ荷物があったら当然ベルボーイも一緒だったよな」

「エレベーターボーイだ。ベルボーイは朝七時半からだ。あんときは夜中の一時頃だったからな」

「どのエレベーターボーイ?」

「メキシコ人だ、みんなチコって呼んでる」

「あんたはメキシコ人じゃないのか?」

「俺は中国人、ハワイ人、フィリピン人、それと黒人のあいの子だ。誰もなりたい奴はいない」

「最後にもう一つだけ、どうやってバレずにすんでるんだ? マリファナのことだ、私の言うのは」

男は周りを見渡してから言った。「マジに落ち込んだときしかやらないからさ。あんたに関係あるのか? それが誰かに関係あるのか? 捕まってこのへみたいな仕事をクビになるかもしれない。ムショにぶち込まれるかもしれない。一生マリファナ漬けかもしれない、肌身離さず持ち歩いてな、満足か?」男は饒舌になった。情緒不安定な人間によくみられる、ぼそぼそ話しているとおもったら次の瞬間、洪水のようにまくし立てる、低く、物憂げな声は続いた。

「誰にも恨みもつらみもない。俺は生きて、喰って、ときどき眠る。いつか俺の所に来てみな。ポルトンズ・レーン――名前はいっちょ前だが路地だ――にある古い木造小屋でノミにたかられながらズタ袋のなかで暮らしてる。エスメラルダ金物店のすぐ裏にあたる。便所は外にある便所小屋だ。身体は台所で洗面器を使って洗う。寝るのはスプリングのいかれたカウチだ。あるもの全部二〇年は経っている。来て見てみろ。俺の住んでる家も土地も金持ちのものだ」

「ミッチェルの件であんたの話には一点欠けてるところがある」

「どこが?」

「本当のところがだ」

「じゃ、カウチの下でも覗いてみるか。ちょっとほこりっぽいかもな」

スロープを下ってくる車の大きなエンジン音がきこえてきた。男は私に背を向け去っていった。私はエレベーターホールのドアを通ってエレベーターのボタンを押した。あいつは奇妙な奴だった、あの駐車係。まったくおかしな奴だ、だがなんとなく面白い、同時になんとなくもの悲しい。悲しい男、途方に暮れている男。

エレベーターはなかなか来なかった。私の横にエレベーターに乗ろうと男がやってきた。一八八センチのハンサムで、健康そのものの男性、クラーク・ブランドン。

彼は革製のウィンド・ブレーカーとその下に厚手のとっくりセーターを着ていた。ズボンは年季の入ったベッドフォード・ビロード地で、靴は現場修理工か測量士が荒れ地で履くような膝下までくる長い編み上げブーツだった。まるで掘削作業場の現場監督みたいだった。

それから一時間もすれば、ディナー・ジャケット姿でグラスルームに現われ、そこのオーナーのように振る舞うのは間違いない。実際彼がオーナーなのだろう。有り余るほどの金、有り余るほどの健康、その両方の恩恵を享受するための有り余るほどの時間、そしてどこに現われようとも彼はそこで主役となる。

エレベーターが着くと彼は私をちらっと見て、私に先を譲った。エレベーターボーイは彼に最敬礼をすると彼は軽く会釈した。二人ともロビーで降りた。ブランドンはフロントへ向かった。フロント係は――初めての顔だったが――満面の笑みで彼を迎え、封筒の束を渡した。ブランドンはカウンターの端に寄りかかって封筒を次から次と開けては傍らにある屑籠に投げ入れていた。ほとんどが屑籠行きだった。そばに観光案内パンフレットがラックに並んでいた。私は一枚取ってタバコに火を点け、パンフレットに目を通した。

一通だけブランドンの目を引いた。彼は何度か読み返した。それはホテル備えつけの便せんに手書きで書かれた短いものだった。わかったのはそこまでだった、それ以上は彼の肩越しにのぞき込まない限り無理だった。彼はかがむと屑籠からその手紙が入っていた封筒を拾い上げた。しげしげと眺めていた。手紙をポケットに入れるとカウンター中央に戻った。彼はその封筒をフロント係に渡した。

「これはフロントで受け取ったものだ。誰が持ってきたかひょっとして見なかったか？　どうも送り主に心当たりがないようなのでな」

フロント係は封筒を見ると頷いた。「はい、ブランドンさん、私が仕事に就くとすぐ男がこれを預けにきました。中年で小太り、メガネを掛けていました。グレーのスーツにグレーのトップコート、グレーの帽子でした。地元の人間には見えませんでした。ちょっとみすぼらしい感じでした。何処にでもいるような方でした」

「私を訪ねてきたのかね？」

「いえ、メモをあなたの郵便受けに入れるよう頼まれただけです。どうかしました？　ブランドンさん」

「ヤク中かなんかみたいだったか？」

フロント係は首を振った。「いまお話したとおりです。なんの特徴もない、どこにでもいるような方でした」

ブランドンはクックと笑った。「私に五〇ドルでモルモン教の宣教師をやって欲しいと書いてあった。いかれている、まったく」ブランドンは封筒を取り上げるとポケットに入れた。カウンターに背を向け、歩き出そうとしてふと振り返って言った。「ラリー・ミッチェルを見掛けたかな？」

「今のシフトに入ってからは見ておりません。でも、また二時間ほどしか経っていませんか」

「ありがとう」

ブランドンはロビーを横切り、エレベーターに乗った。先程とは違う箱だった。エレベーターボーイは満面の笑みを浮かべて彼になにか言った。ブランドンは応えも見もしなかった。ドアを操作するボーイを見ると傷ついたようだった。ブランドンは顔をしかめていた。しかめ面のブランドンはハンサム度がちょっと落ちた。

私はパンフレットをラックに戻すとカウンターへ向かった。フロント係は無愛想にただ私を見た。彼の目つきは、私がここの客ではないことがわかっていることを示していた。

「ご用は？」

フロント係は灰色の髪で優雅な身のこなしだった。

「ちょうどミッチェルさんのことを訊こうと思っていたところだった、今、あんたの話が耳に入ったんでね」

「館内電話はあちらです。オペレーターがおつなぎしますのでお話ください」

「それはどうかな？」

「どういう意味ですか？」

私は名刺入れを取りだそうと上着を開いた。フロント係の目が私の脇の下から覗く拳銃の丸い銃把に釘づけになったのがわかった。名刺を渡した。

「ここの警備係と話ができればありがたいんだけどな、警備係がいればだけど」

フロント係は私の名刺を手に取って見た。顔を上げると言った。「メイン・ロビーの椅子に座っていてください、マーロウさん」

「ありがとう」

私がカウンターに背を向け、歩き去る前に彼は電話で話をしていた。私はアーチを通ってフロントが見えるところを選んで壁を背にして座った。

その男は背筋のしゃんとした、キリッとした顔立ちで、その肌は日に当たっても決して日焼けすることなく、赤くなるだけでその後皮がむけてしまうタイプだった。赤みがかった金髪は前髪を後ろに撫でつけられていた。男はアーチの出口で立ち止まり、ロビーをゆっくり見まわした。その間、他の客を見るときと同様、とくに私に視線を止めることはなかった。それからこちらにやって来て、私の隣に座った。男は茶のスーツを着て、茶と黄色の縞模様の蝶ネクタイをしていた。髪には少しばかり白髪が交ざっていた。服は決まっていた。もみあげあたりにはうっすら金色のひげが生えていた。

「ジャヴォーネンです」と私に顔を向けることなく言った。「あなたが誰かはわかっています。私のポケットにあなたの名刺があるので。それでどうされました?」

「ミッチェルという人物。彼を探しています。ラリー・ミッチェルです」

「探しているって、そのわけは?」

「仕事ですよ。他に私が彼を探す理由がありますかね?」

「了解です。その方は町を出ました。今朝早く」

「そう聞いています。で、ちょっとおかしいと思いましてね。あの人は昨日帰ってきたばかりなんですよ。スーパー・チーフでL・Aまで来て、それから車でここまで帰ってきました。彼は文無しでした。夕飯代さえ誰かにせびらなけりゃなりませんでした。彼は女性を連れてグラスルームへディナーに行きました。そこでへべれけに酔いました——あるいは酔ったふりをした。それで代金を払うのを免れましてね」

「ここでも精算できますからね」とジャヴォーネンは冷たく言った。そうしている間にも彼の目は、あたかもカナスタのプレーヤが突然銃を取りだしてパートナーを撃つか、あるいは大判のジグソーパズルをやっている老女が突然わめき出すことを期待しているかのように、絶えずロビーをチラリチラリと監視していた。彼の表情には二通りあった——厳しい表情、それとより厳しい表情。「ミッチェル氏はエスメラルダでは名の知れたお方です」

「うん、だけどかんばしくないほうでな」と私は言った。

彼ははじめて私に顔を向けて暗い視線を投げかけた。「私は副支配人でもあります、マーロウさん。警備主任も兼ねています。このホテルのお客様の噂についてあなたと意見をかわすことはできません」

「おっしゃるとおりです。彼がどんな人物かはわかっています。いろいろなところからきこえてくるんでね。彼の振る舞いも見ましたよ。昨晩は誰かさんにからんで、町から出て行かざるを得ないほどお灸をすえられた。荷物をまとめて出ていった、と私は聞いています」

「そんな話、誰から聞いた？」彼はタフな顔つきになって訊いた。

私はタフに見られるようにと返事をしなかった。「それよりもまず私の推測を聞かせよう」と私は言った。「一つ。昨晩彼のベッドには寝た形跡はなかった。二つ。今日、フロントに彼の部屋が引き払われていたとの報告が入った。三つ。今夜、ここの夜間従業員のなかで出勤してこない者がいるだろう。ミッチェルは一人じゃ彼の家財道具を持ち出せない」

ジャヴォーネンはじっと私を見つめた。それからまたロビーに目を移して見るともなくあたりを眺め回した。「あんたが名刺の男だって証明するものはあるか？　名刺なんか誰でも刷れるからな」

私は財布を取り出し、小さな探偵免許証のコピーを取りだして渡した。彼はそれをちらっと見ると私に返した。私はそれを財布にしまった。

「ホテル業界内には泊まり逃げに対処する組織がある」と彼は言った。「泊まり逃げは避けられない――どんなホテルでも。あんたの手助けは不要だ。それとロビーに拳銃を持ち込むのは感心できない。フロント係があんたの銃を見た。客が見ることだってあり得る。ここで九ヵ月前、拳銃強盗事件があった。強盗犯の一人は殺された、私が撃った」

「新聞で読んだ」と私は言った。「それからしばらくはビビり通しだった」

「話はまだある。その次の週、ホテルは四、五〇〇〇ドル相当の損失を被った。何十人もの定住客が出ていった。私の言いたいこと、わかったか？」

「銃はわざと見せた。私は一日中ミッチェルのことを聞いて回った。だがはぐらかされるだけだった。もし彼が引き払ったならなぜそう言わない？　だれも彼が踏み倒したと教えてくれなかった」

「だれも彼が踏み倒したなんて言っていない。彼の宿代はね、マーロウさん、きっちり精算された。で、あんたはこれからどうする？」

「あんたらがなぜ彼が引き払ったことを秘密にするのか不思議だ」

彼は、軽蔑したような目つきをした。「だれも秘密だなんて言っちゃいない。あんたがちゃんと聞いていないだけだ。私は、彼は旅行で町を出たと言ったんだ。私は彼の宿代はすっかり精算されたと言ったんだ。私は彼がどの位荷物を担いでいたかなんて言っていない。私は彼が部屋を引き払ったなんて言っていない。そして私は、彼が持っていったものはただ彼が……そんなことを聞いてあんたはどうするつもりだ？」

「だれが金を払った？」

彼の顔が少し赤らんだ。「いいか、おい、私はお前に彼が払ったと言った。彼が直接な、これまでの代金とこれから先一週間分の前払いと耳を揃えて。私はお前には我慢して話をしてやっている。今度はそっちが話す番だ。お前の狙いは何だ？」

「狙いなんてない。ところであんたはさっきから一言説明する毎にそこで話を打ち切ろうとしている。さて、なぜミッチェルは一週間分先払いしたのかな？」

ジャヴォーネンは笑った――本当にかすかに。言ってみれば笑顔の前払いってところだ。「いいか、マーロウ。私は軍の情報機関に五年いた。私は人を見ればどんな人物か見極められる。たとえばここで話に上がった男についてでもだ。なぜ彼が前払いしたか？　前払いすればホテルが喜ぶからだ。経営を安定化させる効果がある」

「前にも前払いしたことあるのか？」

「この野郎！　また……」

「気をつけろ」と私は彼の言葉を遮った。「杖を持っている年配の紳士があんたの応対が気になっているようだ」

ジャヴォーネンはロビーを半分ほど見まわして視線を止めた。その先には、瘦せて、血の気のない老人が丸い背もたれの、ひときわ低いクッション入りの椅子に座っていて、杖の握りに手袋をした両手を置き、その手の上に顎を載せていた。老人は瞬きもしないでこちらを見ていた。

「あぁ、あの人か」とジャヴォーネンが言った。「こんな離れたところまで見えやしない。あの人は八〇歳だ」

彼は立ち上がって私の顔を見下ろした。「わかった、あんたは口止めされているんだな」と気が落ち着いたように言った。「あんたは私立探偵だ。あんたには依頼人がいて指示とか制約が与えられている。私の関心はホテルの安全だけだ。この次、ここに現われるときは銃を家に置いてこい。なにか聞きたいことがあれば私に訊け。従業員とは話すな。すぐに噂が広まる、ホテルとしては好ましくない。私がここの警察に、あんたはトラブルメーカーだと耳打ちしたらあんたは警察の協力を得るのは難しくなるだろうな」

「退散する前に一杯おごらせてくれるかな？」

「上着のボタンをちゃんと留めとけ」

「五年間、軍の情報機関従事といったら大変な経験だ」私は感心したように彼を見上げて言った。

「十分と言うべきかな」彼はちょっと頷くとアーチを通って足早に去っていった。背筋をぴんとさせ、肩を張り、顎を引いて。締まった細身の身体の鍛え上げられた男。手慣れた警備員。彼は私からとことん情報を吸い上げた——情報といっても私の名刺に印刷されている事柄だけ。ホテルの警備に不要なことは一切関わらない、そして目的は達した。

低い椅子に座っている老人が杖の柄から手を放して、その人差し指をこちらに向けて鉤のように曲げているのに気がついた、私を呼んでいるのだ。

私は自分の胸を指さし、私のことかと訊いた。老人は頷いた。私は老人のところへ行った。

彼は老人だった。間違いなく。だが、よぼよぼという表現からはほど遠かったし、ぼけという表現からもほど遠かった。その白髪はピシッと分けられていた。その鼻は長く、ほっそりとしていて血管が浮き出ていた。目は未だに鋭かったが瞼が疲れたようにその上に垂れ下がっていた。片方の耳にはプラスチック製の丸い補聴器が嵌められていた。色は耳と同じような灰色がかったピンクだった。嵌めている手袋にはカフがあり、そこで折り返されていた。磨かれた黒靴は砂よけのカバーでなかば覆われていた。

「椅子をもってきなさい、若いの」その声はか細く、乾いていて竹の葉のようにざらついていた。私は老人の脇に座った。老人は私をのぞき込むように見ると微笑んだ。「我が卓越せるミスター・ジャヴォーネンは五年間軍の情報部門に在籍した、そう彼は言っただろ、間違いなく」

「はい、軍の情報機関の一つであるＣＩＣ『対諜報部隊』だと言っていました」

「『軍の』と表現には誤りが含まれている、何しろ民間人も調査の対象だからな。ところで君は、ミスター・ミッチェルがいかにしてホテル代を支払ったかに興味をお持ちのようだが」

私は老人を見つめた。補聴器に目を遣った。老人は胸のポケットを叩いて言った。「こいつが発明されるずっと以前に耳を痛めた。ハンター馬［キツネ狩り用の馬］が柵の手前で急に止まった。私のミスだった。ジャンプさせるタイミングが早すぎたのだ。まだ若かったから。補聴器ができるなんて思いもよらなかった。それで読唇術を学んだ。マスターするのに随分練習をした」

「ミッチェルの件は？」

「追って話す、そう急ぎなさんな」老人は私を見上げて頷いた。

すぐそばで声がした。「今晩は、クラレンドンさん」ベルボーイがバーへ行きすがら声を掛けた。クラレンドンはベルボーイを目で追った。

「関わらない方がいい」と彼は言った。「彼はポン引きだ。私は何年も何年にもわたって世界中のホテルのロビー、ラウンジ、バー、ポーチ、テラス、それに飾り立てられた庭園で過ごしてきた。家族で存命なのは私だけだ。担架で病院の風通しがよく、きもちのいい角部屋に運ばれるその日まで、私は役立たずで物見高いままでいるつもりだ。

病院に運ばれたあとは、ノリの利いた白衣の口うるさい連中が私の面倒を見る。ベッドが上がったり下りたりする。トレーが愛など微塵もない病院食を載せてやって来る。脈と体温を頻繁にはかりにくる。私が眠りに入ろうとすると必ずはかりに来る。私はそこに横たわってノリの利いたスカートが擦れる音、ゴム底靴で殺菌された床を歩くときのこもった足音を聞き、医者の笑顔から放たれる無言の恐怖を見る。やがて私は酸素マスクがつけられ、私の横たわっている小さな白いベッドはぐるりとカーテンで仕切られ、そして私は知ることもなく、世界中誰もが二回はやらなくて済むあることをおこなう」

老人はゆっくりと私に顔を向けて私を見た。「いわれるまでもなく、喋りすぎたようだ。ところでお名前は?」

「フィリップ・マーロウ」

「私はヘンリー・クラレンドン四世。私は嘗て上流階級と称せられたところの出だ。グロートン［ボストン近郊の名門高校］、ハーバード、ハイデルベルグ、ソルボンヌ。ウパスラ［北欧最古の大学、スウエーデンにある］にすらいった。なぜかはっきりは思い出せない。暇を持て余す人生に己を適合させるためだ、間違いなく。それで君は私立探偵だったな。

ということでようやく私自身のことから話を移すきっかけができた、そうだろ」

「そのとおりですね」

「知りたいことがあったら私のところへ来ればよかったんだ。もちろん君にはそんなこと知る由もなかったがね」

私は頭を振った。タバコに火を点けた。まずヘンリー・クラレンドン氏に勧めた。曖昧に頷いて口ではノーと言った。

「しかしながらだ、マーロウ君。探偵としてしっかり頭に入れておくべきだったことが一つある。それは世界中のどのホテルにも、何をするでもなく、フクロウのような目をしてただ座っている老人が半ダースほどいることだ、男もいれば女もいる。その老人たちは、見て、聞いて、メモを見比べ、あらゆる人のあらゆることについて知ってしまう。彼らにはそれ以外やることがない。なぜならホテルで過ごす人生はあらゆる退屈のなかでもっとも耐えがたいものだからだ。おっと、君にも耐えがたいほど退屈させてしまったな」

「そろそろミッチェルのことを伺いたいのですが、クラレンドンさん。今夜のところは」

「もちろんだ。私は自己中で、支離滅裂で、そのうえ女学生みたいにおしゃべりだ。君はあそこでカナスタをしている黒髪の様子のいいご婦人が見えるかな？　宝石だらけで太い金縁めがねを掛けている女性だよ」

そう言いながらも彼は指し示すことも目を向けることもなかった。だが、私にはどの婦人のことを言っているのかわかった。その女性は派手な身なりでちょっとドライな感じの、あのダイヤでギラギラの厚化粧の女性だ。

「あの人はマーゴ・ウェスト。七回離婚をした。山のように金を持っているし、どっちかっちゃ美人だ。だけど男と長続きできない。なんでも押しつけるからな。といっても決してバカじゃない。ミッチェルのような男といい仲になったとする、金はくれてやるし、欲しいものは買ってやる、だけど絶対結婚はしない。昨夜二人は喧嘩をした。だが、間違いなく彼女がミッチェルの宿代を払ったと私は思っている、あれはあれ、これはこれなんだ。今までにも何回かそういうことがあった」

「ミッチェルにはトロントにいる父親が毎月仕送りをしているもんだと思っていました。あの派手な生活には足らなかったのかな？」

ヘンリー・クラレンドン四世は皮肉っぽく笑った。「君ねえ、トロントにミッチェルの父親なんかおらんよ。どこからも月々の仕送りなんかこない。彼は女にたかって生活している。だからカモが来るこのようなホテルに住み着いているんだ。ここのような高級で、安らぎが売りのホテルには必ず金持ちで孤独な女がいる。そういった女性は美人でも若くもないかもしれない、だけどべつの面で魅力がある。エスメラルダのシーズン・オフの間、つまりデル・マール競馬の終わりから一月中旬までの間、カモはほとんどいなくなる。それでミッチェルはその間よく旅行に出かける——金に余裕があればマジョルカ島とかスイスとか。もし軍資金が乏しければフロリダとかカリビア諸島なんかにな。今年、彼にとっては不漁だった。私が知る限りミッチェルが出かけたのはワシントンくんだりまでだけだ」

彼はちらりと私を見た。私はかしこまっていることにした。いまの私は話し好きの老人の相手をしている礼儀正しい好青年（彼の目から見ればだが）だ。

「そうですか」と私は言った。「あの女性が彼の宿代を払った、そうなんでしょう。だけどなぜ一週間分前払いを？」

クラレンドンは手袋を嵌めた一方の手をもう一方に重ねた。杖を傾けると次に杖にならって自分の身体も傾けた。カーペットの模様をじっと見つめた。やおら歯をカチッと鳴らした。答えを思いついたのだ。身体をまっすぐにした。

「解雇手当だろう」と冷ややかに言った。「決定的で絶対的なロマンスの終焉だ。

ウェスト夫人は、イギリス人曰くの、堪忍袋の緒が切れた。そのうえ、昨日ミッチェル商店に新たな入荷があった。深い赤毛の女性だ。栗色がかった赤だ。燃えるような赤でも、いちごのような赤でもない。私の見るところ二人の関係はいつもとはちょっと違った。二人はなにか緊張関係にあった」

「ミッチェルがその女性を恐喝しているってことはありますか？」

クラレンドンはくすりと笑った。「奴ならゆりかごの赤ん坊だって強請《ゆす》るさ。女を喰い物にしている男はいつだって女を強請っている、まあ、そんな言葉は使わないけどな。おまけに奴は隙あらば、女の金だろうと小切手だろうと宝石だろうとくすねる。ミッチェルは小切手を二枚、ウェスト夫人のサインを真似て偽造した。

それで二人の関係は終わった。間違いなく彼女はその小切手を持っている。だがどうこうするつもりはない、ただ持っているだけだろう」

「クラレンドンさん、恐縮ながら伺います。一体どうやってそんなことをご存じなんですか？」

「彼女が話してくれたのさ。私の肩にすがって泣いたよ」彼は黒髪の、様子のきりっとした感じの女性に視線を向けた。

「こうやって今の彼女を見ていると私の言ったことが本当だとはとても思えない。だけど本当のことだ」

「それになぜ私にそんな話を？」

彼の顔が変貌して薄気味悪い嘲笑が浮かんだ。「私にはデリカシーってものがないんでね。私自身、本当はマーゴ・ウェストと結婚したいんだ。そうしたら手切れ金は私が出すことになったろうがな。この年になるとほんの些細なことで心楽しくなる。たとえばハチドリ、いや極楽鳥花のちょっと変わった咲き方だ。なぜつぼみはあるところまで大きくなると直角にまがるのだろうか？　なぜつぼみの鞘はあれほどゆっくりと割れるのだろうか？　そしてなぜ、つぼみの鋭い先端はまるで鳥のクチバシのように見え、青とオレンジ色の花びらは極楽鳥を形作るようにいつも決まった順番で咲くのだろうか？

万能である神はその気になればこの世をもっと単純に作り上げることができたはずなのになぜこのように複雑な世界を作ってしまったのだろう？　神は果たして万能なのだろうか？　どうして神は万能と言えるのだろうか？　この世には数え切れないほど苦しんでいる人がいる。そしてそのほとんどが無辜の人々だ。イタチに巣穴まで追い込まれた母ウサギはなぜ子ウサギを後ろに隠した後、喉を切り裂かれるにまかせるのだろうか？　なぜなんだ？　なぜ二週間もすれば自分の子かどうかすら見分けもつかなくなる子ウサギのために犠牲になるのだろうか？　君は神を信じるかね？　お若いの」

えらく遠回りなことになった。だが、聞きたいことを聞き出すにはその遠回りは避けて通れない。「もしあなたが言う全知全能の神様は我々の生きている世を意図してつくり、そして意図どおりにつくったとしたら、答えはノーですね」
「だが信じるべきなんだよ、マーロウ君。信じることはこのうえない安らぎになる。最後には誰でも信じることになる、なぜなら人はみな死に、塵となるから。それですべて終わりなのかもしれないし、そうでないのかもしれない、死後の世界があるのかもしれない。だが、死後の世界には深刻な問題がある。どう考えても私自身は天国で、コンゴのピグミー、中国人の苦力、レバノンの絨毯商人、あえて言えばハリウッドの映画プロデューサーなどと一つ屋根の下で一緒に楽しく住めるとはとても思えない。

私は俗物だ。今言ったことなど悪趣味だ。それに私には一部の人から神と呼ばれている白く長いひげを生やした慈悲深い変わり者が治めている天国なんて想像できないのだよ。天国なんてものは極めて未成熟な心に宿る愚かな概念なのだ。だが人の信仰心を、たとえそれがどんなに愚かしくても他人は疑問に思ってはいけない。もちろん私には天国へ行けるなどと期待する権利はない。天国なんてどっちかと言えば退屈だ、実際のところ。だが一方で、地獄では、洗礼前に死んでしまった赤子は、殺し屋とかナチの死の収容所所長とか共産党の政治局員と一緒くたにされて堕落した者とみなされる、そんな地獄などとても想像できない。

人は崇高な願いを持つ。なんとも奇妙だ、人間は薄汚く小さな動物のくせに。人は気高いおこないもする、奇妙としか言いようがない、たとえば偉大で自己犠牲のうえになされるヒロイズム、この残酷で無情な世に抗う絶え間なく発揮される勇気――結局惨めな最後を遂げるにもかかわらずこのようなことに価値を見いだすとはなんとも奇妙だ。誇りに感じるとは脳内の単なる化学反応だとか、他者のために我が身をぎせいにするのはただ単にあらかじめ刷り込まれた行動パターンに従うことにすぎないなどと言わないで欲しい。神は看板の陰で毒入り餌を食べ、痙攣しながら死んでゆく猫を見て満足なのだろうか？　神は、人生は酷薄で適者しか生きながらえないことに満足なのだろうか？　適者とは何に対して適しているのか？　そんなことはない。神が満足しているなんてあり得ない。もし神が文字どおり全知全能ならそもそもこの世など作りはしなかっただろう。

失敗の恐れのないところに成功はあり得ない。表現の困難さに突き当たらない芸術などあり得ない。神にも何事もうまくいかない日はある。だが神にとって都合のいいのは神には無限の日がある、そんなことを言うのは冒涜かね？」

「あなたは賢者なんですね、クラレンドンさん。あなたは物事を逆さから見て話をされたんですね」

クラレンドンはかすかに笑みを浮かべた。「君は私が余りにも多くのことを喋りたがっているので肝心なことを忘れたと思っているのだな。いや、それは違う、話を戻そう。ウェスト夫人のような女性は、金目当ての、一見エレガントな男と次々結婚する羽目になる、魅力的なもみあげのタンゴダンサー、引き締まった黄金色の見事な筋肉のスキーインストラクター、落ち目のフランスとかイタリア貴族、粗野な中東の王子たち、結婚を繰り返す毎に男の質は順次悪くなってゆく。最悪の場合、ミッチェルのような男とも結婚するかもしれない。もし彼女が私と結婚したなら、それは退屈な老いぼれとの結婚になるだろうが少なくともまともな紳士と結婚したことになる」

「ごもっとも」

クラレンドンはクックと笑った。「私の長舌に対して返事はたった一言か、クラレンドン四世にはうんざりしているのがよくわかった。君を責めちゃいないよ。まあいい、マーロウ君、君はなぜミッチェルに興味があるのかな？　まあ、話してはもらえないとは思うが」

「ええ、残念ながら。私はミッチェルが帰宅早々再び出ていった理由、それから誰が彼の勘定を払ったかに興味がありましてね。もしウェスト夫人か、あるいは金回りのいい友人、たとえばクラーク・ブランドンが払ったとしたら、一週間分前払いした理由も知りたいところです」

クラレンドンのまばらで薄い眉毛がつり上がった。「ブランドンなら電話一本でミッチェルの保証人になれたはずだ。ウェスト夫人はどちらかと言えば金を渡して彼自身に勘定を払わせたはずだ。だが一週間前払い？　なぜ客が優先なはずのジャヴォーネンがそんなことを君に話したんだろう？　そこから君は何を感じ取ったのかね？」

「ミッチェルがらみで、ホテルとしては公にしたくない何かがあるのでは、と思いました。何かしらホテルが嫌うような、マスコミ報道を引き起こしかねない事柄です」

「たとえば？」

「自殺とか殺人とか、私の言っているのはそういった類いのことです。ほんのたとえばの話ですけど。ホテルの窓から客が飛び降り自殺したとしてもそれが有名ホテルの場合、ほとんどその名が公にならないのに気がついていましたか？　マスコミで伝えられるのはつねに『郊外のホテル』とか『繁華街にあるホテル』とか『有名高級ホテル』とかだけです。そしてもしセレブ御用達のホテルなら、客室で何が起ころうともロビーで警官を見ることはありません」

彼の目が横へ移った。私もその視線を追った。カナスタが終わったところだった。着飾ってダイヤだらけのマーゴ・ウェストと呼ばれる女性が取り巻きの一人を従えてバーへとゆっくり歩いていった。口にしたシガレットホルダーはまるで一角鯨の角のようだった。

「それで？」

「えーと」と私は言うと、苦労して言葉を選んだ。「もし台帳上未だにミッチェルが宿泊客となっているとしたら、その部屋がどこだろうと彼は――」

「418号室だ」とクラレンドンは静かに言った。「海側の部屋だ。シーズン・オフは一泊一四ドル、シーズン中は一八ドルだ」

「彼のようなすかんぴんには決して安いとは言えないですね。それでも彼は前払いしてキープした、ということにしましょう。ということはなにが起こったか知りませんが、とにかく彼は数日で帰ってくるってことです。朝の七時に車に荷物を積み込んで出かけた。前の晩遅くまでぐでんぐでんに酔っ払って翌日そんな早く出発とは普通じゃ考えられませんよ」

クラレンドンは椅子に寄りかかり、手袋を嵌めた両手をだらりと脇に垂らした。彼が疲れてきたのがわかった。「もしそうだとしたら、ホテルとしては君にミッチェルが引き払ったと思われたくなかったのじゃないかな？　であればホテルになんかいないでどこか他を探さなきゃならない、もし本当にミッチェルをさがしたいのなら」

彼の青白い目と目が合った。彼はにやりとした。「君の意図がどうもよくわからんのだよ、マーロウ君。私は止めどもなく喋る。だがその間、ただ自分の声がきこえているだけじゃない。いずれにしろ自分の声なんか聞いちゃいない。会話することで、まったく失礼と思われることなく相手を観察できるのだよ。ということで私は君を観察した。私の勘では、まあ勘と表現するのが正しいかわからんが、ミッチェルの件について君の本当の狙いは別にある、違うかね？　そうでなきゃこんなになにもかも話すはずがない」

「まあね、かもね」と私は言った。事実を明確に説明する場面だった。そうすればクラレンドン四世は喜んだろう。私は余計なことは言わなかった。

「もう行ってくれ」と彼は言った。「私は疲れた。部屋に戻って少し寝るとしよう。会えてよかったよ、マーロウ君」ゆっくりと立ち上がると、ステッキをついて身体をまっすぐにした。一仕事だった。私は彼の横に立った。

「握手はしないことにしている」と言った。「私の手は醜い上に痛みがある。だから手袋をしている。それじゃ。もう会わないかもしれない、ご機嫌よう」

ゆっくりと、頭をしゃんと立てて去っていった。歩くのが楽じゃないことが見て取れた。

メイン・ロビーからアーチへは階段が二段だったが、彼は一段ずつ、一段上がっては一息入れた。上がるときは必ず右足を先に出した。ステッキを左脇に構えて体重をそちらに掛けていた。

彼がアーチの先、エレベーターへと向かうのを見ていた。クラレンドン四世と話をするとつい口が滑りそうになる、用心することに決めた。

私はバーへぶらぶら歩いていった。ウェスト夫人がカナスタ仲間の一人と共にギャンブルの常連に合流していた。ウェイターが丁度飲み物を運んできたところだった。それ以上彼らには気を取られなかった、というのもずっと奥、壁ぎわの小さなブースにぽつんと一人、ウェスト夫人よりなじみのある人物が座っているのが目についたから。

彼女は別れたときと同じ服を着ていたが、髪の細いリボンは外して髪が顔にまとわりつくままにしていた。私は隣に座った。ウェイターがやってきたので飲み物を注文した。ウェイターは去っていった。どこからか低い、耳障りにならないようなレコード音楽が流れてきた。

彼女はちらっと笑みを浮かべた。「思わずかっとなって、ごめんなさい」と言った。「ホントに失礼だったわ」

「なんでもない、私のせいさ」

「ここへは私を探しに来たの?」

「いや、とくには」

「あなた――あら、忘れていた」彼女はバッグに手を伸ばすと膝においた。中をごそごそと探っていたが小ぶりなものを取り出すとテーブルの上に置いた。小ぶりといっても彼女の手のひらにすっぽり収まるほどのものではなかった。旅行小切手のフォルダーだった。「約束のものよ」

「結構だ」

「受け取るのよ、バカじゃない! ウェイターに見られたくないの」

私はフォルダーを手に取るとポケットに滑り込ませた。それから内ポケットに手を入れ、小さな領収用紙の綴りを取りだした。私は副に受領条件を書き込み、続けて正に書き込んだ。「カリフォルニア州エスメラルダのホテル・カーサ・デル・ポニエンテにて振出人であるベティ・メイフィールド殿より、アメリカン・エキスプレス社の一〇〇ドル額面の旅行用小切手で合計五〇〇〇ドルを受領し、振出人は連署した。但し当方が正式に業務を引き受け、その対価が決定するまでは本旅行小切手の所有権は振出人の随時の要求により振出人に帰することとする。署名」

　私はこの形式張った長ったらしい書面にサインして彼女に見せた。

「読んで問題なければ左下にサインしてくれるかな」

　彼女は手に取るとライトに近づけて読んだ。

「あなたには疲れるわ」と言った。「これ、一体なんのためなの？」

「私がまともな商売をやっていることをわかってもらうためさ。あんただってこれを見ればそう思うだろ」

　彼女は私の差し出したペンを取るとサインをして綴りを私に渡した。私は綴りから正を切り離し彼女に手渡した。そして綴りをしまった。

　ウェイターが来て私の飲み物をテーブルに置いた。その場で代金を受け取るつもりだった。ベティーが首を振って退散させた。

「ラリーが見つかったか訊かないのかな？」

「そう、じゃ訊くわ。ラリーを見つけたの？　マーロウさん」

「いや。彼はホテルから姿をくらました。彼の部屋はあんたと同じ側の四階にあった。あんたの部屋の真下あたりだと思う。荷物を九個ビューイックに積み込んだ。ホテルの警備係、名前はジャヴォーネン——はミッチェルが勘定を払ったうえに一週間分前払いしていったことでそれ以上調べる気はない。なにも心配していない。彼は私を気にくわないやつだと思っている、当然のことだけどな」

「あなたを気に入っている人なんているの？」

「いるさ、あんただよ——私は五〇〇〇ドルの価値がある」

「まあ、バカみたい。ミッチェルが帰ってくると思う？」

「前金払っているって言ったじゃないか」

　彼女は飲み物を静かに啜った。「じゃあなたは戻ってくると思っているのね。だけど前金支払い済みってなにか別の意図があるんじゃないの？」

「もちろんあり得る。ほんの思いつきだけど、たとえば、払ったのはミッチェルじゃなくて誰か別人。そしてその別人はなにかをおこなうために時間稼ぎが必要だった——そうだな、昨晩あんたの部屋のバルコニーから死体を始末するためとか。つまりバルコニーに死体があったとしての話だけど」

「やめて！」

彼女は飲み終わるとタバコをもみ消し、立ち上がると私に勘定書きを残して去っていった。私は支払いを済ませると、本当に何の気なしにロビーに戻った。たぶん第六感といわれるものだ。そこでゴーブルがちょうどエレベーターに乗るところを見た。なんとなく緊張している様子だった。彼が乗り込み、こちらを向いたので目と目が会った、と私が思っただけかもしれない、ゴーブルは私に気づいた様子は微塵も見せなかった。エレベーターは上がっていった。

私はバーの出口から外へ出て車に乗り込むとランチョ・デスカンサードへ帰った。部屋に着き、カウチに横になるとすぐに眠りに落ちた。いろいろあった一日だった。もしあの日、休息が取れて頭がはっきりしていたらこの時間、一体自分が何をやっていたか、かすかにでもわかったかもしれない。

18

一時間後、私は金物屋の前に車を駐めた。エスメラルダの金物屋はこの店だけじゃない。だが、ポルトンズ・レーンと呼ばれる路地がその裏手にある店はその一軒だけだった。車を降りると東に向かって歩き、店を数えた。角まで七店あった。どれもクロームの縁にピカピカのショーウィンドウという店構えだった。角は服飾店でショーウィンドウにはマネキンがおかれていてスカーフ、手袋、宝飾品が照明のしたに並べられていた。値札は付いていなかった。私は角を南に向かった。ユーカリの大樹が路地を覆っていた。どの木も低いところから枝が張り出していてその幹は堅く重そうな感じだった。同じユーカリでもロスアンジェルス辺りで見られるような高くてひ弱な感じの木とは大違いだった。ポルトンズ・レーンに入ると西に向かった。先に見える角に自動車代理店があった。道端に捨てられている壊れた木箱、段ボールの山、ゴミ箱、うらぶれた駐車場などを横目でみながら高い、無味乾燥な塀に沿って歩いた、正に繁栄と優雅の舞台裏だ。建物をカウントした、金物店の真裏、七軒目を目指して。目当ての家を見つけるのは簡単だった。疑問の余地はなかった。小さな木造の小屋の小さな窓から明りが漏れていた。遠い昔、誰かの一家が住んでいたのだろう。小屋には木のポーチがあり、鉄製の手すりは外れていた。かつて塗装が施されていたのだがそれもこの界隈に店舗が進出してくる以前、遙か昔なのだろう。その頃は庭さえあったかもしれない。屋根に葺かれた木板は反り返っていた。玄関ドアは汚れた黄色だった。窓は固く閉ざされていて、汚れ放題だった。古いブラインドの残骸が窓の一部にかかっていた。ポーチは本来階段を二段上がったところにあるのだが、階段の踏み板は一段しか残っていなかった。小屋の裏手、金物店の荷下ろし場と小屋の中間辺りに屋外便所らしきものがあった。その側壁の腰板の外れた箇所に水道管が引き込まれているのが見えた。金持ちの資産は金持ちのやり方で改修される。ここだけスラム。

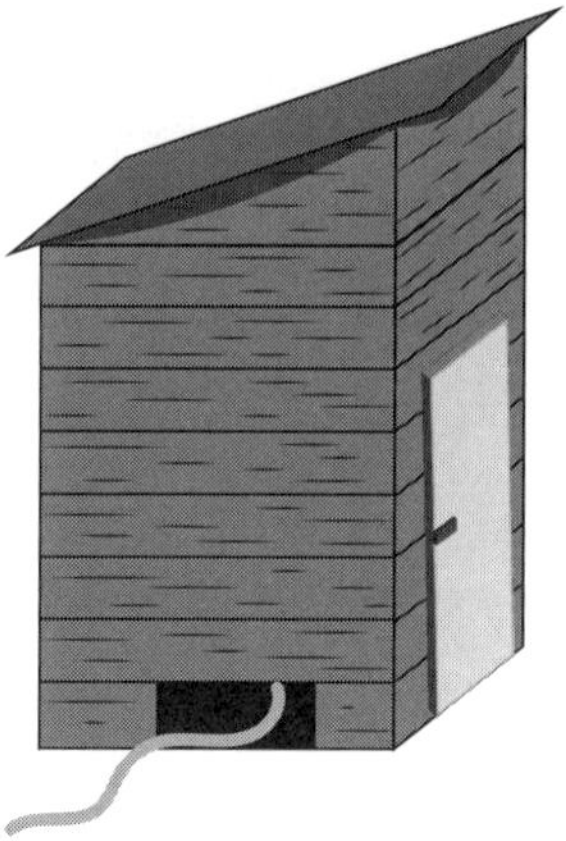
屋外便所

私は嘗て踏み板のあったギャップを跨いでポーチに立ち、ドアをノックした。呼び鈴はなかった。返事はなかった。ノブを回してみた。ドアに鍵はかかっていなかった。ドアを開け、中に入った。嫌な予感がした。なにやらやっかいなものを見つける羽目になる予感が。台の根元から傾いた古びた電気スタンドの明りが点いていた。紙製の笠は破れていた。カウチがあり、汚れた毛布が掛けてあった。古びた籐椅子があった。ロッキングチェア、シミだらけのテーブルクロスの掛かったテーブル。テーブルの上、コーヒーカップの横にはエル・ディアリオ、スペイン語の新聞が広げられていた。それにタバコの吸い殻のおかれたコーヒー皿、汚れた皿、小さなラジオ、つけっぱなしになっていて音楽が流れていた。音楽が止むと男の声でスペイン語のコマーシャルがはじまった。

私はラジオを止めた。静寂がまるで羽毛枕のように覆い被さってきた。それからドアが半開きになっている隣室から目覚まし時計のチクタク音が聞こえた。それから細い鎖のカチャカチャという音がして、パタパタという音と共にしゃがれ声が早口で言った。「Quién es? Quién es? Quién es? 『誰だ、誰だ、誰だ?』」それに続いて猿同士の怒気を含んだ言い争い。そしてまた静寂が戻った。

部屋の隅につるされている大きな鳥かごの中からオウムがまん丸な片目で私を見ていた。オウムは止まり木を端から端まで行ったり来たりしていた。

「Amigo,『友達だよ』」と私は言った。

オウムは耳障りな馬鹿笑いをした。

「言葉には気をつけなきゃ、ブラザー」と私は言った。

オウムは止まり木を横伝いに反対側まで行き、白いカップの中をつついた。それから軽蔑したようにクチバシを振ってオートミールをまき散らした。もう一つのカップには水が入っていた。水はオートミールが汚らしく混ざり込んでいた。

「お前さん、しつけがなってないな」と私は言った。

オウムは私をじっと見て身を震わせた。クビを傾げるともう片方の目で私を見た。それから前のめりになると尾羽を羽ばたかせて私が正しいことを証明した。

「Necio!『バカ!』」オウムは叫んだ。「Fuera!『出て行け!』」

どこからか緩んだ蛇口から水の滴る音が聞こえてきた。時計がチクタクと時を刻んでいた。オウムが大げさに時計のチクタク音を真似た。

私は言った。「そのうちあんたは串刺しだ」

「Hijo de la chingada,『淫売の息子』」とオウムが言った。

私はオウムに向かってニヤっと笑い半開きのドアを押して中に入っていった。そこは台所らしきところだった。床のリノニウムは流し台の辺りでは下の板がむき出しになるほど擦り切れていた。錆びたガスコンロが三口備わったガス台があった。扉のない食器棚には皿類と目覚まし時計が置かれていた。台所の角には鋲打ちされた湯沸かしタンクが背の高い五徳の上に置かれていた。年代物で安全弁がないからいつ吹き飛んでもおかしくない。裏に狭いドアがあった。鍵穴に鍵がさったまま閉められていた。窓があったが鍵がかかっていた。天井から電球が吊されていた。天井はヒビが入っていて雨漏りでシミになっていた。私の後ろではオウムが意味なく止まり木の上をすり足で踊っていて、ときおりしゃがれ声を出した。

トタン製の調理台の上に短いゴムチューブがあった。その脇にガラス製の注射器があり、押し子は根元まで押し込まれていた。流しの中には細いガラス管が三本置かれていて、その脇に小さなコルク栓が転がっていた。このようなガラス管には見覚えがあった。

私は裏口のドアを開けて外へ出て屋外便所に向かった。便所の屋根は傾斜していて正面が高く、二・四メートルほどあり、後ろは一・八メートルと低くなっていた。ドアは外開きだった。中が狭いので内側に開く余地はないのだ。ドアには鍵が掛かっていたが古かったので、ちょっと力を込めたらあっさり開いた。

男のすり減った靴先はほとんど床に触れるばかりだった。男の頭は暗闇のなか、屋根を支えている梁から一〇センチほどのところにあった。男は黒いワイヤーで吊されていた。たぶん電気スタンドのコードだ。靴先は床を指していた。あたかもなんとか床につけて、つま先立ちで立とうとしているかのようだった。カーキ色の擦り切れたデニムパンツの裾が靴のかかとを隠していた。すでに冷たくなっていてワイヤーを切って下ろしても無駄と確認できる必要最小時間だけ、私は男に触れた。

男は用意周到だった。台所の流しの傍に立ち、腕にゴムチューブを巻きつけて拳を握りしめ、静脈を浮き出させた。そして注射器満杯のモルヒネを血流に送り込んだ。ガラス管が三本とも空だった、そのうちすくなくとも一本には目一杯入っていたと考えるのが妥当だろう。彼としても中途半端な量で事足りとはできなかったはずだ。モルヒネを打った後、注射器を流しに置き、腕のゴムチューブを緩めた。モルヒネが回るのに時間は掛からなかっただろう。血流に直接入れたのだからあっという間だ。それから男は屋外便所へ行き、便座の上に立って頸にワイヤーを巻き付けた。もうその頃にはもうろうとしていたはずだ。そのまま立って膝から力が抜けるのを待った。そこから先は男の体重が面倒をみた。男には何が起こったのかまったくわからなかっただろう、もう眠ってしまっていただろうから。

私は男をそのままにしてドアを閉めた。小屋には戻らなかった。ポルトンズ・レーンに出ようと小屋の脇を通り過ぎると、中のオウムが私の足音を聞きつけて金切り声を立てた。「Quién es? Quién es? Quién es?」

誰だ？　誰でもないさ、ぼうや。夜に聞こえるただの足音さ。

私は足音を忍ばせて歩き、立ち去った。

19

私はどこへ行くともなく、ゆっくりと歩いた。だが、結局行き着く先はわかっていた。いつもそうだ。ホテル［カーサ・デル・ポニエンテ］だ。私はグランド通りに駐めておいた車に乗り込むと気の向くままに数ブロックぐるっと回ってホテルに向かった。ホテルの屋外駐車場ではいつもどおり、バーの入り口のすぐ傍の駐車スペースに車を入れた。降り際にふと隣の車を見た。ゴーブルのしょぼい黒のボロ車だった。彼はべったり張りついて離れない、バンドエイドみたいな奴だ。奴の狙いは一体何なのか、なにか思い付くか脳みそを絞りたかったがそのときはそれどころではなかった。警察へ行って首つり男の報告をしなければならなかった。だが説明のしようがなかった。なぜあの家に行ったのか？　なぜって、もし男が本当のことを話しているとしたら、ミッチェルが朝早くホテルから出て行くのを見たはずだから。なぜ見たのがそんなに問題なんだ？　なぜって私はミッチェルを探していたから。ミッチェルとは腹を割って話をしたかった。どんな話だ？　ここから先、ベティー・メイフィールドを巻き込むことなしに筋の通る答えは見つからなかった。彼女が誰で、どこから来たか、なぜ名前を変えたのか、ワシントンまたはヴァージニアで、あるいはどこであれ、なにが彼女の身に起こって逃げざるを得なくなったのか等々説明する必要がある。だが私は何一つ知らない。

ポケットに旅行小切手で五〇〇〇ドル入っている。彼女の金だ。そして、彼女は私の正規の依頼人じゃない。ドン詰まり、最悪だ。

私は崖っぷちまで近寄って波の音を聴いた。見えたのは入り江の向こうでときおり光る、月明かりに照らされた砕ける波だけだった。入り江では、波は砕けなかった。波は入り江に行儀よく滑り込んでくる、まるでスーパーの売り場主任のように。

少し離れたところに人影があった。私と同じように海を見つめていた。女性だ。私は女性が私に気がつくのを待った。動けば、女性が私の知っている人かどうかわかる。一人としてこの世に同じ歩き方をする人間はいない。同一指紋が二セット存在しないのと同じだ。

私はタバコに火を点け、私の顔が火で見えるようにした。女性が私と並んで立った。

「もうそろそろ私につきまとうのは止めにしたら?」

「あんたは私の依頼人だ。あんたを守ってるんだ。私の七〇歳の誕生日に誰かが、なぜ私がそんなことをしたか教えてくれるかもしれない」

「守ってくれなんて頼んでないわ。あなたを雇ってなんかいないの。家に帰ってよ――家があればの話だけど――そして、他人《ヒト》を苛つかせるのはやめることね」

「あんたは私のお客様だ――五〇〇〇ドル分ね。その分、私は働かなきゃならない――たとえそれが髭を伸ばすこととおなじくらいしょうもないことだとしても」

「あなたっておかしな人、信じられない。お金を渡したのはほっておいてもらうためよ。変な人。あなたみたいなおかしな人、はじめて。とんでもない人にはこれまで何人か会ったけど」

「リオにあるセレブ専用の高層マンションの件はどうなった? 私は絹のパジャマでくつろいであんたのそそる長い髪をもてあそぶ。その脇では執事が、うっすらと作り笑いを浮かべながら、まるで映画スターにまとわりつくオネエの美容師みたいな、あの独特の仕草でウェッジウッドのカップとジョージアン・シルバーのポットでお茶の用意をしている」

「もう止めて!」

「これってマジじゃなかったのか? ただの時間つぶしのおとぎ話なのかな、それとももうどうでもいいこと? たとえば私の睡眠時間を台無しにしてありもしない死体を探しにうろつかせるだけのためとか?」

「誰かこの件でちょっかい出してきたの?」

「いろんな奴がね。でも、はぐらかしてやった」

私は彼女を抱きしめた。抗って振りほどこうとした。だが、爪を立てることはなかった。私は彼女の頭にキスをした。突然、彼女は私にしがみついてきて顔を私に向けた。

「わかったわ。キスしなさい、それで気がすむならね。ベッド脇でこうするのがお望みなんでしょ」

「こう見えても人間だからね」

「ふざけないでよ。この下劣でしがない私立探偵が。キスして」

キスをした。二人の唇が触れるばかりのまま言った。「今夜彼は首を吊った」

彼女ははじかれたように私からさっと身を引いた。「誰?」ほとんど声にならない声で訊いた。

「ここの夜間駐車係だ。あんたは見たことがないと思う。彼はメスカ［酒の一種］、お茶、マリファナなんかの嗜好者だった。だけど、今夜はモルヒネをたっぷり自分で打ってポルトンズ・レーンにある彼の家の裏にある屋外便所で首を吊った。グランド通りの裏だ」

彼女は震えていた。崩れ落ちるのを防ぐように私にしがみついた。何か言おうとしたが、言葉にならないかすれ声を出すのが精一杯だった。

「その男は、ミッチェルが、今朝早くスーツケース九個車に積んでホテルを出ていくのを見たと言った。男が本当のことを言ったのかよくわからない。男は自分の住んでいる場所を話してくれた。それで夕方になってもう少し話を聞こうと訪ねた。

こうなった以上、警察に行っていきさつを話さなければならない。その場合、ミッチェルのこと、それに関連してあんたのことを抜きにして私はどんな説明をしたらいいんだ?」

「お願い――お願いよ――お願い、私を巻き込まないで」彼女はささやいた。「お金ならまだあるわ。好きなだけあげるわ」

「冗談じゃない。あんたはすでに持て余すほどの金をくれた。私の欲しいのは金じゃない、自分は一体何を、何のために今、こんなことをしているのかを納得したい。あんたは職業倫理という言葉を聞いたことがあるはずだ。私にはそのかけらがまだくっついている。あんたは私の依頼人なのかな?」

「そうよ。降参だわ。あなたに関わった人はみな、最後にはあなたのいいなりになるんでしょ、違う?」

「まったく逆だ。いつも小突き回されている」

私はポケットから旅行小切手帳を取りだし、ペンライトで照らして五枚切り離した。五枚抜いた小切手帳を閉じて彼女に渡した。「五〇〇ドル頂いた。これで法的に私は依頼を受けたことになった。さあ、何がどうなっているのか全部話して」

「嫌よ。首を吊った男のことなんて誰にも言う必要なんてないわ」

「いいや、話す。今すぐにでも警察に行かなきゃならない。どうしても。しかもたった三分間ですら、しどろもどろにならないような話は持ち合わせていない。さあ、あんたの小切手帳を受け取ってくれ――もし、また私に押しつけたら、お尻をめくってペンペンしてやる」

彼女は小切手帳を掴むと暗闇をホテルへと走り去った。私はそこにただ立っていた。自分がこのうえなく間抜けに思えた。どのくらいそうやっていたか定かではなかったが、やがてポケットに旅行小切手五枚押し込んでのろのろと車へ戻り、行かなければならないとわかっているところへ向かって車をスタートさせた。

20

フレッド・ポープという名の、小さなモーテルを経営していた男があるとき、エスメラルダについて話してくれた。もう年配で、話し好きで、しかも話はいつも傾聴に値した。

ときとして思いもよらない人物が私の仕事に大いに役立つ事柄をポロリ、ポロリと漏らしてくれることがある。

「ここに来て三〇年になる」と彼は言った。「ここに来たとき、わしは乾性喘息だった。それが今じゃ湿性喘息だ。思い出すよ、この町は昔、そりゃ静かで、犬なんか大通りのど真ん中に寝そべっていた。だから車を停めて、もし車を持っていればの話だがな、車から降りて、そいつを押して脇にどけなきゃならなかった。犬はただニヤッとするだけで押されるままだ。日曜日はまるでもう墓場に入った気分だ。店だけじゃない、あらゆる所がまるで銀行の金庫みたいに固く閉ざされる。グランド通りをそぞろ歩きすれば死体置き場で固まっているくらい楽しい気分になれる。タバコすら買えない。静寂そのものだからネズミが髭を手入れしている音だって聞こえてくる。わしと女房は——死んでもう一五年になるがな——崖沿いの通りにコテージを持っていた。そこでよくクリベッジ［カードゲームの一種］をやったもんだ。そうしながらもなにかわくわくすることが起こらないか耳を澄ませていた。たとえば、老いぼれじいさんが杖の音をコツコツさせながら散歩をしているとか。

ヘルウィグ一族がここをそんな町にしたかったのか、それともヘルウィグじいさんが嫌がらせでそんなふうに仕立てたのかは知らない。その当時、彼はここには住んでいなかった。彼は農機具業界の大物だった」

「というより」と私は言った。「その人はえらく賢くてエスメラルダのような土地はそのうち価値ある投資物件になるとわかっていたんじゃないかな」

「かもな」とフレッド・ポープは言った。「とにかく、この町を作ったのは彼だ。しばらくして彼はここに移り住んだ――丘の上に瓦屋根の大きい漆喰壁の家が何軒かあるがそのなかでもひときわ広大な家に住んだ。テラスと広い芝生の庭、花木、精緻を極めた鉄製門扉――イタリアから輸入した、と聞いている。それからアリゾナから運んできた自然石が敷かれた散歩道、それで庭は一つじゃない、半ダースもあった。それに煩わしい近所の連中なんか目に入らないように敷地は思い切り広く取った。彼は安酒を一日に二本も三本も空けた。私の聞くところによると彼は飲み屋じゃ結構行儀が悪かったらしい。娘が一人いた。名前はパトリシア・ヘルウィグ。本当にいい娘だった、今でもさ。

その時分にはもうエスメラルダには大勢の人が住み始めた。はじめの頃は年配の婦人とその連れ合いが主な住民だった。その時分、こう言っちゃなんだが葬儀屋は大繁盛だった、なんせ退屈しきった老人共が愛する未亡人たちに埋葬されたんだから。未亡人共はうんざりするほど長生きする。あいにくわしの女房は例外だった」

彼は話を切ると、続ける前に確認するようにちょっと横を見た。

「それからサンディエゴからの路面電車がここまで延びてきた。だけど、町は依然として閑静なままだった――静かすぎた。この町で生まれ育ったなんて人はその頃誰もいなかった。出産はある意味、人目を引きすぎる派手なでき事だと思われていた。だけど、戦争でがらっと変わってしまった。今では汗だくな労働者がいる、ジーンズに汚れたシャツ姿の体格のいい高校生がいる、芸術家も、カントリー・クラブで酔っ払う奴もいる。町の小さな土産物屋じゃ原価二五セントのグラスを八ドル五〇セントで売っている。レストランはできたし酒屋も店を開いた。だけど、さすがに立て看板、ビリヤード場、ドライブ・インなんかはまだない。去年、公園にコイン式望遠鏡を備えようとした。町議会のわめき声は大変なものだった。議会がこの計画を葬った。だが、その辺りはもうどっちみち野鳥の楽園ではなくなったけどな。

ここにはビバリー・ヒルズに負けないしゃれた店ができた。そしてパトリシアは生涯まるでビーバーのように働いてこの町にありとあらゆるものをもたらした。老ヘルウィグは五年前に死んだ。医者が揃ってじいさんに、酒を止めないと一年もしないうちに死ぬと忠告した。彼は医者どもを罵って、もし、朝でも昼でも晩でも飲みたいときに飲めないなら、もう一口たりとも絶対に飲まない、と言った。事実、きっぱりと酒を断った。彼はそれから一年も経たないうちに死んだ」

「その医者連中に悪評が立った——医者はいつだってなんかっちゃ文句を言われる——思うにミス・ヘルウィグが連中の名前を突き止めたんだろう。その医者どもけ病院から解雇され、エスメラルダから追い出された。でも、町になんの問題もなかった。ここにはまだ六〇人ほど医者はいたから。この町にはヘルウィグ一族がたくさんいる。ヘルウィグって名前じゃない連中もいる。だがどっちみち彼らはヘルウィグ一族なんだ。裕福なヘルウィグもいるし働いているヘルウィグもいる。わしが思うにはミス・ヘルウィグが一族のなかで一番の働き者だ。彼女は今、八六歳だ。だけどラバみたいにタフだ。彼女は噛みタバコはやらない、酒も飲まない、タバコも吸わない、人の悪口も言わない、それに化粧もしない。彼女は町に病院を寄贈した。学校も、図書館も、公共のテニスコートも、まだまだあるんだろうがわしの覚えているのはそのくらいだ。おまけに彼女は三〇年前のロールスロイスに運転手付きで乗っている。その音といったらスイス製腕時計くらいやかましい。ここの市長も二代遡ればヘルウィグ家だ。だけど、一代毎に落ちぶれた。思うに市民文化センターもミス・ヘルウィグが建てたもので彼女はそれを町に一ドルで売ったんじゃないかな。大した女だよ。

もちろん今では町にはユダヤ人もいる、ユダヤ人ってのはちょっと気を抜くとちょろまかすし、鼻先からかすめ取るといわれている。だが、そんなのはみなでたらめだ。ユダヤ人は取り引きを楽しむ。商売が好きなんだ。ユダヤ人はちょっと見タフなだけだ。しっかりと付き合ってみるとユダヤ人ビジネスマンはたいていの場合、取り引き相手として最高だ。とにかく人間味がある。もし冷血漢の盗人がお望みならいくらでもこの町にいる。骨の髄まで絞り取ってそのうえチップまで要求する。そいつらはあんたが取られまいと歯で噛みしめている最後の一ドル銀貨もむしり取って、あたかも、そもそもその一ドルはあんたがそいつからくすねたものだ、というような目つきであんたを見る」

21

警察署はヘルウィグとオーカットとの交差点にあり、長方形のモダンな建物の一画を占めていた。車を駐めると、どう話をしたらいいかわからないまま署内へと入っていった。だが、何かしらは話さなければならないことはわかっていた。

警官の詰めるオフィスは狭いが非常に清潔で整理整頓されていた。受付デスクの当直警官は二本のピシッとした折り目のあるシャツと、まるで一〇分前にプレスしたような制服を着ていた。壁に一列に並んだ六台のスピーカーからは郡内のあらゆる場所から警官と保安官の双方からの報告がもたらされていた。斜め上を向いた机の上の名札にはグリッデルと記してあった。グリッデルは受付係共通の眼差しで私を見た。「待ってました」そう目が言っていた。

「どうしました？」クールで感じのいい声だった。それと最高の警察で見られるあの引き締まった表情をしていた。

「変死体を見ました。グランド通りにある金物屋の裏の小屋、ポルトンズ・レーンという路地です。屋外便所で男が首を吊っていました。死んでいた。助かる見込みはありませんでした」

「お名前は？」と言いながら、もうボタンをいくつも押していた。

「フィリップ・マーロウ。ロスアンジェルスの私立探偵です」

「そこのアドレスは見ましたか？」

「番号は見当たりませんでした。でもエスメラルダ金物店の真裏です」

「救急車を要請。緊急」とマイクに向かって言った。「自殺と思われる。エスメラルダ金物店の裏の小さな家で発生。家の裏手、屋外便所内で男が首つり」

私を見上げて言った。「その男の名前を知ってますか?」

私は首を振った。「いや知らない。だけど、彼はカーサ・デル・ポニエンテの夜間駐車係です」

彼は台帳をパラパラめくると言った。「記録にあるな。マリファナで逮捕歴がある。どうやって職にありついたか不思議だ。だけどもう断ったんじゃないかな。それにこの種の労働力はここじゃ不足しているからな」

厳しい顔付きの背の高い巡査部長が入ってきて私をちらっと見るとまた出ていった。車のエンジンがかかる音がした。

当直警官は交換機に並んだスイッチを入れた。「署長、当直のグリッデルです。フィリップ・マーロウという人物がポルトンズ・レーンに変死体ありと通報に来ています。救急車が出動しました。グリーン巡査部長が現場に向かっています。パトロールカーは二台ほど現場近くにいます」

グリッデルはしばし耳を傾けていたが、今度は私を見上げた。「アレッサンドロ署長が話を聞きたいとのことだ、マーロウさん。ホールに出て右手の一番奥のドアです。よろしく」

私がスウィング・ドアを押し開けて部屋を出る間際に見ると、グリッデルはまたマイクに向かっていた。

右手一番奥にあるドアには名札が二枚掛かっていた。アレッサンドロ署長の銘板はドアに取りつけられていた。グリーン巡査部長の名札はスライド・スロットに入っていた。ドアは半開きになっていたのでノックしてそのまま入った。

机にいる署長の服は当直警官同様、パリッとしていてシミ一つなかった。彼は拡大鏡でカードを調べていた。その脇にあるテープレコーダからは不明瞭な落ち込んだ声が語る、なにやら陰惨な話が流れていた。署長は背が一八八センチくらい、ふさふさとした黒髪、明るいオリーブ色の肌をしていた。制帽は机の上、彼のすぐそばにあった。私を見上げるとテープレコーダーを止め、拡大鏡とカードを置いた。

「お座りください、マーロウさん」

私は座った。彼はしばし無言で私を観察した。彼の目はどちらかといえば穏やかな茶色だった。だが、彼の口元は厳しく引き締まっていた。

「あんたはカーサ［カーサ・デル・ポニエンテ］のジャヴォーネン少佐はご存じだと思うが」

「会ったことはありますす、署長。友達というわけじゃありません」

彼はうっすらと笑った。「まあ、そんなことはあり得ないからな。私立探偵がホテル内でなにか嗅ぎ回っているのを彼が愉快に思うはずがない。彼は以前ＣＩＣにいた。それで今でも我々は彼を少佐と呼ぶ。こんなバカ丁寧な町は私としても初めてだ。我々はここではごく控えめで市民ともうまくやっている。だが、警察は厳然として警察だ。さてと、カフェリーノ・チャンについてだが？」

「それがあの男の名前ですか。知らなかった」

「そうだ。警察には彼の記録がある。ところで、エスメラルダには何用で来たのかうかがっていいかな？」

「私は、クライド・アムネイという名前のロスアンジェルスの弁護士に雇われました。仕事はスーパー・チーフの到着を待ってある人物を、どこかに落ち着くまで追尾することでした。理由は聞かされませんでした。またアムネイ氏が言うには、彼もワシントンにある弁護士事務所の依頼を受けているだけで、彼自身どんな背景があるのか知らない、とのことでした。私はその依頼を受けることにしました、ターゲットの人物に干渉しない限りなにも違法性はありませんから。その人物の落ち着き先はここエスメラルダでした。私はロスアンジェルスに戻って私が何のためにどんなことをしたのか見極めようとしました。でも、できませんでした。それで私としては妥当だと思われる報酬、二五〇ドルを受け取り、かかった経費に充てました。アムネイ氏は私の仕事ぶりに満足したようには見えませんでした」

署長は頷いた。「ここまでの話は、なぜあんたが今ここにいるのかとか、カフェリーノ・チャンとはどんな関係なのかとかの説明にはなってない。アムネイ氏との契約が終わった以上、べつの弁護士と契約を結んでいない限り、あんたには弁護士と同等の秘匿特権はない」

「そう急かさないでくれればありがたいんですけど、署長。私が追尾していた人物が脅迫されている、あるいは脅迫されそうになっていることがわかりました。脅迫者はラリー・ミッチェルという名の男です。彼はカーサに滞在しています、あるいは滞在していました。ここへ来て以来、ずっと彼と連絡を取ろうと努めました。けれど、彼について得られた情報はジャヴォーネンとカフェリーノ・チャンからだけのものだけでした。ジャヴォーネンが言うにはミッチェルは宿を引き払い、精算しておまけに一週間分の部屋代を前払いしたそうです。チャンは、ミッチェルが今朝七時にスーツケースを九個持って出ていったと話してくれました。チャンの様子に何か引っかかるところがありました。それでもう一度彼と話をしたいと思ったわけです」

「どうしてチャンの家なんか知ってたのかね?」

「彼から聞きました。彼は世をすねていました。土地も家も金持ちから借りているそうです。メンテが悪いので怒っているようでした」

「まだ説明になってないな、マーロウ」

「オーケー、私自身もそう思います。チャンはマリファナをやっていました。私は売人のふりをしました。この商売じゃ、ときどき思い切ったなりすましをする必要があるんですよ」

「いいぞ、その調子だ。だが何かが欠けている。依頼人の名前だ——もしいればだが」

「公にしないでもらえますか?」

「場合による。我々は脅迫の被害者の身元は決して公にしない——被害者が法廷に出てこない限り。しかし、その人物が罪を犯したり、犯罪により告訴されていたり、あるいは起訴を免れるために州境を越えたりしている場合には、彼女の居場所と彼女が名乗っている名前を報告することは法の番人としての私の義務だ」

「彼女だって? じゃ、あんたははじめからわかってたのか? じゃなんで私に訊くんだ? 彼女がどうして逃亡したのか私は知らない。話そうとはしなかった。私の知っていることはただ、彼女がトラブルに巻き込まれていること、怯えていること、それからどういうわけかミッチェルが、彼女が白旗を揚げるだけのネタを持っていること、それだけです」

署長はなめらかに手を動かすと引き出しからタバコを取りだした。くわえたが火は点けなかった。

また私をじっと見た。

「オーケー、マーロウ。今のところはそういうことにしておこう。だが、なにかわかったらここが報告に来るところだ」

私は立ち上がった。署長も立って握手の手を差し伸べた。

「我々は警察風を吹かせたりしない。やるべきことをやっている、それだけだ。ジャヴォーネンをあんまり毛嫌いしないでくれ。あのホテルの持ち主はこの辺りには大変な貢献をしている」

「ありがとう、署長。なんとかいい子にしています——ジャヴォーネンにでさえね」

署長のオフィスを出るとホールを受付の方へ戻った。机にはさっきの警官がまだいた。受付の警官は私に向かって軽く頷いた。夜の道に出ると車に乗り込んだ。

私は座ってハンドルをきつく握った。私立探偵にもこの世に存在する権利があると、認めるような接し方をする警官にはあまり馴れていない。そんなことを考えて座っていると当直の警官がドアから顔を突き出して、アレッサンドロ署長がもう一度話があるそうだ、と叫んだ。

私がアレッサンドロ署長のオフィスに戻ると、彼は電話中だった。彼は私に向かって客用椅子に座るよう頭で促し、そのまま電話を続けた。電話をしながら手早くメモを取っていた。見るところ、レポーターたちがよく使ういわゆる速記のようだった。ややあって彼が言った。

「どうもありがとう、また連絡する」

署長は椅子の背にもたれると指で机をぽんぽんと叩いた。

「今のはエスコンディードの保安官支所からだ。ミッチェルの車が見つかった——明らかに乗り捨てられていた。あんたも知りたいんじゃないかと思ってな」

「これはどうも、署長。エスコンディードってどの辺ですか？」

「ここから三六キロくらいの所だ。ハイウェイ395に通じる田舎道沿いにある。だが普通、395に出るのにその道は使わない。発見場所はロス・パナスキトス渓谷と呼ばれているところだ。あそこは岩と荒れ地、それに干上がった河底しかない。行ったことがある。今朝、ゲーツという名の牧場主が小型トラックで通りかかった、壁用の石を採りに行ったらしい。彼は路肩に止まっているツートンカラーのビューイック・ハードトップの脇を通り過ぎた。何気なく見ただけだった。無傷なこと以外とくに気がついたことはなかった。それで彼は誰かがちょっとそこで止まっているだけと思った。

「午後四時頃、また石を採りに戻ってきた。するとまだそこにビューイックがあった。今度は車を止めて様子を見にいった。イグニションに鍵はついていなかったがドアはロックされていなかった。壊れている様子はどこにもなかった。朝見たままだった。ゲーツはナンバープレートの数字を書き取り、車両登録証から名前、住所を書き取った。牧場へ戻るとエスコンディードの保安官支所に通報した。もちろん保安官支所の連中はロス・パナスキトスのことは知っている。保安官助手が現場に赴き、車を検分した。どこにも不審な点はなかった。その保安官助手はなんとかトランクを開けた。トランクにはスペア・タイヤと工具がいくつかあるだけだった。それで彼は支所に戻るとここへ連絡してきた。あんたが入ってきたとき電話していたのは彼とだ」

私はタバコに火を点け、アレッサンドロ署長にも勧めた。彼は首を振った。

「どう思う、マーロウ?」

「あんたが思う以上のことは浮かばない」

「じゃ浮かんだことだけ聞こうじゃないか、とにかく」

「もしミッチェルに姿をくらますそれなりの事情があって、そのうえ彼を車に乗せてくれる友人がいたとしたら――そいつはこの町の誰とも面識のない人物だ――ミッチェルはビューイックには乗らず、どこかの車庫に預けたはずだ。そうすれば誰にも気づかれずにすむ、車が違うから。車庫側だってなにもおかしいとは思わない。ただ車を預かるだけだから。荷物もあらかじめ友人の車に積んだはずだ」

「だから？」

「だから友人なる人物はいない。だからミッチェルはどことも知れないところへと消えてしまった――スーツケース九個と一緒に――ほとんど使われない、それはそれは寂しい道を突き進んで」

「そこから先を言え」ここに来て彼の声が厳しくなった。そこには威圧的な響きがあった。私は立ち上がった。

「脅しは無しだ、アレッサンドロ署長。私はなにもやましいことはしていない。あんたはここまで人を人として扱ってくれた。私がミッチェルの失踪に関わっているなんて思わないでくれ、頼む。私はミッチェルが依頼人のどんな弱みを握っているか知らなかった――今でも知らない。私がわかっているのはただ、依頼人は孤独で、怯えていて、つらい目に遭っている女性だということだけだ。明らかになったときは、あるいはもし何とか私が解明できたら、あんたに報告する、あるいはしないかも。もし、しなかったら、そのときは私を好きなだけ罰すればいい。そんなことになったとしても私としては初めてじゃない。私は依頼人を売るようなことはしない――たとえ相手がまともな警官であったとしてもだ」

「そうならないことを願う、マーロウ。本当に」

「私も同じ気持ちだ、署長。それに私をここの市民と同じように接してくれてありがとう」

廊下を戻って机にいる当番の警官に会釈をし、また車に乗り込んだ。二〇歳ほど年を取ったように感じた。

私にはわかっていた――アレッサンドロ署長もわかっていたのは確かだ――ミッチェルはもはや生きてはいないことを。そして、ロス・パナスキトス峡谷まで車を運転していたのは彼ではなく、誰かがあそこまでミッチェルを乗せて行ったこと、そのミッチェルは死体となって後部座席に乗せられていたことを。

ほかに解釈のしようがないのだ。統計的な見地から、あるいは捜査資料からの見地から、あるいは取り調べの録音テープの見地から、あるいは証拠品からの見地からある事柄が事実だと判定される。それから事実であるべきであるという理由で、あるいは事実ではないとするのは論理的に無理があるという理由で、ある事柄が事実と判定されることがある。

22

それは夜中に響く突然の悲鳴に似ている。だが音はしない。ほとんどの場合、決まって夜だ。なぜなら、暗闇の時間は恐怖の時間でもあるから。だが、私には真昼間に起こったこともある――唐突に何の理由もなく何かを知覚する、奇妙でしかもはっきりとした瞬間が。長年の経験と緊張の連続、それに今回の不可解な事件が重なったためだろう、闘牛士の言うところの「真実の瞬間」という、これから必ず起きる未来が突然、あの晩、イメージとして鮮明に浮かんだのだ。

ほかに説明のしようがない。まともな理由なんかまったくないのだから。だが、私はランチョ・デスカンサードの門の真向かいに車を停め、ライトを消し、エンジンを切った。それから五〇メートルほど下り坂に任せてのろのろと進むとハンドブレーキを強く引いた。

坂を上がって管理棟へ向かった。夜間呼び出しベルの上に小さな明かりが灯っていた。だが、フロントは閉まっていた。まだ一〇時半なのに。私は管理棟を後にコテージに向かって木々の間を縫って進んだ。車が二台駐車しているところへやってきた。一台はハーツのレンタカーだった。パーキングメーターの料金箱に入っているコインみたいに見分けのつかない、どこにでもある車だった。私はかがんでナンバープレートを見た。もう一台はゴーブルの黒いぼろ車だった。カーサ・デル・ポニエンテでその車を見てからえらく時間が経ったとは思えなかったが、それがもうここにある。

木々の間を抜けて私のコテージのポーチまで来た。室内は暗く、音はしなかった。階段をのぼり、ポーチに立つとドアに耳を当てた。少しの間はなにも聞こえなかった。耳がなれたのだろう、やがて押し殺したようなすすり泣き――男の、女性ではない――が聞こえた。それから微かな、低い、不愉快な笑い声が聞こえた。ついで残酷なパンチがさく裂したような音がした。再び静寂が戻った。

私はポーチの階段をおり、木々を抜けて車に戻った。トランクを開けるとパンクをしたタイヤを外す鉄製のバールを取り出した。先刻と同様、いや、もっと慎重にコテージに戻った。そして耳を澄ませた。なにも聞こえなかった。夜の静寂そのものだった。私はポケットからペンライトを取り出し、ドアのガラス窓に向けて一度だけ点滅させ、素早くドアの脇へ身を寄せた。数分間は何事も起きずに過ぎた。ドアがほんの少し開いた。

間髪を入れず私は全体重を乗せて肩でドアに体当たりした。ドアはたまらず大きく開いた。男がバランスをくずして後退し、それから笑った。ほのかな明かりのなかで男の銃が光るのを見た。私はバールを男の前腕に打ち下ろした。男は悲鳴を上げた。男のもう片方の腕にもバールを叩きつけた。銃が床に落ちる音が聞こえた。

私は入り口まで戻って室内灯のスイッチを入れ、ドアを後ろ足で蹴って閉めた。

男は青白い顔の赤毛で死人のような目をしていた。男の顔は苦痛で歪んでいた。だが、その目は何の感情もあらわさず、死人のような目だった。酷い痛みにもかかわらず男はそれでもタフだった。

「長生きできないぜ、あんた」と男は言った。

「おまえがまだ生きているのが不思議だ。さあ、よく聞け」

男はなんとか笑って見せた。

「おまえにゃまだ足がある」と私が言った。「膝を折れ、そして伏せろ――顔を伏せてな――もし顔を残したきゃな」

男は私に向かって唾を吐きかけようとした。だが喉が詰まった。男は跪き、両手を開いた。うめき声をあげはじめた。と、突然崩れるように前のめりに倒れた、気を失ったのだ。この手の連中は自分が有利なときはやたらとタフだ。そして不利な場合の凌ぎ方を知らない、タフ一辺倒じゃもたない。

ゴーブルはベッドに横たわっていた。彼の顔はボコボコでズタズタだった。鼻が折れていた。意識はなく、半分窒息しているような荒い息遣いだった。赤毛の男は気絶したままだった。拳銃は男の傍らの床にあった。私は男のベルトを引き抜くとそのベルトで男の両足首を縛った。私は男を仰向けにしてポケットを探った。財布があった。五七〇ドル入っていた。運転免許証があり、それによれば名前はリチャード・ハーベスト、住所はサンディエゴの小さなホテルの番地だった。札入れには二〇行の銀行から出された通し番号の入った小切手、クレジットカードが入っていた。拳銃の携帯許可証はなかった。

私は男をそのままにして事務棟に向かった。夜間用ベルを押した、押し続けた。ややあって暗闇から人が現れた。ジャックだったがパジャマにバスローブ姿だった。私の手にはまだバールがあった。

彼はぎょっとしたようだった。「どうかしました？　マーロウさん」

「え、いや、別に。ただごろつきが部屋で待ち伏せしていて私を殺そうとしただけだ。そうだ、もう一人いる。半殺しにされて私のベッドに寝ている。まったくなんでもない。ここらあたりじゃごく当たり前のことなんだろうな」

「警察呼びます」

「そいつは願ってもない、あんたは本当にいい奴だ、ジャック。見てのとおり私はまだ生きている。ここは商売替えをした方がいい。動物病院にするんだ」

ジャックは管理棟のドアの鍵を開けるとオフィスへ入っていった。彼が警察に通報していることを確かめると私はまた自分のコテージに戻った。赤毛はいい根性をしていた。なんとか体を起こし、壁に寄り掛かって座っていた。目は相変わらず死人の目で口元には薄ら笑いが浮かんでいた。私はベッドへ近寄った。ゴーブルは目を開けていた。

「ドジった」と彼は消え入るような声で言った。「俺は自分で思うほどやり手じゃなかった。もう潮時だ」

「じき警察が来る。どうしてこんなことになった？」

「身から出た錆だ。文句は言えねえ。あいつは殺し屋だ。俺は運がいい。まだ息をしている。奴は俺に車を運転させてここまで来た。奴は俺を叩きのめした、縛り上げてそれからしばらくどこかへ行っていた」

「誰かが奴をここで車に乗せた、ゴーブル。お前の車に並んでハーツのレンタカーがあった。もし奴がカーサにレンタカーを駐めていたとしたらどうやって奴はカーサに車を取りに戻ったんだと思う？　その誰かが奴をカーサまで乗せて行ったのさ」

ゴーブルはゆっくりとこちらを向くと私を見つめた。「俺は自分で切れ者だと思っていた。そうじゃないってことを思い知った。今はただただカンザス・シティーに帰りたい。小物は大物に勝てない――絶対。あんたには命を助けてもらった」

警官が到着した。

パトロール警官二人がまず入ってきた。二人ともいつもパリッとした制服に身を包み、ハンサムでまじめでまったく無表情だった。それからでかくてタフな巡査部長が来た。ホルツマインダー巡査部長と名乗った。夜間パトロールの当直巡査部長とのことだった。彼は赤毛を見てからベッド脇へ行った。

「病院に電話しろ」と肩越しに短く命令した。

警官の一人がパトカーに向かった。巡査部長はゴーブルに覆いかぶさるようにして言った。「話す気はあるか？」

「赤毛が俺を袋叩きにした。金も取りやがった。カーサで俺に拳銃を突きつけてここまで運転させた。それから俺を半殺しにした」

「理由は？」

ゴーブルはため息のような音を洩らすと枕に頭をがっくりと落とした。気を失ったのかあるいはふりをしたのか定かではなかった。巡査部長は体を起こし背筋を伸ばすと私の方を向いた。「あんたの話は？」

「話なんかないさ、巡査部長。ベッドの男とは今日、晩飯を一緒に食べた。これまで何回か会ったことがある。カンザス・シティーから来た私立探偵だと名乗った。彼がここで何をしていたのかはまったく知らない」

「それでこいつは？」巡査部長は面倒くさそうに赤毛を指した。赤毛はそれでもある種不自然でひきつけたようなせせら笑いを浮かべていた。

「見たこともないやつだ。この男のことはまったく知らない、こいつが銃を持って私を待ち構えていたということ以外は」

「あのバールはあんたのか？」

「そうだ、巡査部長」

もう一人の巡査が戻って来て巡査部長に向かって頷いた。「こちらに向かっています」

「それであんたはバールを持っていたんだ」と巡査部長が冷たく言った。「どうして持っていたんだ？」

「こうとでも言おう、ここで誰かが私を待ち伏せしているような気がした」

「たとえばこう言ってみる、あんたはそんな気はしなかった。あんたははじめから知っていたんだ。それにほかにも知っていることが山ほどあるってな。そうしたらどう答える？」

「たとえばこう答える、自分がなにを言っているのかわかるまで私のことを嘘つき呼ばわりするのはやめろと。それとたとえばこう付け加える、三本筋の肩章があるからといってやたらとタフぶるのはやめろと。たとえばまだ言いたいことがある。こいつはごろつきなんだろう。だがそれだけじゃない、両腕とも骨が折れている、この意味わかるかな、巡査部長殿。こいつは二度と拳銃は扱えない」

「それじゃあんたを傷害罪で豚箱に入れる」

「好きにすりゃいいさ、目先片づけば満足ってわけだ、巡査部長殿」

救急車が到着した。まずゴーブルを運び出し、それからインターンが赤毛の両腕に応急用の副木を取りつけた。くるぶしを縛っていたベルトを外した。赤毛は私を見て笑った。「おぼえてろ、兄さん、なにか嗜好を凝らしてやるからな――だけどお前もやるじゃねえか、いや、大したもんだ」そう言って出ていった。救急車のドアがバシャンと音を立てて閉まり、うめき声は止んだ。巡査部長は腰を下ろしていた、制帽を脱いで額の汗をぬぐっていた。

「やり直しだ」と巡査部長がさらりと言った。「最初からだ。いがみ合いなんかなかったように、そしてお互いがお互いの立場を理解しようとしていたようにだ」

「もちろんだ、巡査部長。できるさ。ありがとう、チャンスをくれて」

23

結局、警察署に逆戻りだった。アレッサンドロ署長はもう帰宅した後だった。ホルツマインダー巡査部長が作成した調書にサインをさせられた。

「バールねえ、ふーん」彼は曰くありげに言った。「おたく、無謀な賭けに出たもんだな。バールを振りあげる間に奴は四発くらいあんたにぶち込めた」

「それは違うな、巡査部長。ドアもろとも奴を結構派手にぶっ飛ばしたからな。それに大振りなんかしなかった。たぶんその場で私を撃つ手はずじゃなかったんだと思う。彼自身が私となにか関連があるとは思えない。ただ請け負っただけだ」

このようなやり取りがしばらく続いたが、やがて放免となった。夜も更けたので寝る以外やることはない。誰かと話をするにしても夜も更けすぎた。とはいうものの、電話局へ行って、局の表にある手入れの行き届いた電話ボックスに入り、カーサ・デル・ポニエンテにダイヤルした。

「ミス・メイフィールドをお願いします。1224号室です」

「この時間はお客様の部屋にはおつなぎできません」

「なぜ？　腕でも折ったのか？」その晩の私はタフ野郎そのものだった。「緊急じゃないのに電話すると思ってんのか？」

交換手は電話をつないだ。彼女が眠そうな声で電話に出た。

「フィリップ・マーロウだ。最悪の事態だ。そっちに行こうか？　それともこっちに来る？」

「なんなの？　何が起こったの？」

「とにかく今だけは私の質問に答えてくれ、駐車場で待とうか？」

「着替えるからちょっと時間を頂戴」

私は表に出て車に乗り込みカーサへと向かった。三本日のタバコを吸いながらウィスキーのフラスコを持ってくればよかったと思っているところへ彼女が速足で、音も立てずにやってきて車に乗り込んだ。

「一体全体なにが起こったの？　わけがわからない」と口を開いた。私はその言葉をさえぎって言った。

「あんただけさ、わかっているのは。そして今夜こそ話してもらう。憤慨したふりはやめだ。二度目は通用しない」

私は車を急発進させて寝静まった街をスピードを上げて通り過ぎ、坂を下ってランチョ・デスカンサードに乗り入れ、木陰に車を停めた。彼女は無言だった。私はコテージの鍵を開け、なかに入ると明かりを点けた。

「飲み物は？」

「いただくわ」

「やったのか？」

「いいえ、今夜は、睡眠剤のことを言っているなら。クラークと一緒に飲みに行ったの。浴びるほどシャンパンを飲んだわ。そうするといつも寝つきがよくなるの」

飲み物を二つ作って一つを彼女に渡した。私は座って背もたれに身体を預けるとそこに頭を載せた。

「だらッとしてすまない」と私は言った。「ちょっと疲れたんだ。二日か三日に一遍は少し休まなきゃ体がもたない。そこが私の弱みだ。頑張ろうとするんだけど体がいうことをきかない。もう、昔みたいに若くないから。ミッチェルは死んだ」

「死んだ？」彼女は囁くように言った。「死んだって？」

「おとぼけはやめだ。リンカーンがこう言った、すべての探偵をしばらく騙すことはできるし、数人の探偵なら永久に騙すことができる、だけど――」

「もう沢山！　それ以上結構よ！　あなた、いったい自分を何様だと思っているの？」

「あんたのためになろうと必死に頑張っている一人の男にすぎない。それに加えてあんたがなにか、のっぴきならない事情を抱えていることを見抜くだけの経験と理解力を持った男さ。さらにその男はあんたを何とかその泥沼から助けようとしていた、あんたからなんの協力もなしで」

「ミッチェルが死んだ」彼女は低い、息も絶え絶えのような声で言った。「いがみ合うつもりはなかったのよ。どこで見つかったの？」

「彼の車が乗り捨てられているのが見つかった。場所はあんたの聞いたこともないところだ。東に三〇キロほど入った、ほとんど車の通らない道にあった。そこはロス・パナスキトス峡谷と呼ばれている。荒地だ。車には何もなかった。スーツケースもなかった。忘れ去られたような道の脇に空っぽの車がただ駐まっていた」

彼女はグラスに目を落とすとがぶりと飲んだ。「彼は死んだって言ったわよね」

「もう何週間も前のように思える、だけどほんの数時間前だ、あんたがここへやってきて彼の死体を始末したらリオの高級マンションの上半分は私のものと言ったのは」

「だけどなかった――そうよ、ただそんな夢をみただけ――」

「奥さん、あんたは真夜中の三時にここまでやって来た。ほとんどショック状態だった。ミッチェルがどこにいて、あんたの部屋の小さなバルコニーにあるデッキチェアにどんな格好で横たわっているか事細かに説明した。それで私はあんたと一緒にカーサに行ってこの業界で名の知れた用心深さで非常階段をのぼった。それがどうだ、ミッチェルの死体なんかなかった。あんたといえばあんたの可愛らしいベッドであんたの可愛らしい睡眠薬に抱っこされて寝てしまった」

「名調子ね、続けたら」と彼女はぴしゃりと言った。「あなた、そういうの、大好きなんでしょ。なぜあのとき私を抱かなかったの？　そうしたら睡眠薬なんて要らなかったかも――どう？」

「一遍に訊かれても困る、順に話す、よければ。まず始め、真夜中ここに来たとき、あんたの言ったことはほんとうだった。ミッチェルはバルコニーで死んでいた。だけどあんたがここへ来て私をお人よしの間抜けに仕立てている間に誰かが死体を彼の車まで運び、彼の持ち物をスーツケースに詰めてそれも車まで運んだ。それには手間暇がかかる。手間暇だけの問題じゃない。普通そんなことをするには余程の理由が必要だ。さて、そんなことをいったい誰がするか？――あんたがバルコニーに死体があると警察に通報すればそりゃ少しは戸惑うことや嫌な目にも遭うだろう、だけどあんたにそんな思いをさせたくないという理由だけでそんなことをやる奴がいるのだろうか？」

「もういい、聞きたくない」彼女はグラスを空にすると脇へ押しのけた。「疲れたわ。あなたのベッドで寝ていいかしら？」

「いいよ、服をちゃんと脱いだらね」

「いいわよ――脱ぐわ。こうなるようにずーっと仕組んだんでしょ、違う？」

「ベッドは嫌かも。ゴーブルが今夜あのベッドの上でリチャード・ハーベストなる殺し屋に半殺しにされた。残酷だった。ゴーブルを覚えている？　黒い小型車に乗っていた小太りの男だ。昨日の晩、丘の上まで我々を尾けてきたやつだ」

「ゴーブルなんて名前の人、誰も知らないわ。それからリチャード・ハーベストなんて人も。どうやってそんなことあれやこれや知ったの？　なぜその人たち、ここ――あなたの部屋にいたの？」

「殺し屋は私を待ち受けていた。ミッチェルの車の件を聞いて私は何かを感じた。将軍とか偉いさんは予兆を感じることがあるって言ってる。私が感じちゃなぜいけない？　問題はいつその予感に対して行動を起こすかだ。今夜私はついていた――もう一二時過ぎたから昨晩かな。私は予感に従って行動した。彼は銃を持っていた。だが私にはバールがあった」

「あなたって大きくて強くて無敵の男なんだわ」と、彼女は苦々しく言った。「ベッドなんかどうでもいいわ。今、ここで脱ぎましょうか？」

私は彼女に近寄り、立ち上がらせて揺さぶった。「いい加減にしろ、ベティー。あんたが私の依頼人でいる限り、私はそのきれいな白い身体を抱こうとは思わない。私はあんたが何を恐れているかを知りたい。わからないままでこの私に一体何ができる？　あんたに話してもらうしかないんだ」

彼女は私の腕の中ですすり泣いた。

女性は自分を守る手段をほとんど持たない。だが、その数少ない手段を女性は間違いなくとんでもなく効果的に使う。

私は彼女を固く抱きしめた。「大声で泣くがいい、すすり泣いてもいい、ベティー、気の済むまで。私は待つのに馴れてる。そうでなきゃ――くそ、そうでなきゃ――」

そこまでだった。彼女は私に身体を押しつけて震えていた。顔を上げると私の顔を下に引き寄せ唇を合せた。

「特別な人がいるの？」と彼女は口を寄せたままそっときいた。

「前にね」

「そんなに大切な人？」

「一度だけ。それもつかの間。今にしてみればもう昔のことだ」

「私も大切な人にして。私はあなたのもの――全部あなたのもの。だからそうして」

24

ドアを叩く音で目が覚めた。一瞬、何処にいるのか、どんな状況に置かれているかわからず、ただ目を開けた。

彼女の腕が私にきつく絡みついていたのでほとんど身動きができなかった。彼女の腕をそっとどけてようやく動けるようになった。それでも、彼女はぐっすり寝ていた。

ベッドから出るとバスローブを羽織り、ドアへ向かった。ドアは開けなかった。

「何事だ？　今、寝ているところだ」

「アレッサンドロ署長があんたに今すぐ署に来るようにとのことだ。ドアを開けろ」

「済まないが無理だ。髭を剃らなきゃならないし、シャリーとかもろもろ」

「ドアを開けろ。私は巡査部長のグリーンだ」

「申し訳ない、巡査部長。勘弁してくれ。準備できたらすぐ行くから」

「女がいるのか？」

「巡査部長、そんな質問、警察としてどっから出てくるんだ。とにかくすぐ行くから」

ポーチの階段をおりる足音がした。笑い声が聞こえた。誰かが喋るのが聞こえた。

「この男、本当にリッチなんだな。どんな内職してるのかな？」

パトカーが去っていく音が聞こえた。私はバスルームへ行ってシャワーを浴び、髭を剃り、服を着た。ベティーはまだ寝ていた。メモを書いて私の枕の上に置いた。「警察に呼ばれた。行かなきゃならない。私の車がどこにあるか知っているね、カギはここに置いておく」

そっと表に出るとドアにカギを掛けた。ハーツの車はまだそこにあった。キーは車の中、ダッシュボードにハーツの書類と一緒に放り込まれているのは確かだ。リチャード・ハーベストのような稼業の者はほとんどの車のキーを別に持ち歩いている。

アレッサンドロ署長は前日とまったく同じに見えた。たぶんいつ見ても同じなのだろう。男が署長のそばにいた。年配で石のような顔と険のある目つきの男だ。

アレッサンドロ署長はちょっと頭を傾げて昨日と同じ椅子を私に勧めた。制服警官がやって来て私の前にコーヒーを置いた。警官は私に意地の悪い笑みを投げると出ていった。

「こちらはヘンリー・カンバーランド氏、カロライナ州、ノース・カロライナ州のウェストフィールドから来られた。どのような経緯でここに来られたかはまだ存じ上げない。だがとにかく来られた。氏が言うにはベティー・メイフィールドは氏のご子息を殺した由」

私はなにも言わなかった。私としては何も言うことがなかった。コーヒーを啜った。熱すぎたけれどそれを我慢すれば結構いけた。

「少しばかり事情をお話頂けますか？　カンバーランドさん」

「これは誰だ？」彼の声は顔と同様とげがあった。

「私立探偵です。名前はフィリップ・マーロウ。ロスアンジェルスに事務所があります。ベティー・メイフィールドが彼の依頼人になったのでここへ来ています。どうやらあなたは彼女について、マーロウが知っていることより遙かにおどろおどろしい事情をご存じのようだ」

「私が彼女について知っていることなんかありませんよ、署長」と私は言った。「ときどき彼女をぎゅっと抱くのが好きなだけですよ。癒やされるんでね」

「殺人犯に癒やされるのが好きだって？」カンバーランドが私に向かって吠えた。

「いやー、彼女が殺人者なんて知らなかった、カンバーランドさん。できればご説明願いますかね」

「ベティー・メイフィールドと名乗っている女は――女の旧姓だ――私の息子、リー・カンバーランドの妻だった。私はその結婚は認めなかったがな。あれは戦時中のゴタゴタでの出来事だ。息子は戦争で首を折り、脊柱を守るために首にカラーをつけなければならなかった。ある晩、あの女は息子のカラーを剝ぎ取って挑発し、息子が怒るように仕向けた。息子は怒って女につかみかかろうとした。不幸にして息子は復員後酒に溺れるようになり、あの女とも喧嘩が絶えなかった。彼はつまずいてベッドに倒れ込んだ。私が部屋に駆け込んだとき、女はカラーを息子の首に取りつけようとしていた。息子はもう死んでいた」

私はアレッサンドロ署長の顔を見た。「録音していますか？　署長」

彼は頷いた。「一言も漏らさず」

「わかりました、カンバーランドさん。まだお話の途中でしょ、うかがいますよ」

「もちろん。私はウェストフィールドでは有力者だ。銀行を持っているし、大手新聞社のオーナーだ。それからほとんどの工場を持っている。ウェストフィールドの市民はみな私の友人だ。私の義理の娘は殺人容疑で逮捕され、裁判にかけられ、陪審員は有罪の評決に達した」

「陪審員はみんなウェストフィールドの市民でしたか？　カンバーランドさん」

「そうだ。なにかいけない理由でもあるのかね？」

「いえ、それはわかりません。だけどうかがっているとあなたに右へ倣えする町みたいに聞こえる」

「私に向かって生意気言うんじゃない、若造が」

「これはまた申し訳ない。で、話はお済みですか？」

「ノース・カロライナ州には奇妙な法がある。他に二、三同じようなところがあるとは思うが。ほとんどの州では、裁判の冒頭、被告側弁護士は陪審抜きで裁判官が無罪の裁決を出すことを慣例として請求し、その動議は慣例として却下される。ところが、うちの州では裁判官は陪審評決後も裁決を保留することができるのだ。今回の担当裁判官は老いぼれだった。彼は裁決を保留した。陪審員は有罪の評決を提出した。するとその裁判官はダラダラ演説した挙げ句、陪審の評決はある可能性を勘案することなく下されたものだ、と宣言をした。

その可能性とは、当時息子は酒乱状態で激高し、自らカラーを取り外して彼の妻を困らせ、怯えさせようとしたことだと言った。

裁判官は、あのような気の毒な状況のもとでは何が起きても不思議はない。そして義理の娘は彼女の申し立てどおり、私が部屋に駆け込んだとき彼女は息子が外したカラーを戻そうとしているところだった、という可能性を陪審員は勘案していないと述べた。裁判官は陪審の評決を無効として被告に無罪を言い渡した」

「私はあの女に告げた。どこへ行こうとも安住の地は得られないようにしてやる、とな。だから私はここにいるのだ」

私は署長を見た。署長はなにも見ていなかった。私は言った。「カンバーランドさん、あなた個人としての見解がどうであれ、ミセス・リー・カンバーランドは、私にとってはベティー・メイフィールドですが、法廷で裁かれ、結果無罪放免となった。あなたは彼女を殺人者呼ばわりした。誹謗中傷です。一〇〇万ドルで和解してもいい」

カンバーランドは気味の悪い笑い声を立てた。「この、ケチな町のチンピラが」ほとんど悲鳴のような声で言った。「私の地元ならお前なんか浮浪者としてぶち込まれている」

「その一言で和解金は一二五万ドルになった」と私は言った。「私はあなたの元義理の娘ほど価値がないもんでね」

カンバーランドはアレッサンドロ署長の方を向いた。「ここはどうなってるんだ?」とわめいた。「あんたらみんなヤクザでグルか?」

「あなたが今話している相手は警察官ですよ、カンバーランドさん」

「誰だろうと知ったことか」とカンバーランドは怒り狂って言った。「悪徳警官だらけだからな」

「悪徳警官呼ばわりしたいならその前によく確かめた方がいい」アレッサンドロは言った。ほとんど楽しんでいるように見えた。それからタバコに火を点けると煙を吐き、その煙越しに笑みを浮かべた。

「まあ落ち着いて。カンバーランドさん。あなたは心臓病ですね。見たところかなり悪い。興奮すると身体によくないですよ。私は医学を学んだことがある。だけど、なぜか警官になった。戦争のせいかもしれない」

カンバーランドは立ち上がった。顎がつばで濡れていた。喉を詰まらせたような声を出した。「あんたはまだ話を終わりまで聞いていない」とうなり声を上げた。

アレッサンドロは頷いた。「警察稼業では興味深いことがいろいろある、物事に結末がないのもその一つですよ。いつでも尻切れトンボ、未解決が多すぎる。ところで私に何をしろとおっしゃるのかな？　裁判で無罪放免になった人物を逮捕しろと？　ただただあなたがカロライナのウェストフィールドで大物だからという理由だけで？」

「私はあの女に言った、絶対に安らぐことができないようにしてやると」カンバーランドは狂ったように言った。「地の果てまで追いかけてやる。そしてあの女の正体をみんなに知ってもらう、そう決めた」

「ところで彼女の正体って何ですか？　カンバーランドさん」

「私の息子を殺した殺人犯だ。そして愚かな判事が釈放してしまった殺人犯だ。それがあの女の正体だ」

アレッサンドロ署長が立ち上がった、一八八センチの長身ですっくと立った。「出ていってくれ」と冷たく言い放った。「不愉快だ。警察に入って以来、ありとあらゆるろくでなしを見てきた。ほとんどが哀れで間抜けでうすのろのガキだった。一五歳の非行少年に負けず劣らず愚かで悪意に満ちた大物中の大物とははじめてお目にかかった。あんたはノース・カロライナのウェストフィールドでは何でも手に入るのかもしれない、だけど私の町では吸い殻一つだってあんたは自分のものにはできない。公務執行妨害で逮捕される前に出ていくことだな」

カンバーランドはほとんど倒れ込むようにしてドアへ向かい、ノブを握ろうと手を伸ばし、空をまさぐった、ドアはすでに大きく開いていたから。アレッサンドロはその姿をじっと見ていた。それからゆっくりと座った。

「結構言うじゃないか、署長」

「腹にすえかねた。私の言葉で彼が自分を見つめ直して――いや、つまらんことを言った」

「そんな奴じゃないさ。もう行っていいかな？」

「いいさ。ゴーブルは告訴しないだろう。今日中にカンザス・シティーへの帰途につくそうだ。あのリチャード・ハーベストという奴についてはもう少し調べてみる。だが何の意味がある？　しばらくムショに入れたとしてもあいつの代わりなんか百人はいる」

「私としてはベティー・メイフィールドをどうすればいい？」

「もうとっくに決めていると思うんだが間違いかな」と署長はわざと真面目くさった顔をした。

「ミッチェルの身になにが起こったかが耳に入るまではこれ以上何もしない」と私も真面目くさった顔で言った。

「今、私にわかっているのは、ミッチェルはどこかへ行ったということだけだ。どこかへ行った人物の行方を捜すのは警察の仕事じゃない」

私は立ち上がった。お互い意味深に見つめ合った。私は警察署を出た。

25

　彼女はまだ寝ていた。私が部屋に入っても目を覚まさなかった。まるで小さな女の子のように、静かに寝ていた。穏やかな寝顔だった。寝顔を確かめるとタバコに火を点けてキッチンへ行った。備え付けの一〇セント均一ショップで売っている紙のように薄いアルミ製のパーコレータ［ポット型コーヒーメーカー］にコーヒーの粉を入れ、戻るとベッドの脇に腰を掛けた。私が残していったメモはそのまま車のキーと一緒に枕の上にあった。

　そっと揺すると、彼女は目を開けてしばたいた。

「今何時？」と訊きながら思い切り裸の両腕を伸ばしてあくびをした。「やだ、あたしって丸太みたいに寝ちゃっていたわ」

「さあ、身支度する時間だ。コーヒーを淹れた。警察署に行って始末をしてきた――呼ばれたんだ。あんたの義理の父上がこの町に来ていたよ、ミセス・カンバーランド」

　彼女はさっと身を起こし、息を詰めて私を見つめた。

「アレッサンドロ署長は氏の主張をにべもなく一蹴した、丁重にね。もう氏があんたに危害を加えることはない。あんたを怖がらせていたのはこの件だけだよね？」

「あの人は――ウェストフィールドで何があったか話したの？」

「それを言いに来たんだ。彼は怒り狂っていた。それが裏目に出てこっぴどく署長に叱責された、ま、それはどうでもいいことだけど。あんたはやったの？　それともやらなかった？　噂は本当？」

「やっていないわ」彼女は燃えるような目で私を見た。

「どっちでもいいんだ――今となってはね。だけど、もしやったとしたら昨夜は忘れられない夜だったとは言えなくなる。ミッチェルはどうやって嗅ぎつけたんだろう？」

「その時期たまたまウェストフィールドかあの辺りにいたんじゃないのかしら？　まったく、何週間も新聞が騒ぎ立てていたから。列車で乗り合わせれば私に簡単に気づいたと思うわ。カリフォルニアでは記事にならなかった？」

「法を巧みに操ったことだけで十分新聞ネタになる。もしこちらでも報じていたとしたら見逃したんだ。もうコーヒーができている頃だ。飲み方は？」

「ブラックでお願い、お砂糖抜きで」

「よかった。ここには砂糖もクリームもないんだ。なんでエレノア・キングなんて名前を使ったのかな？　いや、答えなくていい。ばかだな、私は。老カンバーランドはあんたの旧姓を知っていたからだよな」

私はキッチンへ行ってパーコレータの蓋を外し、それぞれのカップにコーヒーを注いだ。彼女にカップを渡し、私は自分のカップを持って椅子に座った。お互いの目があった。またお互いに他人の目に戻っていた。

「おいしいわ。私が身支度を調えるまでよそを向いていてくれる？」

「いいよ」私はテーブルにある文庫本を手に取ると読んでいるふりをした。それは探偵もので見所は拷問跡が身体中にある裸の女がシャワーのカーテンレールに吊されて死んでいるというものだった。ベティーがバスルームに入ったことを見届けると本をクズ籠に放り込んだ。ゴミ溜めが辺りになかったから。それからふと、愛せるような女性は二つのタイプに分けられるんじゃないかと考えた。一つのタイプはすべてを捧げるそのあまり、我と我が身をも顧みない女性。もう一つのタイプは内気でいつでも何かちょっとしたことにこだわる女性だ。私はアナトール・フランスの、ある小説を思い出した。そこに出てくる女性は濡れ場で靴下を脱ぐことにこだわっていた。なぜかというと、靴下をはいたままでは自分が売春婦みたいな気がするというのだ。彼女は正しい。

ベティーがバスルームから出てきた。彼女は咲いたばかりのバラのようだった。化粧は完璧で目は輝いていた。髪はきちっと決まっていた。

「ホテルまで送って頂けない？　クラークに話があるの」

「クラークとはいい仲なのか？」

「私はあなたといい仲だと思っていたわ」

「真夜中の叫びだ［一九五六年の映画、ナタリーウッド主演、誤解から思わぬ結末に至る話］」と私が言った。「だからもう、そっとして置かないか？　それよりコーヒーは？　まだキッチンにある」

「いいえ、もういいわ。朝食のあとまた飲むわ。あなた、これまで好きな人、いなかったの？　私が言うのは、毎日、毎月、毎年ずーっとあなたのそばにいて欲しいと思う女性よ」

「さあ、もう出かけよう」

「こんなつれない人がどうしてあんなに優しくなれるの？」不思議そうに彼女は訊いた。

「情に流されたら生きていけない。情がなければ生きている資格がない。それが私だ」

私は彼女のコートを持って二人で車へ向かった。ホテルへ向かう間、彼女は一言も口をきかなかった。ホテルに着くと、今や私の定位置となった駐車スペースに車を駐め、ポケットから折りたたんだ五〇〇ドルの旅行小切手を取りだし、彼女に差し出した。「これのやったりと取ったりはもう終わりにしよう」と私は言った。

「擦り切れちまう」

彼女は小切手を眺めたが受け取ろうとはしなかった。「これはあなたへの報酬でしょ」彼女はきつい口調で言った。

「口答えは無しだ、ベティー。私には金を受け取るいわれがないことをあんたは百も承知している」

「昨夜の件で？」

「何の件もない。ただ、受け取る筋合いがない、それだけ。あんたの役にはなにも立たなかった。これからどうするつもり？　もうなにも怖がる必要ないんだよ」

「わからない。これから考えるわ」

「ブランドンに惚れた？」

「かもね」

「彼は元ヤクザだ。殺し屋を雇ってゴーブルを脅した。そいつは私も殺すつもりだった。あんた、本気であんな奴を好きになれるのかな？」

「女は男を愛すの。何者かによって愛す、愛さないなんて決めないわ。それにあの人だって好きこのんでそうなったわけじゃないかもしれないでしょ」

「さようなら、ベティー。私はできるだけのことをした、だけどそれでは足りなかった」

彼女はゆっくりと手を伸ばし、小切手を受け取った。「あなたはクレージーよ。あなたみたいなクレージーな人はじめて」彼女は車を降りて足早に去っていった、去っていくとき彼女はいつも足早。

26

彼女がロビーを抜け、エレベーターに乗り、部屋に着くまでの時間を見計らって、それから私もロビーへ入って行き、館内電話を取ってクラーク・ブランドン氏に繋ぐよう頼んだ。そこへジャヴォーネンが通りかかった。厳しい目を私に向けたが何も言わなかった。

男の声が受話器から伝わってきた。彼の声だった、間違えなく。

「ブランドンさん、あなたは私をご存じないと思いますが、先日の朝、あなたとはエレベーターで乗り合わせました。フィリップ・マーロウと申します。ロスアンジェルスから来た私立探偵です。それに私はメイフィールドさんの友人です。少しお話ししたいことがあって、もしお時間を頂ければ」

「おたくのことはなんとなく聞いたことがある気がする、マーロウ。だが私は今、ちょうど出かけるところだ。夕方六時頃一杯やりながら話さないか?」

「ロスアンジェルスに戻りたいんですよ、ブランドンさん。お時間は取らせません」

「わかった」と渋々言った。「部屋に来てくれ」

ブランドンがドアを開けた。巨躯、背が高く、よく鍛え上げた筋肉質の男だった。強面でもなく、歓迎するふうでもなかった。彼には握手をする気はなかった。ドアの脇に身を寄せたので私は室内に入った。

「お一人ですか、ブランドンさん」

「もちろん、なぜ?」

「これからあることを話さなければなりません。あなた以外に聞かれたくないので」

「じゃ、さっさと話してさっさと終わらせてくれ」

ブランドンは椅子に座ると脚をオットマンに投げ出した。金のライターで金色の吸い口のタバコに火を点けた。風格十分だ。

「はじめにここへ来たのはロスアンジェルスの弁護士の依頼でメイフィールドさんを追尾して彼女の逗留先を見極めるためでした。依頼理由は知りませんでした。それどころか、当の弁護士も知らないと言いました。彼はワシントンDCのさる有力な弁護士事務所の代理として動いているだけだと言いました」

「それでおたくは彼女を追った。それでどうした？」

「それで彼女はラリー・ミッチェルに近づいた、あるいはミッチェルが彼女に近づいた。そしてミッチェルはある意味彼女を捕まえた」

「奴に捕まった女は山ほどいる、気の向くままにな」ブランドンは冷たく言った。「奴の特技だ」

「それももう終わりですよね、違います？」

彼は冷たく、無表情な目で私を見つめた。「何のことだ？」

「ミッチェルはそれだけじゃなく、この先何にもできないってことですよ。彼はもう存在しないんですから」

「彼は車でここから出ていったと聞いている。私とどういった関係があるのかな？」

「あなたは、彼はもう存在しないことを私がなぜ知っているか訊かなかった」

「いいか、マーロウ」ブランドンはハエでも払うような身振りをすると、ついでにタバコの灰を落として言った。「ミッチェルがいるとかいないとかは私の知ったことじゃない。私に関係のある話をしたらどうだ、でなきゃ出ていってもらおう」

「このホテルでは私はミッチェルだけでなく、ゴーブルという男ともなりゆきで関わり合いを持つことになったんです、関わり合いという言葉が適切かどうかは別として。彼はカンザス・シティーの私立探偵と名乗っていて、名刺を出した、まあ身分証明にはならないけど。ゴーブルには本当に苛ついた。私をつけ回して離れなかった。なにかとミッチェルの話をした。彼がなにを狙っているか見当がつかなかった。そうしたある日、フロントであんたは匿名の手紙を受け取った。私はあんたが何度も読み返しているところを見た。あんたはフロントに送り主を訊いた。フロントも知らなかった。あんたは屑籠を漁って空の封筒を見つけて拾った。エレベーターで上がるときのあんたの顔はハッピーには見えなかった」

ブランドンの態度に少しばかり余裕がなくなってきたように見えた。彼の声にとげがあった。「ちょっと詮索がすぎるようだ、探偵さん。自分でもそう思ったことはないのか？」

「愚問だな。でなきゃ、どうやって探偵は喰っていく？」

「歩けるうちに出ていった方がいい」

私は彼に向かって笑った。それで彼の怒りに火がついた。彼はすっくと立ち上がると座っている私のところへなめらかな動きで詰め寄った。

「よく聞け、いいか。私はこの町じゃ、ちょっとした人物だ。お前みたいなゴミ探偵に小突き回されてたまるか。出ていけ！」

「この先、聞きたくないのか？」

「言っただろ、うせろ！」

私は立ち上がった。「残念だ。私はあんたと話し合ってこの件を内密に収めるつもりでいた。私があんたを強請ろうとしているなんて思わないでくれ――ゴーブルとは違う。私はその類いのことはやらないことにしている。だが、あんたがどうしても出ていけというなら――私の話に聞く耳を持たないで追い出すなら――アレッサンドロ署長のもとに行かなければならない。署長なら聞いてくれる」

ブランドンは立ったままにがい顔で私をじっとにらんでいた。それから口の端に奇妙な笑いが浮かんだ。

「なるほど、署長がお前の話を聞くのか。それがどうした？　電話一本で彼なんか飛ばしてやる」

「いいや、無理だ。アレッサンドロ署長には通用しない。彼自身も彼の立場もヤワじゃない。今朝、ヘンリー・カンバーランドに対して署長は実に毅然としていた。そしてヘンリー・カンバーランドはいつであれ、どこであれ、是々非々で扱われるのを許すような人物じゃない。そのカンバーランドを署長は軽蔑しきった言葉一言二言で真っ二つに引きちぎらんばかりにやっつけた。あんたはそんな署長を馘《くび》にできるのか？　そうするにはとてつもなく長生きしなきゃならない」

「まいったな」とブランドンは言った。まだ口の端で笑っていた。「昔、お前のような奴は結構いた。この地に長く住みすぎたのかもしれない。まだそんな奴がいるなんてすっかり忘れていたようだ。オーケー。話してみろ」

彼は椅子に戻り、ケースからまた金色の吸い口のタバコを取りだし、火を点けた。「一本どうだ？」

「いや、結構。便所野郎のリチャード・ハーベスト――ありゃあんたの人選ミスだ。荷が重すぎた」

「まったくだ、マーロウ。役立たずだ。ただのチンピラサディストだ。あの手の世界とは切れて久しい。判断ミスもするさ。ゴーブルなんか指一本動かさずに震え上がらせることができたはずだ。おまけにあんたのコテージへ連れて入ったとは――お笑いだ！　ド素人もいいとこだ！　あいつを見てみろ。今じゃ何一つ満足にできやしない。鉛筆でも売るしかない。一杯やらないか？」

「あんたとはそういったことはしない、ブランドン。話を続けさせてくれ。真夜中に――ベティー・メイフィールドと会ったその日の真夜中、そう、あんたがミッチェルをグラスルームから追い出した夜だ――いや、見事な手際だった、そう言わせてくれ――ベティーがランチョ・デスカンサードの私のコテージにやって来た、あそこもあんたのものだろ。ミッチェルが彼女の部屋のバルコニーにあるデッキチェアの上で死んでいると訴えた。彼女はたいそうな金額を提示して後始末を私に頼んだ。私がここまでやって来てみるとバルコニーに死体はなかった。次の朝、夜勤の駐車係が言うには、ミッチェルは車にスーツケースを九個積んで出ていったとのことだった。

彼は勘定を払った上に一週間分ホテル代を前払いして室を確保した。その当日、彼の車がロス・パナスキトス峡谷で放置されているのが見つかった。スーツケースもなく、ミッチェルもいなかった」

ブランドンは私を睨みつけた、だが何も言わなかった。

「なぜベティー・メイフィールドは怯えている理由を私に話すのを躊躇したのか？　それは彼女がノース・カロライナのウェストフィールドで夫殺しの科《とが》で有罪判決を受けたからだ。だが陪審員による有罪評決は裁判官によって保留とされ、無罪となった。あの州では裁判官にはその権限があり、その裁判官はその権限を行使した。しかしながら被害者の父親であるヘンリー・カンバーランドは、彼女がどこへ行こうとも安住の地は得られないようにしてやる、と彼女に告げた。そんな彼女が自分の部屋のバルコニーで男の死体を見つけた。警察が捜査をすれば彼女のすべてが公になる。彼女は怯え、混乱した。幸運は二回は起こらないと考えた。なにしろ、実際陪審員は有罪の評決を出したんだから」

ブランドンが穏やかに言った。「ミッチェルの首は折れていた。彼はこの部屋のバルコニーから落ちた。彼女に男の首なんか折れるはずがない。こちらに来てくれ。見せよう」

我々は広い、陽の光一杯のバルコニーへ出た。ブランドンはバルコニー先端の手すり壁まで足早に行った。私は手すり壁から身を乗り出して見下ろした。真下にベティー・メイフィールドのバルコニーと、そこにあるデッキチェアが見えた。

「この手すり壁はそんなに高くないな」と私は言った。「安全と言えるほど高くない」

「同感だ」とブランドンが静かに言った。「さて、ミッチェルがこう立っていたと思ってくれ」――ブランドンは手すり壁を背にして立った。彼は背が高く、手すり壁は彼の太ももも半分よりすこし上までしかなかった。ミッチェルも背の高い男だった――「そして彼は嫌がるベティーにここまで来て自分に抱かれろとせっついた。ベティーはミッチェルの元へ行った。そして、彼を突き放した。ミッチェルは手すり壁を越えて落ちた。ミッチェルはほんの成り行きでそんなふうに落ちて――ほんとうにたまたまそうなっただけだ――首の骨が折れた、彼女の夫の死因とまったく同じだった。おたくは彼女がパニックに陥ったことを責めるつもりか？」

「だれも責めるつもりはない。ブランドン、あんたでさえな」

彼は手すり壁から数歩離れて海を見やった。しばし無言だった。それからこちらを向いた。

「理由もなく」と私は言った。「ただし、あんたがミッチェルの死体を見つけられないように始末したことについては別だ」

「ほうー、一体私がそんなこと、どうしてできたんだ?」

「あんたは多趣味多才だ。そして釣り愛好家でもある。この部屋のどこかに長くて頑丈なロープがあるはずだ。あんたは力持ちだ。あんたはベティーのバルコニーへ行き、彼の両腕をロープで縛って吊り下げ、植え込みの陰の地面に死体を隠した。あらかじめ死体のポケットを探ってミッチェルの鍵を手に入れていたあんたは彼の部屋に行き、荷物をまとめて地下駐車場へ運んだ。エレベーターを使ったのかもしれないし、非常階段を使ったのかもしれない。三往復はしただろう。あんたにとってはそんなに大変じゃなかった。そこまですればもう地下駐車場からミッチェルの車に乗って出かける準備ができた。たぶんあんたは夜間駐車係がマリファナ常習者だと知っていたのだろう。もし彼があんたにマリファナのことがバレていることを知っていれば、たとえあんたの様子を見たとしても口外するはずはない。その時間は真夜中だ。駐車係が朝七時と言ったのは真っ赤な嘘だ。それからあんたは車でミッチェルの死体をつり下ろしたところまで行って死体を車に乗せロス・パナスキトス峡谷へと向かった」

ブランドンは大げさに笑った。「それで私は車と死体と九個のスーツケースと共にロス・パナスキトス峡谷にぽつんといたわけだ。それじゃどうやってそこから帰ってきたんだ?」

「ヘリコプターだ」

「誰が操縦する?」

「あんたさ。ヘリコプターのレンタルはまだそんなに多くない。だが、すぐにどんどん開業する。ヘリの数はますます増えているからな。これからは私の推測だ。あんたは事前にヘリをロス・パナスキトスに用意させる手配をした。同時にヘリが着陸したら、手の者がパイロットを迎えに行く手配もした。あんたの立場ならやろうと思えばおよそなんでもできる。そうだろ、ブランドン」

「それから？」

「あんたは死体とスーツケースをヘリに積み込んだ。そして遙か洋上に出て、海面近くでホバーリングしながら死体とスーツケースを海に投げ込んだ。そしてどこか知らないが、ヘリコプターのレンタル基地へとヘリを戻しに向かった。よく練られた手際のいい仕事だ」

ブランドンは大笑いをした――大げさすぎた。無理矢理笑っているのは明らかだった。

「会ったばかりの女のためにそこまでやるほど私はドあほうだと、本気でおたく、思っているのか？」

「そのとおり、そんなはずないよな、ブランドン。あんたは自分のためにやったのさ。ゴーブルのことを忘れている。ゴーブルはカンザス・シティーから来た。あんたもカンザス・シティーから来たんだろ？」

「だとしたら？」

「別に、これで話は終わりだ。だが、ゴーブルはドライブを楽しむためにここへ来たんじゃない。そして彼が以前からミッチェルと面識がなけりゃ、ミッチェルを探したりはしない。二人は金のなる木を嗅ぎつけた。あんただよ、金のなる木は。だけどミッチェルは死んだ。それでゴーブルは一人でことを運ぼうとした。彼はまさにトラに喧嘩を売るネズミだった。ところで、あんたは警察に通報してミッチェルがベランダから転落した顛末を説明する気はあっただろうか？　あんたは自分の過去を警察に探られるのをよしとするだろうか？　警察はあんたがミッチェルを壁越しに突き落としたと考えるのは火を見るより明らかじゃないのか？　たとえ警察が立証できないとしてもそんな警察沙汰にくわえ、警察に過去を洗いざらい探られたあと、ここエスメラルダのどこにあんたの居場所があるっていうんだ？」

ブランドンはバルコニーの先端まで行き、そして戻ってきた。私の前に立ちはだかった。まったくの無表情だった。

「あんたを殺すこともできた、マーロウ。私は何年もの間、ここエスメラルダで思ってもみないような生き方をしてきた。すると、もはや自分はそんなことをする男ではないような気になっていた。あんたはこの私を見事に説き伏せてすべてを聞き出した。私にはこの窮地を脱する手立てはない、あんたを殺させる以外は。ミッチェルは最低な男だった。女どもを強請って喰っていた。あんたの言ったシナリオは概ね正しいといえる。だが、私は後悔していない。それに、ひょっとして、信じてくれ、ひょっとしてベティー・メイフィールドのためもあって危ない橋を渡ったのかもしれない。あんたは信じないだろうが、それが私のほんとうの気持ちだ。さて、取引だ、幾らだ?」

「幾らってなにが?」

「口止め料だ、警察への」

「幾らかはもう言った。無料だ。私は何が起こったのかを知りたかっただけだ。私はいい線いっていたか?」

「まったくそのままだ、マーロウ。見事だ。あんたにわかったことだ、警察だっていずれ解明して捕まえに来るかもしれない」

「かもな。さて、あんたにまとわりつくのはこれで終わりだ。電話口で言ったように——ロスアンジェルスに戻りたい。また誰かがちまちました仕事をくれるのを待つさ。私だって喰っていかなきゃならない、そうだろ」

「握手しないか?」

「ノーだ。あんたは殺し屋を差し向けた。そういう人とは握手はしない。もし虫の知らせがなかったら今頃死んでいてもおかしくない」

「殺せとは言っていなかった」

「雇ったのはあんただ。さようなら」

27

エレベーターから降りると、ジャヴォーネンが私を待ち受けていた。「バーへ来てくれ」と彼は言った。「話がある」

二人してバーへ入った。その時間、バーは閑散としていた。角のテーブルに座った。

ジャヴォーネンが静かな口調で言った。「あんたは私のことを嫌な奴だと思っているだろうな、違うか？」

「いいや。あんたには仕事があり、私にも仕事がある。私の仕事がたまたまあんたを苛立たせた。あんたは私を信用しなかった。だからといってあんたのことを嫌な奴だとは思っていない」

「私はホテルを守ろうとしているだけだ。あんたは誰を守ろうとしているんだ？」

「今回の件についてはわからない。これからもわかることはない。案件によってはわかるときもある。でもわかっても往々にしてどうやって守ったらいいかわからないことがある。無駄に動き回ってへまをして迷惑を掛ける。よく余計なちょっかいを出す」

「そう聞いている――アレッサンドロ署長から。差し支えなければ、あんたとしては今回のような仕事をすると相場はどのくらいなのか教えてくれるか？」

「さてと、今回みたいな仕事はメニューには載っていないんだ、少佐。実のところ今回、私は何の役にも立たなかった」

「ホテルとして五〇〇〇ドル払おう――ホテルの利益を守った報酬として」

「ホテルってことはクラーク・ブランドン氏ってことだな」

「そうなると思う。氏がボスだから」

「いい響きだな――五〇〇〇ドル。聞き惚れる。ロスアンジェルスへの帰り道、ずっと聴くことにしよう」

私は立ち上がった。

「小切手はどこに送ればいい？　マーロウ」

「警察官救済基金は受け取ったら喜ぶだろうな。警官の給料は多いとは言えないからな。警官は金に困ったら警察官救済基金から金を借りなきゃならない。そうさ、警察官救済基金はこのホテルにこのうえなく感謝することだろうな」

「でも、あんたは？」

「あんたはＣＩＣでは少佐だった。うまい汁を吸おうと思えばいくらでもチャンスはあったはずだ。だけどあんたはいまもこうやって働いている。私はこの先も自分のやり方を通すつもりだ」

「いいか、マーロウ、格好つけて失敗した、とあとで後悔することになる。これだけは言っておく――」

「そいつは自分自身に言うんだな、ジャヴォーネン。自分自身なら否応なく聞いてくれる。じゃな、がんばってくれ」

バーを出ると車に乗込んだ。コテージへ戻り、荷物をまとめて勘定を払おうとフロントによった。ジャックとルシールはいつもの持ち場にいた。ルシールは私に微笑みかけた。

ジャックが言った。「料金は結構です、マーロウさん。そう言いつかっています。それから昨晩のことはお詫び申し上げます。でも謝ってすむようなことじゃありませんよね、そうでしょ」

「勘定は幾らぐらいになるのかな？」

「たいしたことはありません。二五ドルほどです」

私は二五ドルをカウンターに出した。ジャックは金に目を落とすと、困った顔をした。「料金は結構ですと言ったんです、マーローウさん」

「取ればいいじゃないか。泊まったんだから」

「ブランドンさんが――」

「世の中にはしつっこい人がいる、そうだろ。お二人に会えてよかった。領収書、もらえるかな、必要経費で落とせるから」

28

ロスアンジェルスへの帰途、気は急いたが抑えて時速一四〇キロ以上は出さなかった。まあ、ときどき思わずアクセルを踏んで一六〇キロ超出ることもあったけど。ユッカ・アベニューに戻るとオールズを車庫に収め、郵便受けを覗いた、何も来ていなかった、いつもどおり。長い杉板の外階段をのぼって家にたどり着き、ドアのカギを開けた。出発したときとまったく同じだった。いつもどおり、部屋は息苦しく、どんよりとして無機質だった。あちこちの窓を開け放ってからキッチンで飲み物を作った。カウチに腰を下ろすと壁を見つめた。どこへ出かけようと、何をやってこようと、とどのつまり戻ってくるのはここなのだ。むなしい家のむなしい部屋の、のっぺりとした壁。

口をつけることなくグラスをサイドテーブルに置いた。今の気持ちにアルコールはなんの癒やしにもならない。だれにも何も求めない強い内なる心以外に私を癒やしてくれるものはない。

電話が鳴り始めた。受話器を取り上げ、半ば上の空で応えた。「マーロウです」

「フィリップ・マーロウさんですか?」

「はい」

「何回もパリから指名電話がありました。少しお待ちください。もう一度こちらからお掛けします」

受話器をゆっくりと置いた。手が少し震えていたと思う。帰りにスピードを出しすぎたからか、それとも睡眠不足のせいかも。

一五分後、再び電話が鳴った。「パリのお相手が出ます。なにか通話に問題があればすぐにオペレーターにお知らせください」

「リンダよ。リンダ・ローリング。忘れていないわよね。そうでしょ、あなた」

「忘れるもんか」

「どうしているの？」

「疲れている――いつものとおり。えらく難儀な仕事を片づけてきたばかりだ。君はどうしてる？」

「寂しいわ。あなたがいないから。忘れようと努力したわ。でも、ダメだった。私たち一緒に素晴らしい愛を育んだわ」

「もう一年半も前のことだ。それも一夜だけ。私はなんて答えたらいいんだ」

「私はずっとあなたのことだけを愛していたわ。なぜかわからない。男なんかいくらでもいるのに。でも、心にあるのはあなただけ」

「私は君一途じゃなかった、リンダ。君とまた会えるとは思っていなかった。君が私も一途なことを願っていたとは知らなかった」

「そんなことは願っていなかったし、願っていないわ。ただあなたを愛しているって言いたいだけ。結婚してってお願いしているのよ。半年も持たないってあなたは言ったわよね。でもどうして試そうとしないの？先のことはわからないわ――末永く連れそうことだってあるわ。お願いしているのよ。結婚したい相手にうんと言わせるには女はどんなことしなきゃならないの？」

「わからない。女性がある男をどうやって結婚したい相手だと見定めるかさえわからない。お互い住んでいる世界が違う。君は金持ちでわがまま放題だ。私はよれた中年で見通しも暗い。私がうんと言おうもんなら君の父君は私の不確かな将来さえ潰しにかかるだろう」

「あなたは父なんか恐れていないわ。あなたが恐れているのは結婚よ。父は一目見ればその男がどんな人物か見抜くの。お願い、ほんとうにお願い。私はリッツ・ホテルにいるの。あなたがうんと言いさえすればすぐ飛行機の切符送るわ」

私は笑い出した。「君がこの私に航空券を送るって？ 私をどんな男だと思っているんだ？ 私が君に航空券を送るんだ。君がこちらへ来るんだ。そうすれば君には届くまでに考え直す時間ができる」

「だけど、あなた、あなたが買うことはないわ。私には――」

「もちろん、君には五〇〇人分の航空券だって買う金がある。だけどこれは私の買った航空券でなきゃならない。受け取るか、来ないかどちらかだ」

「行くわ、あなた。行くわ。あなたの腕で抱いて。抱きしめて。あなたを私のものにしようとは思わない、だれもそんなことできない。ただあなたを愛したいだけ」

「私はここにいるよ。いつでもいるよ」

「あなたの腕で抱いて」

電話は切れた。しばしブーブーと音がしていたが、やがてなんの音もしなくなった。

グラスに手を伸ばした。うつろな部屋を眺めまわした――もはやうつろではなかった。

そこには声があった。背の高い、すらりとした愛しい女性がいた。寝室の枕の上には一筋の黒髪があった。

そこには微かで優しい香水の香りのする女性がいてその身体は私に押しつけられ、その唇は柔らかくしなやかで目は半ば閉じられている。

また電話が鳴った。電話に出た。「はい」

「クライド・アムネイだ、弁護士の。君からまだまともな報告書の類いは一つとして受け取っていない。君を楽しませるために金を出したわけじゃない。直ちに君がしでかしたことについての正確で完全な説明がいる。エスメラルダに戻ってからの君の行動を細大漏らさず報告することを要求する」

「ささやかで穏やかな楽しみを味わっていました――自腹でね」

彼の声が大きく金切り声に変わった。「今すぐ完全な報告書を提出しろ、さもないとお前の免許を剝奪させてやる」

「一つ提案があります。アムネイさん。表に出てアヒルにでもキスしてきたらどうですか？」

私が受話器を架台に置くあいだにも絞め殺されるような怒りの声が伝わってきた。架台に置いた途端、間髪を入れずまた電話が鳴り出した。
ほとんど耳に入らなかった。私の周りは音楽に満ちあふれていた。

終

訳者あとがき

「あれはなかったことに」。だれでもそう願うことがある。だが、だれも本気で願うわけではない、ため息交じりに嘆くだけだ。起こった事は元に戻らない、パンドラの箱を開けたようなものだ。本作の登場人物もそれぞれが悔恨の念とともに、あるいは、運命に翻弄されながらも生き続けなければならない。だがパンドラの箱には最後に現われるものがある、希望だ。マーロウの場合はその最後に現われたのが「あれはなかったことに」だ。そうマーロウにはプレイバックが訪れたのだ。

本作の時代は一九五六年頃。マーロウは四三か四四歳。なにかと年を取ったとぼやいているが、どうしてどうして、ほとんど寝ずに活躍しているし、朝飯は二度食べる、第六感は冴えている。殴り合いはするし車は時速一六〇キロで飛ばす。元気そのものだ。

この頃、身の周りに技術革新が起きた。二一世紀の我々にとっては特段取り立てるようなものでもないが、当時としては目を見張るような新製品、移動手段が次々と現れた。そして本作にはその成果がさりげなくちりばめられていて、それがクライマックスに登場する重要なファクターのスムーズな導入となっている。列挙してみよう。まずトランシーバーだ。第二次世界大戦中ウォーキートーキーの名で背中に担いでいたものが小型化され、ハンディートーキーとしてこの頃普及した。タクシーの運転手は無線電話と言っているがもちろん電話局は介さない。キャディラックにはラジオのつまみがずらりと並んでいる、これは当時開設されたばかりのＦＭ放送のためだ。ポケットに入る補聴器も出てくる。トランジスタが発明されて小型補聴器が出回り始めたのは一九五三年頃で、当時はハイテク製品だった。移動手段では電動車椅子も登場する。空飛ぶハイテクでは米軍初の超音速ジェット機Ｆ－一〇〇、スーパーセーバーも登場する。このジェット機の配備は一九五四年からだ。サンディエゴのノース・アイランド航空基地から飛び立ったＦ－一〇〇が音速を超えるときに発生する衝撃波をマーロウは聞く。ちなみにノース・アイランド航空基地は映画『トップガン』の舞台でもある。

舞台はカリフォルニア州のエスメラルダ、架空の町だ。モデルとなっているのはサンディエゴの北二〇キロにある、高級リゾートとして有名なラ・ホヤだ。ラ・ホヤは独立した市のように思えるが、じつはサンディエゴ市の一部で、ラ・ホヤの警察署はサンディゴ警察（ＳＤＰＤ）の分署だ。この予備知識がないと本作のなかで理解できないエピソードが出てくる。

マーロウが変死体を発見し、警察署へ通報に行く。その際、発見の経緯として尾行していたターゲットのことも話さざるを得ないと考えた。そこでターゲットから金を受け取って依頼人とした。そうすることで説明を拒否する覚悟でいた。ところが警察へ行ってみると、向こうはとっくにターゲットが女性であることを知っていた。それにマーロウは伝えていないのに女性の名前もわかっていた。だからカンバーランドが女性を訴えに署に来たとき、署長は女性に雇われた探偵のマーロウを呼んだ。ではなぜ署長はすべてを知っていたのか？　それはサンディエゴからエスメラルダに向かう際、マーロウはタクシーを使った。タクシーの運転手に尾行だといい、探偵免許証を見せた。すると運転手は、そのような行為は警察に報告する義務があると言った。タクシーはサンディエゴのタクシーだからサンディゴ警察（ＳＤＰＤ）にマーロウの名前、職業、ターゲットの行き先などを報告した。エスメラルダもＳＤＰＤの管轄だからエスメラルダ分署には当然本署から連絡が入っていたのだ。そして分署はエル・ランチョ・デスカンサードに詳細を訊いた。その際、マーロウが探偵であることを話した、そしてターゲットの名前も訊いた。だから二度目、チェックインしたとき、フロントが「なんで探偵っておしえてくれなかったんですか?」と言ったのだ。

このエピソードのようにチャンドラーの作品には、殺人のトリックの他に多かれ少なかれ、あれ、どうして、とか、どっちが本当? などと戸惑うような場面が設定されている。そしてそのあれ? を解くヒントが作中のどこかに隠れている。

本作ではそれが顕著で、あれ、どうして? なぜだ、と思う箇所が頻繁に出てくる。そしてそのヒントは作中にさりげなくしかも周到に埋め込まれている。

消えた死体事件はもちろんメイン・エピソードではあるが、チャンドラーが仕掛けたいくつもの「なぜだ?」にも目を向ければ精緻で巧妙な本作の構造が見えてくる。


レンタカーについて。サンディエゴの駅でターゲットの女性はなぜレンタカーが借りられなかったのだろうか?

一般に免許証の名義とパスポートの名義は同じだ、なにしろ身分を証明するものだから。マーロウが「パスポートの名義は?」と訊くと女は「私のことはじきみんなおしえてアゲル、焦らないの」と言ってマーロウの問いをかわした。だが女性は旅行小切手にサインするところはマーロウに隠さなかった。このことから女性の旅行小切手の所有者署名とパスポートの名義及び運転免許証の名義は異なっていることがわかる。

運転免許証の名義と旅行小切手の所有者署名(ホルダーズサイン)が異なっていたらどういうことが起きるか? レンタカーを借りる際にはなにがしかのデポジット(保証金)が必要だ。女性は現金の持ち合わせがない。女性はあとの場面でこう言っている。「手持ちは六〇ドルで全部」と。それで旅行小切手でデポジットしようとした。だが運転免許証の名義はミセス・リー・カンバーランドであり、旅行小切手の所有者署名はエリザベス・メイフィールドだ。旅行小切手でデポジットするためには連署(カウンターサイン)にエリザベス・

メイフィールドとサインする必要がある。デポジットはできるが免許証の名義と違うのでレンタカーはＮＯだ。連署にミセス・リー・カンバーランドとサインすれば免許証とは一致するが旅行小切手の所有者署名と異なっているのでデポジットはできない。というわけでレンタカーは借りられない。それで無駄にもめていたのだ。

旅行小切手は本作の最重要ファクターの一つだ。もし旅行小切手の所有者署名がミセス・リー・カンバーランドとなっていたら、女性はめでたくレンタカーを借りることができる。するとどうなるのか？　マーロウは気絶からの回復後、女性を追おうとするが、女性がレンタカーで去ったとしたら手がかりゼロ、見つけることは不可能だ。つまりストーリー全体が成り立たなくなってしまう。

そんなことはない。なぜならマーロウはゆすり屋が女性とグラスルームへディナーに行くと壁越しに聞いていた。それに万一マーロウがグラスルームのことを思い出さなくても結局真夜中に女性が自らマーロウの部屋に来た。だからタクシーだろうとレンタカーだろうと話の展開に影響はない、と考えがちだ。

だがそのように事は運ばない。第一にゆすり屋が、グラスルームへ行こうと言って去ったすぐ後、女性は荷造りして逃げる準備をしていたし、マーロウはそれを知っていた。だから女性がまたゆすり屋と合流するとマーロウが考える可能性はまずない。

そして女性がレンタカーで逃げたらそこで手がかりがなくなるのでマーロウはコテージにそれ以上滞在する意味はないから引き払う。そうすると夜中、女性がコテージに来てもマーロウのいた部屋はもぬけの殻になっている。

では、なぜ女性は結局ゆすり屋から逃げなかったのか？　それはゆすり屋に説得されたと考えるのが合理的だ。ワシントンとつながっているマーロウはどこまでも追ってくる、どこまでも逃げなければならない。だがゆすり屋と一緒なら金を出しさえすれば逃げなくてもいい、言ってみればどっちの毒が少ないかを選ぶ究極の選択だった。

一方、マーロウは女性がゆすり屋から逃げるため荷造りをしていたことを知りながらなぜ女性が列車に乗る可能性は低い、ゆすり屋と合流するのでは、と最終的に判断したのか？　それはタクシーの運転手の「七時四七分発Ｌ・Ａ行き列車だ。乗客がいればデル・マールで停車する。ここの住民はＬ・Ａへ行くのにもっぱらこの列車を利用する」という説明を聞いてそう判断したと考えられる。

女性はサンタ・フェ駅の時刻表を持っていた。にもかかわらずサンディエゴへは向かわずデル・マールへ行った。一日数本しか通らない列車のデル・マール到着時刻や、停車要求方法など、東海岸から来たばかりの女性が知るはずがない。だから常識的に考えればデル・マールなんかへ行くわけがないのだ。

七時四七分発Ｌ・Ａ行き列車があることをわかっているのは地元住民だけだ。だからその列車で逃げたように細工できるのは女性と面識のある地元住民、つまりゆすり屋しかいない。というわけで、女性はゆすり屋と合流したと考えるのが妥当だ。

マーロウは女性がゆすり屋と合流することにした理由について「ラリー・ミッチェルはそんなに簡単には振り切れない。もし彼が女をこの町に来させるだけのカードを持っているとしたら、そのカードで女をこの町に釘づけにしているはずだ」と結論づけた。まさか自分が女性にとってゆすり屋より嫌われる存在だったとはとても考えられなかったのだろう。

こんな七面倒くさい話にしないでレンタカー屋になんかへ行かず、まっすぐタクシーに乗るような話にすればよいじゃないか、と日本に住んでいる我々は思う。

だが米国人が旅行先、とくに滞在型旅行でタクシーに乗るのはそれ相応の理由があるときに限られる。彼らはもっぱらレンタカーを使う、広くて公共交通機関の少ない米国ではいちいちタクシーを使ったら煩わしいし、金もかかる。というわけで女性が迷わずタクシーに乗るのは不自然だ。

ちなみにマーロウがタクシーを使った理由、それはレンタカー屋で女性と並んで手続きをするのは論外だし、万一誰かが女性を迎えに来ていたら、レンタカーの手続をしている間に女性は消えてしまう。そういう訳でこの場面でマーロウがレンタカーを使うのは現実味がない。

女性がレンタカーをあきらめた時点でチャンドラーはマーロウに「免許証がなければ車は借りられない、女もそんなことは百も承知だろうに、と誰でも思う」と述べさせてこの点を収めた、いかにも安易だ。実際通読していてこの箇所までくると、あれ、とは思うが、ま、そんなもんかと思って先へ進んでしまうし、それしかモヤモヤの収めようがない。

一方チャンドラーが書いた「Notes on the Detective Story（推理小説における要点）」のなかで彼は、推理小説というものは「人物、設定、環境は現実に即していなければならない」それから「時が来たら簡単明瞭に説明ができるようでなければならない」と述べている。つまりチャンドラーは設定なりトリックなりを、たとえ文中で説明しなくてもあらゆる場面がすべて現実に即していて、説明が求められた場合には簡単明瞭に説明できるように組み立てるべきと述べているのだ。それをもし「免許証がなければ車は借りられない、女もそんなことは百も承知だろうに、と誰でも思う」でお茶を濁すようであれば、あれ？　チャンドラーさん、ちょっと待ってください、話が違う、と言いたくなる。だがそこはさすがチャンドラー、読み進めると旅行小切手を登場させてきっちり筋を通していることがわかってくる。

このように旅行小切手は本作で重要な役を果たしている。その後の展開でもマーロウが「仕事の本分を果たす」ための小道具としてしばしば登場する。『ザ・ロング・グッドバイ』に現れるマディソン大統領の肖像画と同じ役割だ。また旅行小切手の額面五〇〇〇ドル、ホテルの提示金額五〇〇〇ドル、女性とやり取りする金額五〇〇ドルは『ザ・ロング・グッドバイ』に現れる金額と同じだ。故意か偶然か、チャンドラーがこの数字になにかこだわりがあるのだろうか？　あるいは好きな数字なのか？　あるいはゲン担ぎか？　気にしなければそれまで、気になるとあれこれ理屈を付けたくなってくる。

ところで当時のドルの価値は？　一つの見方として、マクドナルドのチーズバーガーを例にとってみる。一九五〇年代、チーズバーガーは一個一九セントだった。二〇二三年にはそれが、地域によって異なるが、大体二ドル七〇セントとなった（ちなみに日本では二八〇円）。ここ二、三年の異常なインフレのせいもあり、ざっと一五倍になっている。

＊　＊　＊　＊

マーロウは理屈抜きで好奇心の塊だ。気になったら放っておけない。酒場のスウィング扉から黒人が路上に放り出される場面に出くわすと何が起こったか確かめにいく［『さらば愛しの女』］。あるいは酔っぱらいが高級車からずり落ちているのを見ると近寄っていく［『ザ・ロング・グッドバイ』］。本作では弁護士からある女性の尾行を依頼されるがその理由は明かしてもらえない、ただワシントンのさる高名な弁護士事務所の代理としか聞かされなかった。マーロウは依頼をこなすがそれだけでは満足できない。どうしても背景が知りたい。

弁護士の秘書から資料を受け取るが、背景については一言の説明もなかった。秘書は素晴らしい美人で突っ張っている。それでいて賢くユーモアのセンスがある。その秘書がインターフォンをONにしたまま弁護士の話を聞いているのを知った。彼女の行為は好奇心からではない、効率よく業務をこなすためだ、有能な秘書なのだ。インターフォンを聞いているとすればワシントンからの電話もブランチですべて聞いているはずだ。そこで彼女から事情を聞き出そうと高級レストランに誘うことにする。すると、逆に彼女に誘われてしまう。結果はどうだったか。彼女には不幸な過去があり、傷ついていて突っ張りという殻の中で生きていたのだ。マーロウとの出会いでその殻が壊れてしまい、その原因となったマーロウを彼女は突き放す。マーロウは事件の背景を聞きだすこともなく彼女のもとを去る。探偵には空振りがつきものだ。

ターゲットの女性についてマーロウはその背景に興味を持つと同時にある種の憐憫を覚えた。逃避しているにもかかわらず、姿をひそめるでもなく、変装することもしない、そんなことが思いつくような悪ではないのだ。だが、ゆすり屋への接し方、マーロウへのアプローチなど、どこまでが演技かわからないほどすれっからしのようにもみえる。なにか急に過酷な体験をして、悪になりきれないまま悪になったのだろうと考え、できれば事情を聞いたうえ、力になってやりたい気持ちが抑えられなかった。

ところが、女性と接触していくうちに今度は消えた死体事件に巻き込まれる。マーロウは女性をドライブに誘う。丘の上で女性に安心してもらい、その上で自分は弁護士に雇われているから秘匿特権がある、だから消えた死体の真相を聞いても他言しないし、他言しないことは法で守られている、そしてなんとか女性を助けたい、だから話してくれと頼む。だが、女性は「あなたはその特権なるものでなにができるか知っているってわけね」と皮肉ってにべもなく突き放した。

消えた死体の真相も次第にマーロウには見当がついてくる。だが、女性の逃避する理由は依然として謎のままで、そのうえ消えた死体の件での女性の関わりもまだ謎だ。とうとうマーロウ自身の命まで狙われた。ただ事ではない。事情がわからなければ身を守ることはできない。それで意を決してもう一度女性を問い詰めた。ところが、予想もしないことが起こった。女性が眠いのでベッドで寝たい、と言うとマーロウは服を脱げという。なぜか、それはベッドには暴行を受けた男の血が付いていて服が汚れるから注意しただけのことだった。だが女性は求められたものと思った。大きな勘違いだった。それがきっかけとなって女性の数少ない身を守る手段に見事にしてやられてしまい、結局話は聞けずじまいに終わった。マーロウは女性を救いたいと思ったが、ターゲットの女性はそれを素直に受けるような心は失われていた。それどころか危険な気配さえある。情に流されてズルズルいけばそのうち郵便局に手配書が貼られ、御用になりかねない。それで助けることも話を聞きだすこともあきらめた。

朝、女性に「あなた、これまで好きな人、いなかったの?」と訊かれると、マーロウはそれには答えず、「さあ、もう出かけよう」と突き放す。

カンザス・シティーの探偵ゴーブル。彼がエスメラルダに来た理由は、ほんとうにミッチェルと会うためだった。マーロウは弁護士から、彼はおとりでじつはべつの尾行者がいると言われていたので、てっきりゴーブルもその一人だと思っていた。なぜならターゲットの女性の居場所を知っていたから。だがゴーブルは尾行者ではなく、ミッチェルを追ってコテージ（エル・ランチョ・デスカンサード）まで来たのだった。ではなぜコテージがわかったのか？　それは女性がカーサ（カーサ・デル・ポニエンテ）にいるミッチェルに電話した際、名前とコテージにいることと、コテージ番号をミッチェルに伝えたからだ。

ゴーブルはミッチェルがカーサに滞在していることは知っていた。それでカーサへ赴くと不在だった。さしずめポン引きのベルボーイにでも金を握らせて、ミッチェルはコテージの12Cに行ったことを聞き出したのだろう（当時交換手は通話内容を聞くことができた）。到着してみると部屋は空で、隣の部屋には男がのびていた。

ゴーブルがマーロウの車を尾行して丘まで来たのも、マーロウを追えばミッチェルにつながると考えたからだ。

ゴーブルがエスメラルダに来たのは本人が言うとおりこの町の大物を脅すためだ。一人では手に余るのでミッチェルと手を組むことにしたのだ。大物はカンザス・シティーでアコギな商売で金儲けをしてエスメラルダにやって来た。素性をバラしたのが財務省の高官というからには脱税の科で有罪になったのだろう。エスメラルダでは前科者などコミュニティーには入れてもらえない。大物には知られたくない過去が山ほどあった。それがバレればもう町に住むことさえかなわなくなる。ゴーブルはその一部始終を知っていて、ミッチェルと組んで大物から金を頂こうと計画していたのだ。

マーロウは二度にわたってコテージで拳銃を向けられたが二度とも銃を無視したように反撃した。なぜそんな無謀なことをしたのか？　あるいはどんな合理的な理由があって反撃できたのだろうか？

一回目、ミッチェルに拳銃を向けられたとき。ミッチェルは撃たないと判断した。現場は女性の部屋でミッチェルとは関係ない。だから正当防衛とは見なせない。女性を守るためと申し立てても女性はまず否定するだろう。なぜならミッチェルが殺人犯で捕まれば脅迫からすっきりと解放されるから。女性にとってこんな願ってもないチャンスはない。

二回目、殺し屋が拳銃を持っているにもかかわらずマーロウはバールで立ち向かった。なぜ撃たないと判断したのか？　殺し屋は町の大物の指示でマーロウとゴーブルをおとなしくさせるために来た。マーロウの部屋で二人が争い、それぞれ自分の銃を使って相打ちとなり二人とも死ぬ、というのが殺し屋のシナリオだった。マーロウが銃を持っていることはホテル（カーサ・デル・ポニエンテ）で判明していたし、ゴーブルも持っていることは殺し屋が財布の金を取ったときにわかったはずだ。万一ゴーブルが持っていなかったらホテルでゴーブルに突きつけた拳銃、そう、所持許可書の取れない闇の拳銃をゴーブルに持たせる手はずだった。が、狂いが生じた。ゴーブルは腕自慢だった。マーロウには「お前よりデカい奴を何人も手足バラバラにしてやった」と自慢した。コテージに着くと、殺し屋の隙を見て逆襲した。ゴーブルは己の愚行を恥じた。この場面だ。

「赤毛が俺を袋叩きにした」とゴーブル。

「理由は？」と警官が訊いた。ゴーブルはため息のような音を洩らすと枕に頭をがっくりと落とした。気を失ったのか或いはふりをしたのか定かではなかった。

だが、ゴーブルは殺し屋の敵ではなかった。おとなしくさせれば十分だったのに殺し屋はゴーブルをサディスティックに痛めつけた。マーロウがドアに耳を押し当てるとゴーブルのすすり泣きと、殺し屋の笑い声と、パンチがさく裂したような音が聞こえた。それでマーロウはすべての状況を把握し、バールを取りに戻った。

殺し屋がマーロウをすぐ射殺したらマーロウの拳はきれいなままだ。半殺しにするまで人を殴ったらその拳は腫れ上がっているはずだ。拳銃で脅してマーロウにゴーブルを何発か殴らせてからゴーブルの銃でマーロウを撃ち、マーロウの銃でゴーブルを撃つつもりだった。だから殺し屋としてはすぐにはマーロウを殺さないと彼は判断した。

夜間駐車係が屋外便所で首を吊っていた。自殺か？　他殺か？　屋外便所のカギは内側にあり、掛けられていた。もし殺人ならいわゆる密室殺人だ。カギはたぶんかんぬきのような簡単なものだろうが、いずれにしろ外から掛けるのは不可能だ。もし他殺だとしたらオウムが「誰だ、誰だ？」と叫んだすぐ後に猿同士が言い争いをするマネをしたが、実はそれは駐車係と犯人とのやりとりだったのかもしれない。もし他殺だとするとその理由はただ一つ、夜間駐車係が、ミッチェルは朝七時に、出ていったと説明したため、そしてそれは真実ではなく、ホテルからの指示だったため。そしてマーロウが思いもかけず執拗に調べはじめたためだ。マーロウだけではない、ゴーブルも訊きに来た。場合によればそのうち警察だって夜間駐車係を調べるだろう。そう考えると犯人はホテル関係者ということになる。

ホテル関係者が犯人だとすると誰か？　自殺を装った密室殺人ができる人物はそう、対諜報部隊にいた警備主任しかいない。何しろクラレンドンが言うように民間人の調査も手慣れている。だから夜間駐車係の住居、薬物のこと、屋外便所などすべて把握しているはずだ。そして彼はホテルのためなら何でもする。

ではその手口は？　考えられるのは一つしかない。被害者を吊した後、まずかんぬきに紐を繋ぐ。次に屋外便所の脇にある、水道管を通している穴を使って外に紐の端を出す。それから外に回って紐を引っ張るとかんぬきが掛かり、さらに引いて紐を回収する。これで密室殺人の完成となる。

他殺だとしたらいつ実行したか？　それはマーロウが果てしなく続くヘンリー・クラレンドン四世のおしゃべりを拝聴している間、次いでおしゃべりから解放された後、コテージに戻り、仮眠している間だ。その間に夜間駐車係は殺され、マーロウとゴーブルの仕置き指令が出されたのだ。マーロウはこう言っている。「もしあの日、休息が取れて頭がはっきりしていたらこの時間、一体自分が何をやっていたか、かすかにでもわかったかもしれない」と。

なぜターゲットの女性は消えた死体の事件にマーロウを巻き込んだのか？　実際女性はマーロウを巻き込むことには心が揺れた。考えたのは女性ではなく大物だった。マーロウを金で釣って一日巻き込めば彼は女のため、あるいは好奇心のため、あるいはわが身の安全のために何が起こったかを追求するはずだ。まずミッチェルが生きていることを前提に行方を捜す。そしてもし死んでいるのであれば身の証を立てる必要がある。なにしろ女性の部屋にはマーロウの指紋がベタベタついていて、捜索されればミッチェルの指紋がついた拳銃が出てくる。実際、彼が夜中、ホテルに入って行くところをゴーブルに目撃されていた。その日の朝、マーロウがＬ・Ａに帰ったが翌日戻ってきたのを知って、ゴーブルはマーロウはのっぴきならない事情に巻き込まれ、岩に挟まれたあわび採りのように逃げられなくなったと考えた。事と次第によってはゴーブルが命取りにもなりかねなかった。

では、大物はマーロウにどんな行動を期待したか？　狙いは、マーロウが夜間駐車係（非番のところを呼び出されて口裏を合わすよう指示されたと推察される）や警備主任から話を聞いて、その話をホテルのロビーにたむろする物見高い滞在客たちに話すことだ。マーロウは警備主任の話の裏を取りたいし、ミッチェルについても情報も欲しい。それでロビーにたむろする物見高い滞在客たちとコンタクトするだろうと考えた。物見高い滞在客たちとコンタクトすれば、マーロウは必ずミッチェルが宿代を一週間分前払いしたうえで出かけたと話すはずだ。それを聞いた物見高い滞在客たちは以降ミッチェルの姿が見えなくても不審には思わなくなる、ミッチェルは一週間、カモの女でも探しに出掛けたということでおさまる。その間に大海原がすべてを解決してくれるだが、ここに誤算があった。警備主任が前払いの話をするとマーロウはそれに疑念を抱いてその理由、過去の事例などを問いただそうとしたからだ。これ以上マーロウに動かれては危険だ。手を打たなければならないと考え、警備主任は大物にその旨報告した。前後してゴーブルが大物をゆすりにエレベーターでペントハウスに向かった。そこで大物はマーロウとゴーブルの動きをまとめて止めることをサンディエゴの殺し屋に指示した。

一方マーロウはホテル側の筋書きどおりヘンリー・クラレンドン四世につかまった。彼はマーロウにミッチェルのことを自慢げに教えた。マーロウは話を聞きだすため、だらだら続く高邁且つ深遠な天国の話を我慢して拝聴し、結果として無駄な時間を費やしたのだ。

マーロウは消えた死体の筋書きを確かめに大物を訪ねた。大物と会った途端、マーロウはトリックについての見立てを滔々と語り出す。それまでトリックを解明しようとするような気配はなかった。だから唐突感を覚えてしまうのも仕方がない。

では、どうやって彼はトリックを見破ることができたのだろうか? そして見破ったのはいつなのか?

マーロウは夜間駐車係との話を終えた後、つまり三日目午後七時半頃、どこかからかキャディラックに乗って帰ってきた大物とエレベーターで乗り合わせた。そしてフロントまで一緒だった。ここでマーロウは二つのことに気がついた。一点目は大物の服装だ。防寒服に靴は荒れ地で履くような膝下までくる長い編み上げブーツだった。二点目は大物がフロントで手紙の束を受け取ったことだ。これはその日、一日中不在だったことを意味している、当然マーロウもそのことに気がついたはずだ。

大物とエレベーターで乗り合わせてから数時間後、警察署へ変死体の通報に行ったマーロウはそこでミッチェルの車がロス・パナスキトス渓谷の荒れ地で見つかったことを聞かされる。

一足す一は二だ、マーロウはすべてがつながったと感じたに違いない。大物はミッチェルの車でロス・パナスキトス渓谷まで行き、死体と荷物を始末した。そしてあらかじめどこかに待機させておいたキャディラックに乗って帰ってきた、と。

もし、渓谷のどこか荒れ地に埋めたのであれば早朝ホテルを出発してミッチェルの車発見前までに荷物九個と死体を荒れ地のどこかに埋めたことになる。だが、これは時間的に見て無理がある。荒れ地到着から車発見までの時間は極めて短いからだ。

百歩譲ってそれを認めたとしてもやはりつじつまが合わない。なぜならその場合、大物はミッチェルの車が発見される以前にはもう帰路についているはずだ。ロス・パナスキトス渓谷までの距離は約三〇キロで片道一時間もかからない。だから遅くとも午前中にはホテルに戻ってきているはずだ。だが、実際はそうではない。防寒姿の大物が戻ってきたのは午後七時半頃だった。

したがって始末した場所は荒れ地ではないことになる。だとしたらどこか？　陸でなければ海しかない。死体と荷物を持って海へ行くには？　それも万が一にも岸に流れ着くことがないように遙か沖合まで行くには？　そして夕方までにはすべてが終わり、グラスルームでのリラックスした日常に戻るためには？　そう、当時まだ珍しかったあのハイテク移動手段を使うしかない。しかもそのレンタルはさらに珍しい。たぶんレンタル会社はL・Aにしかなかったのだろう。だから大物は死体と荷物を大海原で始末した後、L・Aまで行き、その移動手段をレンタル会社に戻したはずだ。

ではその場合、夜七時半前後に戻ってきたことが説明できるだろうか？

L・Aからはキャディラックで戻ってきたのか？　事前にL・Aまで車を送っておくなど、金と手間を掛けたり、神経、体力共にすり減らす一連の証拠隠滅工作の後、一六〇キロもの道中を運転して帰ってくる必要性はどこにもない。列車に乗るのが合理的だ。では列車に乗るとホテルに七時半頃戻ってくるのだろうか？　その答えを得る為には列車はどの位の速度で、どの位本数が限られていて、大物は何時頃サンディエゴに到着したかを知る必要がある。

まずは列車の速度だ。マーロウはサンディエゴからL・Aに戻るとき、朝七時一五分発のノンストップの二両編成ディーゼル列車に乗った。L・A到着は一〇時きっかりだった。距離は約一八〇キロだから時速は約六〇キロということになる。

次は本数だ。ストーリーの冒頭、L・Aのユニオン・ステーションにマーロウが到着したのは朝八時だ。そしてサンディエゴ行きの列車が出発したのは午前一一時半。即ち少なくとも三時間半に一本以上の運行はない。

では大物のサンディエゴ到着は何時頃か？　大物が込み入った計画をすべて実行したうえでL・A発の午前の便に間に合ったとは考えにくい。午後の便と考えるのが妥当だ。さてどうすれば大物のサンディエゴ到着時間を割り出せるのか？

ここでヒントとなるのが「七時四七分デル・マール発L・A行き列車だ」というタクシー運転手の話だ。デル・マールはサンディエゴの北約四〇キロにある。列車の時速は六〇キロだからサンタ・フェ駅（余談だがサンディエゴ市の駅名がサンタ・フェとは我々日本人には奇異に感じるし、混乱する。だがここは福岡市の駅名が博多であることと同じだと思って頂きたい）を出発してからデル・マールに到着するまでに四〇分ほどかかる。

そして列車のデル・マール出発が七時四七分とするとその到着は七時四〇分頃となる。

よって列車のサンタ・フェ駅発車時刻はその四〇分前、七時頃となる。ではその列車はどこから来るのか？それはL・Aからだ。L・Aからの列車が終点のサンタ・フェ駅で折り返して再びL・Aに向かうのだ。

さて、L・Aからの列車が折り返して七時に出発するためには、その到着はといえばそれは六時半から六時四五分頃となる。ちなみにL・Aからサンタ・フェ駅までは三時間かかるから、列車のL・A発車時刻は午後三時半頃となる。すべてを終えた大物が乗るにはちょうどいいタイミングだ。

ということで大物のサンディエゴ到着は六時半から六時四五分頃となる。大物は駅付近の駐車場に待機させておいたキャディラックに乗り、二〇キロ走って七時一〇分から二〇分頃エスメラルダのホテルに着いた。

そしてホテル地下駐車場のエレベーターで、夜間駐車係との話を終えたマーロウと乗り合わせた。マーロウは大物の防寒と荒れ地向きの出で立ちを見て奇異に感じたというわけだ。

フレッド・ホープなる人物の登場は謎だ。彼が延々と話すヘルウィグ家については、その名前が警察署のある通りの由来ということ以外に意味を持たないように思える。

だが、もしかしたらエスメラルダにいるユダヤ人についてのコメントに意味があるのかもしれない。「ユダヤ人はちょっと気を抜くとちょろまかすし、鼻先からかすめ取ると言われている。だがそれは単なるうわさにすぎない。ビジネスを楽しんでいるし。人間味もあり、取引相手として最高だ」とフレッド・ホープは言っている。

マーロウは消えた死体の全容を知りたかったが、ターゲットの女性から聞き出すことは諦めた。残された手段は大物に直接訊くことだけだ。だが、それには危険が伴う。何しろ一度は殺されかかったから。おまけに「もし彼にちょっかい出すつもりなら、自分がでかくて、素早くて、タフでしかも最高の体調であることを確認してからにすべき」とマーロウが言っているように相手は身体的にも巨漢（マーロウより六センチ以上背が高い）で極めて頑強だったからだ。

大物は灰色の髪で一見アイルランド系に見えた（アイルランド系はダークヘアが多数派）。しかしエスメラルダに来てからの見事なビジネス展開から、フレッド・ホープの言っているユダヤ人とは大物のことではないかとマーロウは考えたとするのが妥当だろう（ユダヤ系もダークヘアが多い。だが容貌でユダヤ人だと判断するのは難しい、もちろん金髪もいるし赤毛もいる。インディー・ジョーンズ・シリーズの主演で有名なハリソン・フォードはユダヤ人だが言われなければ誰もわからない）。そこでマーロウは大物を訪問し、筋道を立てて説明し、損得を冷静に伝えたところ見事目算通りすべて解明できた。大物はマーロウに向かってこう言った。「あんたはこの私を見事説き伏せてすべてを聞き出した」と。

ところでこの場面でもマーロウは警察には通報しない。なぜか？　それがマーロウのポリシーなのだ。「こんな場合、通報するのは法律で決まっている」と相手が言う。するとマーロウは「ハエを叩くほどの証拠もない。この手のやりきれない仕事は警察に任せよう」（『ザ・ロング・グッドバイ』）と言う。「裁くのは俺だなんて言うつもりはない。人なんか裁いたことなどない」（同）。とも言っている

じつはこれはチャンドラーのポリシーでもあるのだ。前出の「推理小説についてのノート」のなかでチャンドラーはこう言っている。「犯人は罰せられなければならない。しかしそれは必ずしも法による必要はない」と。

読者のみなさんは本書の巻頭に示したイラストとともに掲載されている表をご覧になっただろうか？　この表はストーリー展開を時系列にまとめたものだ。本作ではほんの数日の間にいろいろな事柄が並行して複雑に絡み合って発生している。それでともすれば読んでいて混乱することがある。時系列表があればストーリーがよりスムーズに把握できるのではと考え作成した。

ところが、この表から重大な問題が見えてくる。

消えた死体が発生するのは二日目の夜明け前から早朝にかけてだ。

にもかかわらず、マーロウが三日目の夜に会ったヘンリー・クラレンドン四世は「昨晩ミッチェルは金づるの女性と喧嘩した。ミッチェル商会には新たな入荷があった。赤毛の女性と一緒だった」と言っている。昨晩というのは二日目の夜のことになる。

しかしミッチェルがホテルに赤毛の女性と一緒に来たのは、一日目の夜、デル・マールから戻ってきてグラスルームへ行く前、赤毛の女性がチェックインと着替えのために寄ったときだけだ。そしてその夜、ミッチェルは殺害された。二日目の夜に見るはずはない。これはチャンドラーのミスではないか？

三日目の夜、マーロウは警備主任に、ミッチェルは「昨日帰ってきてへべれけに酔っていた」と言っている。そしてヘンリー・クラレンドンに対して「昨夜ぐでんぐでんに酔って翌日そんなに早く出発するなんて普通は考えられない」とも言っている。マーロウがミッチェルを見たのは一日目の夜だけだから、昨日とか昨夜とか、二日目の夜のことを指すのは筋が通らない。

一方、三日目の夜にマーロウが話をした夜間駐車係はその日の朝七時にミッチェルは出かけたと言っている。

さらに三日目の夜、変死体を発見してからターゲットの女性に、警察に行くと告げたとき、マーロウはこう言っている。「夜間駐車係は、ミッチェルは今朝早く、スーツケースを九個車に積んでホテルを出てゆくのを見たと言った」ここではミッチェルが出発したのは三日目の朝と言っている。つまり何ヵ所か「おととい」とか「おとといの晩」とすべきところを「昨日」「昨晩」と記しているのだ。言い換えれば、バルコニーから死体が消えてからミッチェルの車が駐車場を出てゆくまでの間は少なくとも二四時間以上あるのだが通読すると、まるで数時間しかないように受け取れてしまう。

消えた死体のトリックの準備が一日目の夜遅くから二日目の朝までのほんの数時間ですべて完了したとするプロットは現実的ではない。やはりチャンドラーはきちっとミッチルの出発は三日目の朝としていた。そう考えると三日目の夕方、大物が「荒地向きの服装」で帰ってきたこととつじつまが合う。つまり二日目の早朝、死体と荷物をミッチェルの車に入れ、車は地下駐車場に戻した。なにしろ夜間駐車係はマリファナで眠り込んでいて「キャディラック四台盗んでも目は覚めない」状態だったから。

二日目に十分時間をかけて消えた死体のトリックの準備をし、三日目の夜明け前、地下駐車場からミッチェルの車を出して荒地、ロス・パナスキトス渓谷へ向かった。

果たしてこの問題はチャンドラーのケアレス・ミスなのかそれとも意図的なものだろうか？　チャンドラー

の作品には瑕疵が必ずと言っていいほどあるという（『群像』講談社一一月号　二〇二三年「チャンドラー講義」諏訪部浩一氏）だからやっぱりミスなのか？　あるいはこのくらいの整合性の齟齬に気づく読者はいないだろうと意図的に誤記したのかもしれない、それにより緊迫感が増すから。かくいう訳者も、通読した時点ではこの点にまったく気づかなかった。ミスであれ意図的であれ、これが本作の評価に影響するものではない。緻密な構造、巧みなプロットとさりげなく埋め込まれた伏線の数々。本作は間違いなくチャンドラーの傑作の一つだ。

本訳には時系列表の他、エスメラルダ及びその近郊の地図、ホテルの見取り図など数点を加えた。これらを参考に、より楽しんでいただければ幸いと思っている。なお地図、見取り図などは正確な縮尺ではなく、位置関係を示すものとしてご覧になっていただきたい。

翻訳はビンテージクライム／ブラックリザード社版の *Playback* を底本とした。また村上春樹氏訳の『プレイバック』（早川書房　二〇一九）を参考にした。この場を借りて氏にお礼を申し上げる。

最後に本書の編集、出版にご尽力頂いた小鳥遊書房の高梨さんにお礼を申し上げます。

二〇二四年二月

市川　亮平

【著者】

レイモンド・チャンドラー

(Raymond Chandler)

1888年シカゴ生まれの小説家・脚本家。12歳で英国に渡り帰化。24歳で米国に戻る。作品は多彩なスラングが特徴の一つであるが、彼自身はアメリカン・イングリッシュを外国語のように学んだ、スラングなどを作品に使う場合慎重に吟味なければならなかった、と語っている。なお、米国籍に戻ったのは本作『ザ・ロング・グッドバイ』を発表した後のこと。1933年にパルプ・マガジン『ブラック・マスク』に「脅迫者は撃たない」を寄稿して作家デビュー。1939年には長編『大いなる眠り』を発表し、私立探偵フィリップ・マーロウを生み出す。翌年には『さらば愛しき女よ』、1942年に『高い窓』、1943年に『湖中の女』、1949年に『かわいい女』、そして、1953年に『ザ・ロング・グッドバイ』を発表する。1958年刊行の『プレイバック』を含め、長編はすべて日本で翻訳されている。1959年、死去。

【訳者】

市川亮平

(いちかわ・りょうへい)

東京都出身。横浜国立大学工学部卒業後、NECにて半導体製造装置開発設計、パーソナルコンピュータ開発設計に携わる。訳書にマーク・トウェイン『トム・ソーヤーの冒険』(小鳥遊書房、2022年)、レイモンド・チャンドラー『ザ・ロング・グッドバイ』(小鳥遊書房、2023年)がある。

プレイバック

2024年3月7日　第1刷発行

【著者】
レイモンド・チャンドラー
【訳者】
市川亮平

発行者：高梨 治
発行所：株式会社**小鳥遊《たかなし》書房**
〒102-0071　東京都千代田区富士見1-7-6-5F
電話03（6265）4910（代表）／FAX　03（6265）4902
https://www.tkns-shobou.co.jp
info@tkns-shobou.co.jp

装幀　鳴田小夜子（KOGUMA OFFICE）
地図作成　デザインワークショップジン
印刷　モリモト印刷株式会社
製本　株式会社村上製本所

ISBN978-4-86780-037-9　C0097